新潮文庫

何様

朝井リョウ著

JN228582

新潮社版

11130

目次

何様

水曜日の南階段はきれい

指の腹が痛い。汗で滑りそうになるピックを、もう一度ぎゅっと摑《つか》む。このギターで何度演奏したかわからないイントロを弾き始めると、観客は、盛り上がりつつもどこか落ち着いたような表情になった。ライブの最後の曲はコレだと、もうずっと前からお決まりになっている。みんな聴き慣れているから、このイントロを聴いただけでふっと顔の力が抜けるのだ。

目を閉じて、音を感じる。屋外だと音の返りがないから、ちょっと薄い演奏になっているような気がするけれど、そんなことはもう関係ない。アンプすらないから、ベースの音も全然響いてない。だけど、そんなところがみんなにウケていたりするわけだから、それでいいのだ。

頭で考えなくても、勝手に指が動く。ドラム代わりの大太鼓の音に笑いそうになるのをぐっと我慢して、歌い出しを待つ。

「お前ら！」

あっ、と、観客のひとりが後ろを振り返った。ダララ、とドラム、もとい大太鼓のリズムが崩れる。

「こんな時期にまたライブなんかして！」

さっきまで最前列で手拍子をしてくれていたやつが、さっとその両手を下ろし、少し体をのけぞらせた。一気に開けた視界の真ん中で、腕を組んだ日本史の澤田《さわだ》がドンと仁王立ちをしている。あーあ、と、隣で隆也《たかや》が声を漏らす。

「センター終わったばっかりだぞ、こんなことしてる余裕あるのか？」

へへへ、と俺が愛想よく笑っていると、小さな音で、トン、トン、トンと太鼓の三拍子が聞こえた。そのあいだに、俺も隆也も、走り出しやすいように自分の楽器を持ち替える。

その瞬間、ドン、とその場の空気が破裂して飛び散るような音がした。

「解散！」

ドラムの高田《たかだ》の大声が中庭に響いて、俺はギターを抱えたまま右へ、ベースを抱えた隆也は左へ、そして大太鼓を持ち上げた高田は真後ろへ走り出す。大丈夫、打ち合わせ通りだ。「お前ら！　待て！」澤田の声が聞こえたけれど、気にせず突っ走る。

「あ、すいません先生、日本史の論述で質問があるんですけど」最前列にいたやつが、これまた打ち合わせどおりに澤田の足を止めてくれている。

サンキュ、と心の中で手を合わせたのと、背後から激しい器物損壊音が聞こえたのは、ほぼ同時だった。

俺は、恐る恐る後ろを振り返る。

視界にまず入ってきたのは、頭を抱えてうずくまる高田の背中だった。その隣でばらばらになってしまっている大太鼓の存在にもすぐ気付いたけれど、俺の両目はその映像をなかなか受け入れなかった。

「澤田だけじゃね？　いまだにライブにぐちぐち言ってくんの」

リュックを右肩にかけた隆也がくちびるを尖《とが》らせる。「他の先生わりと許してくれてんのに、あいつだけいっつもさあ」

澤田から逃げる途中、大太鼓を落としてしまったことに責任を感じているのか、高田の表情は「……そうだな……」すごく暗い。結局組み立てなおせたものの、来週の月曜日、吹奏楽部の顧問まで三人で謝りに行くことになった。

三人揃《そろ》って、昇降口へと続く北階段を下る。一歩下るごとに、隅に溜《た》まっている埃《ほこり》がふわりと舞いあがる。

「セトリもちゃんと卒業ソング特集にしたのにさ」

「良いセットリストだったら怒られないとかじゃないから」

靴を履いて外に出た途端、隆也はマフラーで顔のほとんどを覆《おお》った。「さっみぃ！」赤いベースケースを左肩に背負う隆也は、どこにいてもすぐにわかる。高田は「……」相変わらず何も話さない。そういえば、前に、ゲリラライブのたびに大太鼓を貸してくれる吹奏楽部の子がかわいいとかなんとか言っていた気がする。今回のことで、その子に嫌われるのはほぼ確実だろう。

「ま、謝罪はみんなで行くからさ」そんな落ち込むなよ、と高田の背中を叩《たた》くと、その分だけ口から白い息が噴き出た。

センター試験を終えた一月末、外の空気は肌を突き刺すように冷たい。外気に触れるのは顔だけという完璧《かんぺき》な防寒対策をしているのに、それでも寒い。だけどもこもこのコートを着るのはちょっとカッコ悪いから、ほとんどの男子は学ランで頑張っている。

玄関を出て、中庭を抜ける。俺は、南階段に視線を向ける。

いない。今日は金曜日か。

「最後の曲やりたかったよなー！　ゲリラライブも今日がラストだったかもしれないわけだし」

学ランの下に厚手のカーディガンを着ていると、ギターケースのストラップがあまり肩に食い込んでこない。冬のいいところなんて、それくらいしかない気がする。あとは、隆也の似合わないタンクトップ姿を見なくていいことくらい。

学校から駅までの道を、三人で並んで歩く。俺、隆也、高田。ギター・ヴォーカル、ベース、ドラム。一年のときに軽音部で出会ってからずっと、不動のスリーピースバンドだ。

「最後の曲、イントロで終わりだぜイントロで」

新しいアレンジ考えてたのによ、と隆也はベースを弾く真似《まね》をする。

「センター終わったからかな、けっこうみんな見に来てくれてたよな」

俺はそう言いながら、カーディガンの袖口《そでぐち》で手の甲を覆う。今日の寒さはなかなかキツい。

「まー俺はセンターミスって崖《がけ》っぷちですがねー」現社であんなやらかすとはな、と、隆也は大きくため息をついた。「センター利用狙《ねら》ってたんだけどなー。やべーかも」

高田は、隆也の話は関係ないとばかりに、さっきコンビニで買ったおでんの残りのつゆにおにぎりを入れてかき混ぜている。湯気から薫るダシのにおいを吸い込んでやっと、俺は自分がいま腹ペコだということに気づいた。

一月は、校舎も道路も駅のホームも、全部がいつもよりもちょっとずつ硬くなっている気がする。もうすっかり暗くなってしまった冬の放課後は、こうして誰かと並んで歩いていないと少し心細い。

「光太《こうた》郎《ろう》は、やっぱセンター終わっても御《み》山《やま》大が第一志望？」

そう言う隆也は、高田から、おでんの器を器用に横取りした。「ちょっ！」高田が久しぶりに声を出す。

「おう、もち」俺は、ギターケースを肩にかけ直す。「御山大のＭＵＭＣに入ることしか考えていませんので」

「っはー。俺なんか志望校変えなきゃかもなのに」

隆也は、ふー、ふー、と器の中に息を吹きかけている。高田に返す気はないらしい。

「結局、国立受けんのは高田だけか」

器を傾け、つゆとご飯を一緒にかきこむと、隆也は白い息をぷはっと吐きだした。

「あっつ、これ」

高校から、駅前にある塾までの道。つゆをたっぷり入れたおでんの中に、コンビニおにぎりを入れてかき混ぜたものを回し食いする——いつのまにか、これが毎年の冬の恒例になっている。今日は高田がじゃんけんに負けたので、おでんもおにぎりも高田のおごりだ。塾に行く前にどうせどこかで夕飯を食うことになるのだが、歩いている途中に、どうしても何か食いたくなってしまう。

散々モメた挙句、今日のおにぎりは、結局いつもと同じツナマヨになった。ダシのきいたつゆにマヨネーズが混ざると、味が変わる。なんだか得した気分になる。

「高田はセンターどうだったの？」

「まあまあ。でも、俺はほとんど二次で決まるから」

「あったまいいとこ受けるやつはちげえなー」

隆也から器を取り返した高田が、さらさらと飯をかきこむ。器の中の飯粒は、あつあつのつゆをたっぷりと吸い込んでつやつやと膨らんでいる。

センターが終わって、あとは各自が受ける大学の二次試験のみとなった。隆也は、私立ばっかり受験する。国立はそもそも受けないらしい。俺バカだから、と、三年生になってすぐ、数学や生物を捨てていた。彼女と同じところに行きたい、とか、そういうことをこいつは平気で言う。

高田は頭がいいから、国立大学を受ける。センターの点数はそこまで重視されず、二次試験の結果が大切になるような、レベルの高いところ。日本史とか論述させちゃうようなところ。でもたぶん、高田は受かるんだと思う。

「光太郎って、御山けっこうギリなんじゃねえの？」

「ギリってか、ギリアウトだろ」

うるせ、と俺は高田から器を奪った。もうほとんど飯は残っておらず、ツナとマヨネーズのかけらがつゆの中をゆらゆらと漂っている。てのひらに伝わるつゆの熱で、縮こまっていた毛穴がふっと開いた気がした。

「でも御山のＭＣＭＵ入るってそこらじゅうで言いまくってるし、落ちらんねえよな、お前は」

隆也がニヤニヤしながら言う。これで落ちたら面白いのに、と、顔に書いてある。

「ＭＣＭＵじゃなくてＭＵＭＣな。ミヤマ・ユニバーシティ・ミュージック・クラブだから」

「隆也いつも間違えるよな、そこ」

冷静なツッコミをいれる高田を、「そんなごちゃごちゃしたの覚えられまっせーん」隆也が軽くあしらう。

「ライブするたびにＭＵＭＣ入るって宣言してるもんな、お前」

そう呟《つぶや》いた高田が、小さくしゃっくりをする。はは、と笑いながら肩にかけ直したギターケースが、さっきよりも、少し重い。

ライブをするなら金曜日、場所は中庭。そう決めたのはいつだったか、もうはっきりとは覚えていない。だけど、試しにやってみた一年生の夏からずっと、中庭ゲリラライブは続けている。二か月以上やらないときもあるし、二週続けてやったときもある。新曲、コピー関係なく、セットリストが整いさえすればライブをした。夏には夏の、冬には冬の曲を練習して、みんなの前で披露した。

だけど、最後にやる曲だけは、初めてゲリラライブをしたときからずっと変わっていない。一年生の夏に、三人で初めて作った曲。

一番単純で、一番粗削りな曲が一番人気っていうのは、けっこうな皮肉でもあるし、やっぱり嬉《うれ》しくもある。ライブを始めたころは澤田以外の先生たちにもやたらと怒られたりしたけれど、三年間も続けていれば、「金曜日の風物詩」なんて言われ始めるまでになった。

「そういえば、もう文集の表紙描いた?」

俺はそう言うと、おでんのつゆを思い切って飲み干す。熱の塊が喉《のど》をこじあけていく。

「描いた」しゃっくりが止まった高田が言う。「描いたっつーか、いろんなライブの写真を切り貼《ば》りして敷き詰めた。それで完成」

「あっそれ頭いい！」

さすが国立、と俺は高田の頭をくしゃくしゃと撫《な》でる。こういうことをすると、高田はすごく嫌そうな顔をする。その顔を見たいから、もっとくしゃくしゃとしたくなる。

「俺はねぇ」

「お前はどうせ彼女と交換すんだろ」

ギロリと隆也を睨《にら》むと、「だから逆に難しくってよお〜」と照れられた。うざい。

俺たちが通う高校では、卒業文集の表紙を卒業生が自分で描くことになっている。ただ、表紙といっても、本屋で本を買ったときに付いてくるカバーを丈夫にしたようなもので、簡単に取り外しができるものだ。それに、文集が配られるときは学校指定のケースに入れられているので、その人がどんな表紙を描いたのかは、そのケースから文集が取り出されるまでわからない。その結果、ずいぶん前から、卒業生カップルの間では文集を交換することが流行《はや》っている。世界に一つだけの表紙をプレゼントし合うらしい。去年までは、何じゃそりゃ、と思っていたけれど、いざ隆也がその立場になってウンウン唸《うな》っているのを見ると、やっぱり少しうらやましい。

「あれ、提出いつまでだっけ？」

俺は、からっぽになった器を高田に押し付ける。じゃんけんの勝敗は、ゴミの処理にまで影響する。

「確か、卒業式の一週間前とかだろ。業者がその一週間で本気出すらしいぞ」

「じゃあ、あと一か月くらい？　うわ、てことは卒業式まで一か月くらいってこと？」

すきっ腹が落ち着いたからか、ぐっと体温が上がる。「表紙にチュープリ貼れよチュープリ」「ハメ撮《ど》り貼れよ」隆也をいじっていると、いつのまにか塾に着いていた。

今日はまず、英作文を見てもらうことになっている。

カーディガンでは隠すことができない指の腹が、じん、と痛む。

ゲリラライブは今日で最後にしよう。三人でそう決めた。そして、全員大学に受かったら、卒業式のあと、本当に最後のゲリラライブをしよう、ということも、決めた。

隆也も、高田も、俺も、卒業式まではそれぞれの楽器を置いて、ペンと受験票を握り締める。だけど、今の俺には、あまりにも見慣れた二つの横顔が、俺じゃないやつの隣で楽器を弾くことになるなんて、全く想像できない。

右を向けば、「第〇回高校生全国弁論大会出場者募集！」。左を向けば、「姉妹校・アメリカ、コロラド州の大学に進学しませんか【限定一名、選抜試験あり】」。職員室の壁には、どう考えても俺たちには縁のないポスターたちが貼られている。アメリカの大学に進学なんて、そんな制度がこの高校にあることすら知らなかった。

そんな知的なポスターに囲まれた高田は、その大きな図体《ずうたい》をしゅんと萎《しぼ》ませている。

「今までは善意で貸してたけど、正直、もう次からは貸せないかな。乱暴な使い方はしないって約束だったわけだし」

「本当にすみませ」

「あ、大丈夫です」頭を下げる高田の後ろから、隆也が顔を出す。「もうゲリラライブしないかもしんないんで」

「本当にすみませんでした」

高田は頭を下げながら、後ろにいる隆也に肘鉄《ひじてつ》を喰らわせる。

「音楽室には替えがあるからまだよかったけど、もしかしたら、吹奏楽部の大太鼓担当が練習できなくなるかもしれなかったんだからね。そのあたりわかってる？」

吹奏楽部の顧問は、俺たち三年生の英語の担任でもある。髪の毛を後ろでひとつにまとめているのはいつものことだけれど、怒っているからか、今日はいっそう目がつって見えた。

「いつも大太鼓貸してる子も、これからは道具の貸し出しを考えさせてくださいって言ってるから」

「あ、でもこれからっつっても」

一歩前に出た隆也を、今度は俺が後ろから羽交い絞めにする。

「始末書とかそういうのはいいけど、ちゃんと反省すること」

はい、と、また、高田がしゅんとする。「帰っていいわよ」先生がそう言ってくれてやっと、高田はその体をのそのそと動かした。

目の前から高田の大きな背中がなくなると、先生のデスクが見えた。赤ペンやファイルなどでごちゃごちゃしているそのデスクには、テスト用紙が拡《ひろ》げられている。

「先生、これ前の英作文の小テストすか？」

「そうだけど……あんま見ちゃダメよ、他の人の」

先生が、ちょうど今採点していた用紙を腕で隠す。この紙の束のどこかに、俺の解答用紙もあるはずだ。

「これ難しかったんだよなー……」

先出てるぞ、と、隆也と高田が職員室から出て行く。三年生は、センターが終わると、決まった時間割がなくなり、自分に合った授業を各自選択できるようになる。

「今回、俺どうですか？」

「まあ、高田くんのほうがだいぶよかったかな」

英作文の応用クラスは、高田と一緒に受けている。くそ、高田のほうが点数が高いのはいつものことだけど、やっぱり少しは悔しい。

「これ、模範解答すか？」

俺は、デスクの端によけられている用紙を手に取る。だけどそれは、問題集の冊子をプリントしたものでもなければ、先生が書いたものでもないようだった。

「あ、これはね、ちょっと」

先生はその紙をこそこそ隠そうとしたけれど、俺は、そこに書かれていた名前をしっかりと見てしまった。

「荻島夕子《おぎしまゆうこ》、って書いてありましたけど」

も〜、と困ったように唸ると、先生は、

「あなたと同じクラスの荻島さんよ」

観念したように、そう言った。

荻島夕子。

階段掃除の子だ。

「荻島さん、英作文も英文和訳もバッチリでね。問題集の正解よりもきれいな解答してくるときもあるから、たまにこうして採点に使わせてもらってるの」

「へー！　すげえ」

「私もハッとさせられることがあるのよ、こういう訳し方もできるな、って」

ていうか先生しっかりしてくださいよ、と、俺はさりげなくそのテスト用紙を手に取ろうとする。だけど、「ほら、もう戻りなさい。あんまり人の解答ジロジロ見ないの」さすがに先生に阻止される。

「神谷《かみや》くん、そんなことより」

先生が、俺の目を見る。それまでのくだけていた雰囲気が、ぐっと引き締まったのがわかった。

「御山大の英語、決して簡単なわけじゃないんだからね。もうちょっと力入れたほうがいいと思う」

「あ、はい」

クラス担任ではない先生にまで、俺が御山大を受けることは広まっている。やっぱり、絶対に、落ちるわけにはいかない。

そう思ったとき、ふと、俺の頭にひらめくことがあった。

「……でも、大丈夫です。もう対策は考えてあるんで」

思わずそう口走ると、先生が「対策？」と首をかしげた。俺は、何でもないっす、と慌《あわ》てて職員室を出ながら、頭の中にひらめいた対策の手触りをもう一度確かめた。

うん、名案だ。

すっかり冷たくなっていたスリッパを履いて、南階段を下っていく。こっちの階段には、埃は全然溜まっていない。


夕子さんは今日も、早口で話す。

「もっと、柔軟に考えていいと思う」

図書室だから、声が小さくなるのは当たり前だ。だけどテンポが速いから、え、とか、もっかい、とか、何度も聞き返してしまう。

「何にって？」

「だから、もっと柔軟に……特に、英文和訳のときは、訳すっていうよりも日本語の文章を書く気持ちでっていうか」

テーブルの上に置かれたスケルトンの四角いケースバッグは、もう何も入らないくらいぱんぱんにふくらんでいる。夕子さんのケースバッグには、シールやステッカーが一枚も貼られていない。

「英文がそういう順番じゃなくったって、日本語として自然なふうに訳しちゃえばいいんだよ。これだったら、この when の節から訳し始めちゃったほうが、ほら、そしたらここの文の繋《つな》ぎとか、もっと自然になるでしょ」

「早口すぎる早口すぎる」

落ち着いて、と俺が両てのひらを広げると、夕子さんは一瞬だけそのてのひらを見て、すぐに「ごめん」と俯《うつむ》いてしまう。それからまたすぐ、小声で早口な英語講座を再開する。そうするとまた俺が聞き取れなくなる。その繰り返しだ。

昨日の放課後、俺は塾に行かなかった。いつもみたいに一緒に塾に行くつもりだった隆也と高田は、「ふたりでじゃんけんしたら負ける確率高くなるだろ」と抵抗してきたが、ごめんごめんと適当にあしらった。俺はそのまま学校に残り、南階段に向かった。

南階段を三階まで上がると、そこには図書室がある。そのまま階段を上り続けると、閉鎖されている屋上へ続く扉がある。扉の前の踊り場は他の踊り場に比べてスペースがゆったりしているので、授業をサボるときには絶好のスポットだ。

「夕子さん」

図書室の前で待っていたら、予想通り、荻島夕子はすぐに来た。

「俺に英語教えてくんない？」

俺を避けるようにして図書室に入ろうとしていた夕子さんは、脱ぎ掛けのスリッパを爪先《つまさき》に引っかけたまま、何か言った。

「え、何？」

このときすでに、小声で早口だった。聞き取れなかった俺は、夕子さんに一歩、近づく。

「何で、私？」

夕子さんは、着けていたマスクを下ろして、言った。

「先生たちが夕子さんの英語がすごいって話してるの聞いてさ。俺ちょっと英作文がやばいんだよねー」

「先生たちがそんなこと」

「うん、うん」

夕子さんとは、三年生になって初めて同じクラスになった。会話を交わしたことがないわけではないが、ものすごく仲が良いというわけでもない。席が近かったころは、おはようとか、シャーペンの芯《しん》貸してとか、そういう会話を日常的にしていた。夕子さんは誰のことも拒絶もしないし、かといって必要以上に仲良くなろうともしない。席が離れれば自然と話さなくなったし、その後また近くの席になることがあったら普通に話をしたと思う。

文系の教室は、男子よりも女子のほうが少し人数が多い。いつもおとなしそうな女子ふたりと一緒にいる夕子さんは、そんな景色の中にきれいに馴染《なじ》んでいた。だけど、夕子さんは、そのふたりともある一定の距離を置いているように見えた。もともと仲のいいふたりに夕子さんがくっついたといった感じで、それは夕子さん自身も自覚しているようだった。三人で並んで歩いていても、いつしか夕子さんはそっと一歩後ろに下がっていることが多い。ふたりの会話をじゃましないようにしているのかな、と、俺は勝手に思っていた。

だけど、俺が夕子さんに関して気になっていることは、そんなことではない。

夕子さんに声をかけたのは、昨日の放課後——つまり、火曜日の放課後だ。

御山大の二次試験では毎年、和訳も英作文も半々くらいの割合で出る。そう伝えたら、夕子さんは早速、二題ずつ問題を考えてくれた。その対応の速さに驚いていると、

「私のテキストを写しただけだから」とあっさり言われた。

「それなら、自分でテキストやるのと同じような気が……聞きに来た俺が言うのもなんだけど」

「そのあと、ちゃんと確認しながら直していく作業が大事なんだよ。問題の中身よりも、そのあとが大事」

そうなんだ、と答えると、そう、と強く頷《うなず》かれる。こうなると、こちらも、従うしかなくなる。

昨日は、そこで別れた。俺は家に帰ってすぐに風呂《ふろ》を済ませ、辞書を片手に英作文に励んだ。和訳は、辞書がなくてもできた。

そして、今日だ。昨日出してもらった課題を、夕子さんが添削してくれている。

「英文和訳はそんなとこかな……じゃあ次は英作文ね」

マスクの位置を直すと、夕子さんは赤ペンの先端を俺のへたくそな文字に沿わせ始めた。俺は、少し猫背気味の夕子さんの姿を見つめる。

少し声が低めで、肩まで伸ばした髪の毛は真っ黒で、授業中や勉強中は、黒い縁の部分がとても細いめがねをかけている。

「神谷くん」

「はい」

夕子さんが顔を上げる。

「辞書、使ったでしょ」

「……はい」

俺は顔を下げる。

「辞書引かなきゃわかんない言葉なんて、私たちだってこうやって話してるとき使わないでしょ。だから、簡単なっていうか、自分の知ってる言葉とか言い回しとか、そういうので」

「え、でもさでもさ」

俺はさすがに応戦しながら、カーディガンとカッターシャツを一緒に腕まくりする。図書室の暖房は強い。

「そりゃ日本語はもう喋《しゃべ》れるから辞書なんて使わないけど、英語は違うじゃん。知らない言葉すげえあるもん。そりゃ辞書も使いたくなるって」

夕子さんは、カチ、と音を立てて赤ペンの先端を仕舞った。

「二次試験までもう三週間もないでしょ。今は、辞書引いて新しい単語覚えるより、いま頭の中にある単語で文章を作る訓練をしたほうがいいよ、きっと」

じゃあ答え合わせ、と、夕子さんは、案外あっさりと解答の冊子を開いた。俺のノートと冊子の間で、顔が小さく左右に揺れている。

俺は、カーディガンのポケットの中で震えている携帯をてのひらでぐっと押さえた。たぶん、隆也だ。

今日も塾を休んだら、親とかに連絡がいくのだろうか。さすがに二日連続はまずいかもしれない。

だけど、と、俺は視線をちらりと逸《そ》らす。図書室の貸し出しカウンターには、かわいらしい卓上カレンダーが置いてある。

今日は、やっと、水曜日だ。

「あ、結構解答と近い感じだね。でも確かにここは」

「あの」

少し、大きな声になってしまった。別のテーブルに座っている人たちが、数人、こちらを見る。

「何？」

夕子さんが、ぐっと、声のボリュームを落とした。

俺は、夕子さんにずっと聞いてみたかったことがあった。英文和訳のコツとか、英作文のやり方とか、そんなことよりもずっとずっと聞いてみたかったことがあった。

「今日水曜日だけど、階段、掃除しないの？」

夕子さんと、初めて目が合った。


「一番上からやらないと、埃が落ちていかないから」

そう言いながら階段を上る夕子さんの右手には、柄の赤いほうきが握られている。俺も、同じものを用具入れから取ってきた。

あたたかい図書室から出たばかりなので、階段の寒さに体がびっくりしている。俺は一度マフラーを取りに図書室に戻ったくらいなのに、女子はどうして足を出していられるんだろう。その疑問をぶつけると、たいていの女子は「気合いだよ」と答えるけれど、夕子さんは違った。

「みんなが出してるからだよ」

ズボンの裾《すそ》から入り込んでくる冷気に耐えられなくて、俺は靴下の中に裾を入れ込む。見た目がもんぺみたいになってめちゃくちゃダサいけど、その分、あったかい。

「ここ掃除されてんの、実はけっこう助かってるんだよね。俺、たまに来るから」

そうなんだ、と相槌《あいづち》を打ちながら、夕子さんはほうきをせっせと動かす。一週間分の埃が、鬼ごっこの鬼から逃げるように宙を舞った。

閉鎖された屋上への扉。普段は誰も来ない、少し広いスペースの踊り場。ここの窓からは、高校のすべてが見える。中庭も、グラウンドも、部室棟も。図書室以外の何もかもが見える。

「たまに来るって、こんなとこに？」夕子さんがほうきから目を離さずに言う。

「うん、時々。その日中に曲の詞書かなきゃいけないときとか」

「軽音部だったら、部室とかあるでしょ」

夕子さんが踊り場の右半分、俺が左半分を掃除する。同じ面積を掃いているのに、俺のほうがかなり早く終わってしまいそうだ。

「いや、隆也とか高田とかがそばにいると詞なんて書けないし」

「どうして？」

「どうして、って言われても……」

笑ってごまかそうとする俺に、夕子さんはごまかされてくれた。ただ、ほうきの先がリノリウムと擦れる音だけが、高い天井に反響している。

みんなが出してるから出しているらしい夕子さんの足はとても白く、血管が青く浮いて見えた。かなり華奢《きゃしゃ》に見えるけど、それでも足を出す。すごく寒いけれど、みんなが出しているから。

「俺、実は、夕子さんがこの階段を掃除してるとこ、二回くらい見たことがあるんだよね」

夕子さんは返事をしない。

「それがどっちも水曜日だったから、今日ももしかして、って思って」

端っこにあるこの南階段だけ、いつも埃が少ない。どうしてだろう、と思っていたころの帰り道、中庭を通り抜けようとしたら、そこから夕子さんの姿が見えた。遠くてわかりづらかったけれど、なぜだか、あのシルエットは夕子さんで間違いないと思えた。

受験の真っただ中にいる三年生は、掃除を免除されている。そんな中で、夕子さんはひとり、この場所をほうきで掃いていた。しかも、毎日使う教室や廊下ではなく、図書室を経由して屋上に続く南階段を。

「何でこんなとこ掃除してんの？」

俺はそう質問しながら、もう何度も掃いたところを繰り返し掃き続ける。

「何で急に話しかけてきたんだろうって思ってたけど、それ聞くため？」

別にそれだけじゃないけど、と俺が口ごもると、夕子さんは一瞬、ほうきの動きを止めた。

「そういえば、神谷くん、アンケートちゃんと答えた?」

「アンケート?」

窓から見える中庭を、受験なんて今の自分から遥《はる》か彼方《かなた》にあると思っているだろう後輩たちが、足早に通り抜けていく。外は相当寒いのか、みんな、肩がぎゅっと上がっている。

夕子さんは、やっと踊り場の掃除を終えると、階段を一段、下りた。自分のペースで進めた場合、もう四段ほど下りて行けるくらいだったけど、夕子さんのペースに合わせるため、俺はまた同じところを掃き続ける。

「覚えてないの? 実行委員、高田くんなのに」

「ああ、謝恩会のプレゼントね」

四段、五段、と、階段の掃き掃除は踊り場に比べてテンポよく進む。だけどやっぱり、俺のほうがペースが速い。

「あれ、みんななんて書いたんだろ。ホームルームでどうせ意見でないからアンケートって、高田くんらしいっていうか、効率的だよね」

「先生に感謝の気持ち込めろって言われても、寄せ書きとかしか思いつかねーしなあ……」

卒業式が終わったあとのホームルーム、先生に何かひとつプレゼントをするのがこの高校の恒例となっている。あした、アンケートの結果をもとにした話し合いがあるけれど、ホームルーム委員の高田はまた困ったことになるだろう。たぶん、俺みたいに、アンケートの存在すら忘れてるヤツが大半だ。

「でも先生あの外見でディズニー好きだから、グッズあげるとかでいいんじゃゃね？」

「ディズニー？」

俺は、とん、と一段飛ばしをして、三階と屋上の中間の踊り場に辿《たど》り着く。このまいくと、図書室の階に下りるまでに、かなりの埃が溜まりそうだ。

「携帯のストラップ、ダッフィーなの、あいつ。超意外っしょ。ま、子どもからもらったんだろうけど」

四十男がダッフィーはないよな、と笑うと、白い息がふわっと舞い上がった。寒い。俺の肩もぎゅっと上がる。

「神谷くんて、意外と、人のこと見てるよね」

意外と、という言葉が少し引っかかったけれど、そこには突っ込まない。

「隆也くんたちとは、そこがちょっと違うって思ってた」

そうか？　と笑ってごまかそうとしたけれど、夕子さんはもう、ごまかされてくれなかった。

「歌詞は神谷くんが書いてるんだね」

「まあ、大体は」

トン、と一段下に飛び下りると、埃が行くあてもなく散らばってしまった。俺はそれを慌ててかき集める。

「あんな踊り場でひとりで、歌詞書いたりしてるんだね」

夕子さんは散らばった埃に動じることもなく、そのまま階段を掃きながら下りていく。

「ちょっと意外」

壁にかけられた名前も知らない有名な画の中の女の人が、裸のまま、俺たちのことを見ている。

「まあ、やっぱり誰かに見られてるときは書きにくいっつうか」

「神谷くんて、人前に出ることも多いけど、たぶん、ひとり好きだよね」

「え～？」

おどけた声を出してみたけれど、夕子さんは笑うこともなく「そうだよ」と頷く。

「周りの人のことよく見てる人って、つまり、ひとりでいることが好きなんだと思う。さっきの先生の携帯のストラップなんて、他の誰も見てないと思うよ、たぶん」

俺のカーディガンのポケットの中で、また携帯が震えはじめた。くぐもった振動音が、うまく言葉を見つけることができなかった俺の沈黙をうやむやにしてくれる。

夕子さんは、とても丁寧に階段を掃く。ほうきの先で階段のタイルを削り取るみたいに、何度も、何度も。

「図書室にひとりでいると、たまに、綾香《あやか》たちと一緒じゃないの、って聞かれることあるんだけど」

綾香たち、というのは、教室でいつも夕子さんといっしょにいる二人組のことだ。

「神谷くんは、そういうこと言わなかったよね」

夕子さんが、一段下がる。二人の差が、少し縮まる。

「……なんか、ちょっと」

携帯のバイブが止まった。

「一歩引いてるのかなって、思ってたから」

なんとなくだけどな、と付け加えたとき、俺は、自分の手が動いていないことに気がついた。いつのまにか、夕子さんのほうが下の段にいる。俺は慌てて埃を落とす。

図書室のある三階に着くと、夕子さんは、埃を廊下の隅っこにまとめた。俺も、自分が集めた埃をそこに寄せていく。

二人がそれぞれ集めた埃が、ひとつになる。俺が集めた埃のほうが、断然、少なかった。

「でもそれって」

夕子さんが、体の向きをくるりと変える。

「神谷くんも同じ気がする」

「え？」

「ハイ、今日はここで終わり。ちりとりちりとり」

図書室の入り口近くにある掃除道具入れ用のロッカーを開けると、夕子さんはプラスチックのちりとりを取り出した。よっと、と背を丸めて埃を集めると、すぐそばのごみ箱に流し込むようにして捨てた。すごく慣れた動きだった。

ちりとりをごみ箱の縁に何度かぶつけると、夕子さんは「ん」と俺に向かって手を差し出してきた。そのまま俺のほうきの赤い柄を握り、自分が使っていたほうきと一緒に片付けてくれる。指輪とかヘアゴムとか、そういうものがひとつもついていない手は、他の女子よりも余計に小さく見えた。

「手伝ってくれてありがとう」

だけど、と、夕子さんは、一瞬だけ俺の目を見た。

「神谷くん、嘘《うそ》、つかなくていいよ」

じゃあ、と、夕子さんが図書室に帰っていく。図書室の入り口の引き戸は、他の教室のそれと比べて、ずっと分厚く感じる。

嘘、つかなくていいよ。

夕子さんは、気づいていたのかもしれない。俺が、何もないところを掃き続けていたこと。

いや、それとも。

がら、と音を立てて、図書室の引き戸が開いた。中から出てきた見知らぬ生徒が、入り口でぼうっと突っ立っている俺に驚いている。俺は、その場からそそくさと体をどかしながら、あることに気づいた。

——何でこんなとこ掃除してんの？

やっと訊《き》けたのに、夕子さんは、答えをくれなかった。

元気な女子たちが、懐《なつ》かしい合唱曲を歌っている。出身中がバラバラでも、合唱コンクールなどで歌ってきた曲は大体同じだから、担当してきたパートが違えば偶然ハモれたりして、けっこう楽しそうだ。

教壇の前にいる高田が、先生がいなくなり、秩序を失った教室を前にしてわかりやすくため息をついている。謝恩会のプレゼントを話し合うホームルームは生徒たちだけで行わなければならないけれど、そうなると単語帳とにらめっこをしだすやつもいるし、それこそ合唱曲を歌い出すグループもある。

「ほらそこ、うるせえうるせえ。歌うな。『時の旅人』やめろやめろ」

高田が黒板をチョークでこんこんと叩く。体がでかいし老《ふ》け顔なので、先生に見えなくもない。

「もう準備期間もないし、今日中に絶対決めるぞ、内容」

歌っていた女子も黙って、はーい、とだるそうに返事をする。高田の、強い抑圧をせずともクラスをちゃんとまとめられる力っていうのは、すごいと思う。

「まず、アンケート。ひどい。ロクなの書かれてない。寄せ書きとか、先生の好きなものあげるとか、そんなんばっか。バレンタインのチョコ祭りってのはちょっといいかなって思ったけど、式は三月一日だしなあ……」

「高田くん、今年はチョコもらえるといいね！」隆也が飛ばした野次に、男子たちが俺も俺もと乗っかり出す。

「どうすっかなあ」高田は隆也を完全に無視する。「こうなったら結局ここの話し合いで多数決するしかないな。他になんかめぼしいのあったっけ」

「おいおい！」

高田がアンケート用紙をぱらぱらとめくり始めると、ガタンと大きな音を立てて隆也が立ち上がった。周りの女子たちが「声でかいって」とうんざりしている。

「高田、俺のヤツちゃんと読んだ？　めぼしい案ならそこにあるだろ～？」

隆也がずかずかと教壇まで歩いていく。そして、高田からアンケート用紙の束を奪うと、その中から自分のものをするりと抜き出した。

「ほら、俺たちの先生ありがとうライブ！　これでいいじゃん！」

な、と隆也が俺を見つめてくる。は、と、俺は自分の口が開いたのがわかった。

「もうゲリラライブもできないかもしれないしさ、最後に新曲作って先生に贈ろうぜ」

「ちょっとちょっと、それ、あたしたちはどうしてればいいわけ？」もっともな意見が、さっき合唱曲を歌っていたグループの辺りから飛んでくる。

「謝恩会はクラスみんなでやらないとダメなんだって。俺たち三人だけが盛り上がっても仕方ないだろ」高田が冷静にフォローする。「そもそも新曲練習する時間なんてないわけだし」

「高田は真面目《まじめ》なんだから〜、おい光太郎」

　隆也の顔いっぱいの笑みが、俺のほうを向いている。

「お前、あそこ入るために御山大行くんだろ、何だっけ、ミヤマナントカミュージッククラブ？」

　もうそれ聞き飽きたー、と、どこかの女子がまた突っ込む。

「だったらこんなくらいの人前で歌えなくってどうするよ、なあ！」

　隆也の目は、いつも、こんなふうに疑いなく輝いている。だけど、強すぎる光に照らされると、目が痛くなってしまう。照らされた人はやがて、その光を直視できなくなる。

「もういいから、席戻れよ」

　高田が隆也の背中を強めに押す。んだよ、と、隆也の目にほのかな苛立《いらだ》ちが宿ったとき、

「あの」

一番後ろの席の誰かが、立ち上がった。

「さっきの聞いて思ったんだけど……合唱ってどうかな」

早口で、小さい声。

「高校入って合唱する機会なんてなくなったけど、三年ぶりにやると、けっこう楽しいと思う。さっきも盛り上がってたよね」

きっと、高田も、クラスのみんなも、きちんと聞き取ることができなかっただろう。

「歌ってきた曲って、どの中学も似たりよったりでしょ？　うまい具合にパートももう分かれてるかもしれないし、卒業っぽい曲だっていっぱいあるし、練習にもそんなに時間がかからないと思うし……」

だけど、俺は、一言一句、すべてちゃんと聞き取ることができた。高田はもう一度詳しく説明を求めていたし、みんなも内容をしっかりは理解できていない表情をしていたけれど、俺の耳は、夕子さんの声の粒を、すべてちゃんと拾い上げた。

嘘、つかなくていいよ。

今聞いた声よりも、もっともっと小さな声が、耳の中で蘇《よみがえ》る。

たっぷり濡《ぬ》らして絞った雑巾《ぞうきん》は、むきだしの手にとても冷たい。今日は寒波の影響でいつもより気温が低いうえに、袖《そで》が汚れないように腕まくりをしているせいで、肘から先が冷えきってしまっている。あらかじめマフラーを持ち出しておいて正解だった。

「水曜日は南階段で、金曜日は窓掃除?」

窓に向かい合う夕子さんに向かって、俺は声をかける。誰も入れない屋上近く、少し広い踊り場。こんなところにある窓の汚れなんてきっと誰も気にしないのに、夕子さんはそれでも磨く。

火曜日に声をかけ、水曜日に南階段を掃除した。そのあと、また、英作文の問題を出してもらった。夕子さんに英語を教えてもらうようになって四日目になる今日は、勉強を始めてすぐ、司書さんがこちらに近寄ってきた。

「雑巾とバケツ、いつものところにあるけど?」

いたずらっぽく笑う司書さんに向かって、夕子さんは「ちょっと、やめてください」少し怒ったような表情をした。だけど、「なんかやるならまた手伝うよ」と俺が申し出てしまったこともあって、結局、いつものところにあるらしい雑巾とバケツを取りに行かなくてはならなくなった。

図書室から出る直前、司書さんは、夕子さんには聞こえないように耳打ちしてきた。

――金曜日は窓で、水曜日は階段なの。でも、窓の掃除のほうがずっと早く始めたのよ。

「あ」

きゅ、と、磨かれた窓が鳴く。

「昨日のホームルーム、なんか、ありがとう」

助かった、と五文字を発するために使われた息が、窓の一部を白くする。そこをまた、きゅっきゅと磨く。窓の外の景色が、きれいに見えるようになる。

結局、謝恩会での先生へのプレゼントは、夕子さんの提案が採用され、合唱に決まった。全員が歌ったことのある「旅立ちの日に」という曲を、先生に向けた歌詞にアレンジするのだ。

「ありがとうって……お礼言われるのも変だけど」

夕子さんが、俺を見ずに呟《つぶや》く。こんなに小さな声で話す人が、あの場で手を挙げて自分の意見を言ったことが、いまだに信じられない。

あのとき、俺は、どんな顔をしていたんだろう。窓を拭《ふ》きながら考える。隆也の目に映る俺は、きっと、そこから逃げ出したいような弱々しい表情をしていたはずだ。

　窓越しに見える中庭から、騒がしい声が聞こえてくる。一年生か二年生だろう、三人組の男子のグループが、学校のスリッパをフリスビーのように投げ合っている。

　その姿が、一瞬、俺と隆也と高田に見える。

「俺、嘘ついてるわけじゃないんだよ」

　今度の呟きでは、窓は白く曇らない。それくらい、パワーのない声がこぼれる。

「だけど、別に嫌いとかうざいとかじゃないんだけど、たまに、疲れるときもあるっていうか」

　教室でも部室でも、いつでもどこでも騒がしい友達。あいつらと一緒にいるのは、本当に楽しい。心の底から楽しい。だけど、そうじゃない一秒が、ないわけではない。

　雑巾が乾いてきた。だけど、言葉を止めてまで、水に浸《つ》けなおすことはしたくない。

「俺、ヴォーカルだし、盛り上げ役にならなきゃいけないんだけど、ピエロになりきれないっていうか。考えちゃうんだよな、いろいろ。それで隆也に乗れないときっていうのが時々あって」

「大丈夫」

　夕子さんは、何のためらいもなく、バケツの水に雑巾を浸した。

「誰も悪くないから、大丈夫だよ」

夕子さんの白くて細い腕は、俺のそれよりも冷たさをより感知しやすいように見えるのに、じゃぶじゃぶと豪快に雑巾を洗っている。

「すごいと思う」

夕子さんの前にある窓は、ある一部分だけがやけにきれいに磨かれている。

一昨日の俺みたいに、何もないところを何度も磨き続けていたら、こうなるのかもしれない。

「私が覚えてるくらいだもん、ミヤマ・ユニバーシティ・ミュージック・クラブ。隆也くんはずっとユニバーシティって単語が出てこないみたいだけど」

あいつ受かんのかな大学、と呟くと、夕子さんは冷静に「英語が重視されるところは無理なんじゃないかな」と言った。

「ほとんどの人が神谷くんの志望校知ってるもんね。それってすごいことだと思うよ」

「これで落ちたらマジでカッコ悪いけどな」

自分で言ってみて、本当にそうだな、と改めて思う。笑いごとじゃない。

「どうしてそのサークルに入りたいの？」

しゃがんでいた夕子さんが、立ち上がる。そしてまた、水を吸った雑巾で窓を拭き始める。

「すげえバンドがいるんだ」

俺も、止まっていた手をもう一度動かす。

「スリーピースバンドで、全員まだ大学四年だったかな。一年ちょっと前にインディーズデビューして人気が出てさ、今はもうワンマンでどこのライブハウスも満員にしちゃうんだぜ。歌詞が英語だから意味はよくわかんないんだけど、すげえかっこいいの。俺も英語の歌とか作ってみたいんだけど、そこは頭足りなくて」

最近は古文の語呂《ごろ》合わせのCDばかり聴いているから、そのバンドの曲を聴けていない。だけど、こうして話し出すと、頭の中では大好きな曲たちのメロディが入り乱れ始める。

「俺も、大学生のあいだにそんなふうになりたいんだよね。インディーズでも何でもいいから自分のCDが全国で売られて、ライブは満員で、俺みたいに後を追ってくる後輩がいて、何より音楽がめちゃくちゃかっこよくて。そのバンドへの憧《あこが》れだけでいま勉強できてる感じ」

そんな感じかな、と慌てて締めくくり、バケツに雑巾を突っ込む。一人でベラベラ喋ってしまった時間を、雑巾を洗うという作業でうやむやにしようとする。

ゲリラライブに来てくれる人たちの前で夢を叫んだときは全然恥ずかしくなかったのに、こうやって一対一になると、急に恥ずかしくなるのはどうしてだろう。

「夢なんだね」

夕子さんが言う。夢、なんていう言葉にされると、もっともっと恥ずかしくなる。

立ち上がると、スリッパを投げ合っていた男子たちはもう、中庭からいなくなっていた。少し遠くに見えるグラウンドでは、サッカー部のロングパスが風に流されている。

「夕子さんは？」

不意に、聞いてみた。

「どこの大学目指してるんだっけ？　夕子さんの夢って、何？」

想像がつかなかったし、噂話《うわさ》でも聞いたことがなかった。クラスの誰がどのあたりの大学を受けるかっていうのは、なんとなく、知れ渡る。だけど、夕子さんに関しては、誰からも何も聞いたことがない。

「神谷くんって、もう、文集の表紙描いた？」

夕子さんはまた、俺の質問には答えてくれない。

「やべ、忘れてた……あれいつまでだっけ」

「まだ描いてないなら、私と、表紙交換しない？」

全く想像していなかった言葉に、思考が止まる。

「へ？」

声に出すと、「へ」という形をした白い息がポンと出てきたような気がした。

「そこで、これまでの質問に全部、答えるから」

ハッと窓に息を吹きかけ、力強くその部分を磨くと、「よし」夕子さんはくるりと踵《きびす》を返した。神谷くんのもまとめて洗っておくね、と、俺の雑巾をバケツに入れ、階段を下りていってしまう。

俺は、一人、踊り場に残される。

――これまでの質問に全部、答えるから。

夕子さんの言葉を思い出しながら、俺は、二人で磨いた窓を見つめる。

まんべんなくほうきを動かしていた南階段のときとは違って、夕子さんは、窓のある一部分のみを磨き続けていた。自分の目線の高さよりも少し下、俺の腰のあたりの一部分。

そこだけが、外から差し込んでくる光を、そのままの鮮やかさで通過させている。

冬の夕陽は他の季節よりもずっとあかく、あつい。

テーブルランプの近くに置いてある携帯が、連続して震えた。

【全員受かって最後のゲリラライブやるぞ！　つーかお前塾サボりすぎ！　落ちても知らねえぞ嘘だ頑張れ！　お前は絶対御山に行くべきそしてバンドやるべき】

【御山受かって、ＭＵＭＣに入って、初めてのライブをするときは、絶対に呼んでくれよ。明日は今までの努力を全部ぶつけて、頑張れ】

名前を見なくても、文面ですぐに誰からのメッセージかわかる。隆也と高田以外からもたくさん届くメッセージが、やたらときれいな部屋に落ち着かない俺の心を、やさしく撫《な》でてくれる。

受験のためにひとりで知らない土地のホテルに泊まるっていうのは、ちょっとしたイベントだった。一人でホテルにチェックインをしたのも初めてだし、外出時にフロントに鍵《かぎ》を預けるのも初めてだ。受付の女の人に丁寧に頭を下げられると、自分がまるでスーツを着たビジネスマンになったような気がした。

御山大には、明るいうちに一度、行ってみた。電車に乗って、駅から大学までの道のりを実際に歩いてみた。まだ二月の下旬なのに、大学はもう春休み中なのか、キャンパスに人はあまりいなかった。そういえば、大学はやたらと休みが長いと聞いたことがある。

さっき携帯で撮ってきた写真を見る。パンフレットでしか見たことがなかった御山大学の校舎が、そこにある。春から、本当に、ここに通うことができるかもしれないんだ――そう思うと、居ても立ってもいられない。

写真を見ている間にも、メッセージが届く。【御山の音楽系のサークルはかわいい子多いらしいぞ～】軽音部のやつら。【先輩なら絶対受かるって信じてます】去年告白してきた後輩の女子。

大学の下見からの帰り道、コンビニで明日の朝飯も買っておいた。糖分補給のための、一口サイズのチョコレートは必須《ひっす》アイテムだ。いっちょひとりカラオケでもして景気づけようと思ったけれど、それはなぜだかできなかった。知らない町の知らないカラオケ店は、全く自分と繋がっていない場所に感じられた。携帯のアラームと、ホテルのベッドの枕元《まくらもと》についている目覚まし時計もセットした。受験票も、リュックの上に置いてある。鉛筆もすべて、適度に削った。風呂は、湯を溜《た》めようと思ったけれどなんとなくやめて、シャワーにした。これでもう、いつでも寝られる。

ホテルの机の上には、一枚の紙と、一冊のノートが広げられている。ノートは、夕子さんとやった英作文と英文和訳の問題と解答をまとめたもの。それぞれのチェックポイントは赤字で書いてある。

夕子さんから、連絡はない。というよりも、俺は、夕子さんの連絡先を何一つとして知らなかった。

ノートを見直してみる。英作文に便利な言い回しとか、この単語は文脈によってはこう訳せるとか、そういうことが夕子さんのきれいな文字で書かれている。英作文も和訳も、一行おきの横書きで解答してある。そうすれば、空けてある一行分のスペースにいろいろ書き込めるからだ。

ホテルのテーブルランプは、光が強い。だけど、夕子さんの赤い文字は、その光にも飛ばされない。

——大丈夫。頑張ろう。

頑張って、ではなくて、頑張ろう。連絡先を知らなくても、こうして、メッセージを受け取ることはできる。

俺はノートを閉じて、もう一枚の紙を見つめる。ノートの余白よりも、もっともっと圧倒的な白がそこにある。

文集の表紙。

頑張ろう。そう書くってことは、夕子さんにも夢があるということだ。だから、頑張って、ではなくて、頑張ろう。私も頑張るから、神谷くんも頑張ろう。

俺の夢は、もう学年のほとんど全員が知っている。夕子さんの夢は、夕子さん以外に誰か知っているのだろうか。なぜかはわからないけれど、教室の中でいつも一緒にいる友達だって、夕子さんの行きたい大学も、夢も、何も知らない気がした。

光源のように輝く白い紙に向かって、俺はペンを走らせる。誰もいないホテルの部屋では、時計の針の音がとても大きい。

「高田、お前ピアノが弾けるのか」

一曲目「旅立ちの日に」が終わったときの先生の反応がこんなものだったので、生徒はみんな拍子抜けしてしまった。「俺、ドラムじゃなくてキーボード担当でしたから」と、吹奏楽部から借りたキーボードを前に、高田は真面目な顔でとぼける。久しぶりに練習した合唱は思った以上に楽しく、先生もいつものように笑顔だったが、二曲目の「仰げば尊し」が終わるころには教室もさすがにしんみりとした。これは誰も中学校で歌ったことがなかったけれど、「先生にはこれを聴いてもらいたい」という高田の希望で歌うことになったのだ。こういうところでみんなをまとめられるから、高田はやっぱりすごいと思う。

「……『仰げば尊し』なんて、久々に聴いたな」

先生が洟《はな》をすすりながらそう呟いたのが嬉《うれ》しくて、寄せ書きと花束贈呈もとてもいい雰囲気の中行うことができた。「そんで、『仰げば尊し』ってどういう意味?」隆也の発言が空気を台無しにしたけれど、それがまたいつもどおりで、みんながほっと安心したのがわかった。高校を卒業する、というのは、これまでのすべてが変わってしまうような気がしていたけれど、そうではないのかもしれない。

御山大の合否は、電話でも知ることができる。指定された番号に電話をかけ、音声案内に従って自分の受験番号を入力すると、コンピューターで合成された女性の声が合格か不合格かを伝えてくれるのだ。発表は二月二十三日の正午からで、俺はあまりにも落ち着かなかったから、隆也を始めとする受験がすべて終わったやつらをかたっぱしからカラオケに呼びつけた。いよいよ電話をかけるときは、スピーカーフォンを強要された。カラオケの音を止めた隆也が携帯のスピーカーの部分にマイクを当ててくれた。ジュケンバンゴウ２３９８５４、カミヤコウタロウ、サンハ、ゴウカク、デス、とアナウンスされた瞬間、部屋番号109はお祭りになった。御山！　MUMC！　バンド！　デビュー！　と盛り上げられるままに俺は歌いまくり、そのあとやっと、思い出したように親に合格の報告をした。

三月一日の卒業式の時点では、国立大学組はまだ合否が分かっていない。どうせ高田の結果が分かっていないのだから、「全員第一志望受かってたら式のあとに最後のゲリラライブ」なんて、実ははじめから無理だった。隆也はちゃっかり彼女と同じ私大に合格して、一人暮らし用のアパートの下見も済ませていた。

謝恩会が終わると、卒業アルバムが配られた。このあたりになると、きっちりと着ていた制服も、ボタンを外したり腰でスカートを折ったり、もういつもどおりだ。みんな、アルバムの中の自分や友達の写真を見て爆笑している。いつもより二割増しくらいの大騒ぎっぷりには、明日以降のこの教室に、その余韻だけでも残しておきたい気持ちが反映されている気がした。

「光太郎、寄せ書き、俺の分一ページ丸ごと空けとけよ」隆也が隣で女子っぽいことを言ってくる。アルバムの次は、いよいよ、文集が配られる。

教壇の上に積まれているいまの段階では、丈夫な厚紙のケースに包まれているから、まだ、誰の表紙もどんなふうなのかわからない。表紙を誰にも見せないまま家に持って帰る人もいれば、隆也みたいに、彼女や彼氏と交換して見せ合う者もいる。

俺は、後ろを振り返った。

一番後ろの席に、夕子さんは座っている。あれだけ先生が喜んだ合唱のプレゼントを提案したのは夕子さんだってことを、この中の何人が覚えているだろう。

「じゃあ、お待ちかねの文集を配ります」

交換するアテのある生徒たちが、わっと色めきたつ。「よしっ」と盛り上がる隆也のすぐそばで、俺は高田と同じようにしらけた表情を作る。「ハイハイ彼女と交換交換」そのまま最後の部室セックス、とからかうと、隆也が股間《こかん》を殴ってきた。

まずは男子からアイウエオ順に名前を呼ばれて、自分だけの卒業文集を取りに行く。

「神谷光太郎」

ハイ、と返事をして立ち上がる。出席番号三番。俺の順番はすぐにやってきた。

「普通はここで大学名なんて言わないんだけど、お前の場合、みんな知ってるからいいだろ。御山大合格おめでとう。念願叶《かな》ったな。お前は合格してくれなきゃって、俺も職員室でプレッシャーだったよ」

「武道館ライブは呼んでねー！」隆也の野次に、どっと教室が盛り上がる。

「夢に一歩近づいたな。ゲリラライブがなくなるのは寂しいけど、いつかゲリラじゃないライブに招待してくれ」

卒業おめでとう、という言葉と同じくらいの重さの文集を、受け取る。俺も俺もー、という声がそこらじゅうから飛んできて、不覚にもじんときてしまった。ありがとうございます、という声が、少し揺れてしまう。

ちらりと、教室の一番後ろを見る。

おめでとう
夕子さんの小さな口が、そう動いた気がした。

ありがとう――そう呟き返そうとして、俺は、アッと声をあげそうになる。

俺、夕子さんに、ちゃんと合格の報告をしていない。

御山大を受験してすべての試験が終わった俺は、先生に合格を報告するために職員室に行きさえすれば、もう学校に通う必要がなくなった。教室にはもう国立受験をする生徒しかいないから、行っても迷惑かな、とさえ思っていた。何より受験が終わった解放感に溺《おぼ》れて、それからは毎日、隆也たち私大合格組と遊び歩いていた。

――大丈夫。頑張ろう。

夕子さんの赤い文字は、小さくて早口な夕子さんの声をそのまま形にしたみたいに、繊細だった。

御山大の受験前日、俺は、その時点でまだ真っ白だった文集の表紙になんて書いたんだろう。夕子さんと交換する表紙に、どんな言葉を書いたんだろう。

あまり、思い出せない。

「荻島夕子」

先生の声に、ハッと我に返る。俺の左側を、夕子さんの長いスカートが通っていく。

「荻島は……本当に努力家だな。あまり表には出さないけど、内にものすごい情熱を持ってる。その熱さは、もしかしたら、このクラスで一番なんじゃないかって、俺はひそかにそう思ってる」

意外な言葉に教室が少しざわつく中、先生は、「卒業おめでとう」といつもの言葉で締めくくった。

ありがとうございます、とていねいに発音すると、夕子さんは先生に向かって礼をした。自分の席に戻るまで、夕子さんは俺のほうを一度も見なかった。

「夕子なら、もう帰ったみたい」

綾香さんは、周りの女子からペンを受け取りながら言った。

「金曜日は急ぎの用があるからって、ホームルーム終わったらすぐ帰っちゃった。あたしはもっと話したかったんだけど」

文集の配布が終わると、すぐに寄せ書きや写真の撮り合いの時間が始まった。俺が、軽音部のやつらに教室から無理やり連れ去られる直前、夕子さんはいつもの三人組で寄せ書きをし合っていたはずだ。俺は、すぐに教室に戻ってきて、夕子さんに声をかけようと思った。文集を交換するために、図書室に一緒に行こうと思っていた。

軽音部の部室でひととおり騒いだあと、部のやつらには、あとでいつものカラオケの前に行くとだけ伝えて、急いで教室に戻った。隆也が「どこ行くんだよー！」と足にしがみついてきたけれど、割と本気で引っぺがして廊下を走った。カバンから文集だけ引っ張り出してきたから、高田あたり、なにか勘付いたかもしれない。

だけど、急いで戻ったのに、教室に夕子さんはいなかった。俺が再び教室を出ようとすると「神谷くんもなんか書いてよ。将来大物になるかもなんだし」綾香さんがそう言ってきたので、渡された青いペンで適当にコメントを書いた。あんまり話したことはなかったけれど、こういうときは、まるで仲が良かったふうなコメントがするすると出てくる。

俺は急いで玄関に向かう。もしかしたら、まだ校内にいるかもしれない。下駄箱《げたばこ》を見る。みんなの靴がずらりと並んでいる。俺は、自分のクラスの女子の棚を、出席番号順に追っていく。

夕子さんの下駄箱には、靴が入っていなかった。

どうして帰ってしまったんだろう。文集を交換しようと言い出したのは、夕子さんだったはずだ。本当に帰ってしまったんだろうか。どうして俺はメールアドレスも電話番号も何も知らないんだろう。苛立ちに似た感情が心の中に溢《あふ》れて、靴もまともに履けない。かかとをつぶしたまま玄関を飛び出すと、そこには誰もいない中庭が広がっていた。

本当に、いない。もう、会えないかもしれない。

その稲妻のような事実に負けそうになったとき、さっき聞いた綾香さんの声が、頭の中で蘇った。

——金曜日は急ぎの用があるからって、ホームルーム終わったらすぐ帰っちゃった。

金曜日。

金曜日は、窓の掃除をする日だ。

俺は中庭から、南階段の窓を見上げた。屋上へ続く扉がある少し広い踊り場、その窓に、何かが立てかけてある。

俺は靴を脱いで、スリッパも履かずに南階段を駆け上った。全身の毛穴から、汗が湧《わ》き出ているのがわかる。夕子さん。きちんと、ありがとうと言いたい。俺を合格させてくれてありがとうって、まだ、伝えていない。

三階の図書室に着いたところで、もう息が切れていた。いまこの時間、こんなところには誰もいない。もう一階分上れば、あの窓がある。

俺は、夕子さんにお礼が言いたかった。そしてそれは、受験のことだけじゃなかった。もっと大きくて、いろんな思いを込めたありがとうを伝えたかった。俺は、ズボンから飛び出たシャツをそのままに、最後の一段を駆け上がる。

神谷くんへ

窓に立てかけられていたものは、一冊の文集だった。

厚手のケースは、外されている。だから、むきだしの表紙が、まっすぐに俺のほうを見ている。

夕子さんはいない。

誰もいない場所で、夕子さんの書いた文字が並ぶ表紙だけが、俺のことを見ている。

絵でもなく、写真でもなく、そこにはただ文字が書かれていた。カラフルなペンを使うわけでもなく、黒一色で、きれいに、まっすぐに。

ここに置いてあること、気づいてくれてたらいいな。

神谷くんの表紙を見られないのは残念だけど、でも、いいんです。

夕子さんの字は、赤色でも黒色でも変わらずにきれいだった。文字を目で追うだけで、あの小さくてテンポの速い声が、頭の中で再生される。

文集の中に書いてある私の作文は、すべてうそです。

うそ、というか、本音じゃない、って言ったほうが正しいかもしれません。

文集にはすごく優等生なことを書いているけれど、本当に書きたかったことは、全部、この表紙に書くことにするね。

神谷くんは、私にふたつ質問をしてくれました。

ひとつは、「どうして南階段を掃除しているのか」。

もうひとつは、「夢は何なのか」。

このふたつに、ちゃんと答えます。

俺はその場に立ったまま、ゆっくりとその文字を追う。てのひらにしっとりと汗が滲《にじ》む。

水曜日に南階段を掃除していた理由は、一言で言うと、「金曜日に窓を掃除していることをごまかすため」です。

私ね、階段掃除より先に、窓の掃除をしてたんだよ。毎週金曜日の放課後、必ず。だけどそれじゃ周りに怪しまれるから、水曜日は階段、金曜日は窓、っていうふうにして、まるで掃除が好きな人みたいに振る舞うことにしたの。

これが南階段を掃除していた理由。

じゃあどうしてここの窓を掃除していたのか、その理由を書くね。

それは、中庭で、神谷くんがゲリラライブをしていたからです。

ゲリラっていうだけあって、いつやるのかはわからなかったけれど、ライブは決まって金曜日だったよね。

私は、その姿を見たかった。だけど、仲がいいわけでもないし、あそこに見に行くのは恥ずかしかったから、窓の掃除をしているふりをして、この場所から見ることにしたの。

先生のプレゼントに合唱を提案したのも、ほんとは、神谷くんが歌っている姿をもう一度見たかったからです。

私は、夢に向かって突き進む神谷くんの姿に、勇気をもらっていました。

それに、あんなふうに、自分の夢を公言できて、夢に向かって友達と一緒に突っ走ってて、そういうのが全部、本当にうらやましかった。

私もああなりたいって思った。みんなに夢を聞いてもらって、みんなに夢を応援してもらって。そんなふうになりたかった。だけど、私は友達も多くないし、そういうふうになれないこともわかってた。だから、夢に向かって頑張ってる神谷くんの姿を見て、私も頑張らなきゃって、自分を勇気づけていました。

ここで、ふたつめの質問に答えるね。私の「夢は何なのか」。

私は、アメリカのコロラド州の大学に通います。

職員室のポスター、見たことないかな。実はうちの高校、コロラド州の大学と姉妹校で、向こうの大学に進学できる制度があるんだよ。学校内でまず選抜試験があって、そのあと本試験があるんだけど、毎年、受かってひとり、みたいな感じで。誰も行けない年もいっぱいあったみたい。

私は、その「ひとり」に選ばれることが、ずっとずっと夢だった。

だけど、もし選ばれなかったら、ってことを考えたら、恥ずかしくて、カッコ悪くて、誰にもその夢を言えなかった。

今は、無事、そのひとりに選ばれて、すごくほっとしています。だから、やっと、神谷くんみたいに、自分の夢を伝えられます。

私ね、将来、翻訳家になりたいんだ。

自分が、素敵だな、好きだなって思った文章を、違う国の人にも届けたい。

だからね、英語を教えてほしいって言ってくれたとき、本当はめちゃくちゃうれしかった。

私は、神谷くんの歌う姿を見て、自分も頑張ろうって思えてたから。そんな人に、私が私の夢を追う姿を少しでも見てもらえてたことが、本当にうれしかったの。

俺のてのひらは、文集の重さに耐えられなくなっていた。

でも、最後まで読まなきゃダメだ。震える腕に力を込める。

私、最後にやる曲が一番好き。アップテンポで覚えやすくて、元気になれるから。

あの曲はいつか、たくさんの人に愛される曲になるって信じています。

私は春から、コロラドで精いっぱい頑張ります。

向こうで就職するのか、卒業したら日本に帰ってくるのかは、まだ決めてません。

行ってみて、考えようと思います。

だから、神谷くんとは話をせずに、これだけを残して、発《た》とうと決めました。

最後にいろいろ話したら、やっぱり、卒業したら日本に帰ってきたいって思っちゃうかもしれないから（笑）。

これを書いてる今は、まだ結果がわからないけれど、神谷くんは絶対に御山大に受かってると思う。

神谷くんは大丈夫。

頑張ろう、私も頑張るから。

いつか私の訳した本を神谷くんが手に取ってくれますように。

最後に仲良くなってくれてありがとう。

荻島夕子

チャイムが鳴る。

俺は、夕子さんの夢だけが、本物だと思った。

誰にも言わないで、自分の中で大切に大切に育て上げて、努力を続けた夕子さんの夢だけが、本物だと思った。御山大に入って憧れのバンドがいるサークルに入りたいとか、ライブハウスを満員にしたいとか、そんな夢は、きっと偽物《にせもの》だ。

俺は、本当に本当に本当は、自分がミュージシャンになれるなんて思っていない。そんな未来、実は、全然想像できていない。大学のサークルでバンドを組んで、学祭でライブをして今みたいにちょっとキャーキャー言われて、でも就職は普通にして——想像できてそのくらいだし、正直、それで十分だと、心のどこかで思っている。

俺は、夢がぎゅうぎゅうづめになっている教室の中で、とにかく一番大きな音を出さなければ、と、必死だった。自分には夢があるって思いたかった。夢に向かって精いっぱい頑張っている人間だって、誰かに思ってもらいたかった。あの人ならミュージシャンになれるかもしれない、そう誰かに思ってもらうことによって、やわらかい、覚悟のない夢を固めていきたかった。

夕子さんは違った。ぎゅうぎゅうづめの教室の中で、擦り減ってしまわないよう、摩耗してしまわないよう、外側からの力で形が変わってしまわないよう、両腕でしっかり自分の夢を守ってきた。

俺は、窓を見る。

夕子さんは、ここから、俺の姿を見ていた。大きな声をあげて、夢を夢として形作ろうとしていた俺の姿を。

ふと、窓に何か文字が映っていることに気が付く。俺は、文集を裏返す。


おまけ。

前に、英語の歌詞とかやってみたいけどできない、って言ってたよね。御山大の憧れのバンドが英語の歌詞ばかりだからって。

だから、私、頑張ってみました。

神谷くんのバンドが、ライブの最後に絶対に歌う曲。私が大好きな曲。

あの曲は、何度も聴いて歌詞も覚えちゃってたから、私なりに英訳してみたよ。

解釈とか間違ってるかもしれないけど……私なりに、ということなので、大目に見てください（笑）。

私の、最初の翻訳の仕事です。なんてね。

俺は、もうくちびるにすっかりなじんだメロディに、きれいなアルファベットの文字列を乗せてみる。やっぱり、うまくいかない。うまくいかないけれど、今まで何十回と歌ってきた中で、今のメロディが一番かっこいいと思った。

文集が立てかけられていたあたり、夕子さんが磨き続けた窓の先には、かつて俺が声を嗄《か》らして歌っていた中庭がある。会おうと思えばいつでも会える距離に散らばることを嘆き合った友の姿が、ここからはきれいに見える。

それでは二人組を作ってください

あやとり。

修学旅行のジェットコースター。

体育の前のストレッチ。

1

ううん、ちがうの。

みんながじょうずにできないから、りかは、先生とやりたいの。りか、あやとりすっごく上手なんだよ。家でママ、いっつもほめてくれるもん。

え？

きょう、まちこちゃん休みだから、女の子、ひとりあまるの。でも、りか、あやとりは先生とやりたかったからちょうどよかったんだぁ。だってみんな、すーぐヒモからまっちゃうんだもん。りかね、よんだんはしごもうできるんだよ。チューリップ組でこれできるの、たぶん、りかだけだよ。ほら、すごくない？ 先生、ここところつかんでひっぱって、そしたらその次、りかの番だからね。

体育がある日の朝は、荷物がひとつ増えることによる煩《わずら》わしさを想像して早々と気持ちが沈んでしまう。体育館用のシューズを持っていく、ただそれだけのために、小さなカバンをもう一つ用意しなければならない。

「今日、午後から雨らしいね」

「え？ いま完全に晴れてんじゃん」

「だから、午後から」

姉の追い打ちに、理香《りか》は心底うんざりとする。シューズと傘、これで両手がうまってしまった。それに、布団《ふとん》を天日干ししようと思っていたのに、あきらめるしかなさそうだ。

ピー、ピー、と、レンジが鳴き始める。姉が、へろへろになったラップの中から、三分かけて解凍した白飯を取り出している。薄い水色の茶碗《ちゃわん》にこぼれでた飯のかたまりは、ごろんと崩れた断面からぼうぼうと湯気を吐き出す。理香は、白飯を解凍するといつも、雪の中を走る子どもの白い息を思い浮かべる。

「今日は？　授業？」

姉は、慣れた手つきで納豆のパックを開け、タレをかけ始めた。

「うーん、まあそんな感じ」

「あ、私今日夜遅くなるから」

フリーエンジニア専門のエージェント会社に勤めてもう三年以上になる姉は、出社が十時でいい代わりに、帰宅はいつも遅い。会社の近くに引っ越したいとぼやき続けながらも、大学に通うために都心に出てきた理香と二人暮らしを続けてくれている。

「最近遅いね、ずっと」

「同じチームの人が先月ひとり辞めちゃってさ、けっこうやばいんだよね」

姉の会社では、部、ではなく、チーム、という単位が使われている、らしい。一度名刺を見せてもらったことがあるけれど、これまで一度も運動部に所属したことのない姉がなにかしらのチームの一員であるということが、理香にとってはどこか可笑《おか》しかった。

姉は、キッチンとテーブルの間を二往復し、白飯、しじみの入ったインスタント味《み》噌汁《そしる》、納豆、麦茶を揃《そろ》えた。姉にボーナスが出たとき、いつものやつよりちょっと高いけど、と、贅沢《ぜいたく》をする気持ちで買ったしじみ入りのインスタント味噌汁。しじみのエキスと納豆との相性が抜群らしく、結局今では贅沢云々《うんぬん》関係なく常備しておかなければならなくなった一品だ。

「何観《み》てんの？」

自分のお皿をテーブルへ運びながら、理香は聞いた。理香はここ最近、玄米ブランに豆乳をかけたものを朝食にしている。

「『ログハウスライフ』」

納豆をぐるぐるとかき混ぜながら、姉は横向きにした携帯をティッシュボックスに立てかけた。姉は、発酵食品である納豆のほうが玄米ブランよりも便秘によく効くと言い張るが、理香は納豆が苦手だ。

「ログハウス何？」

「ライフ」姉の声が少し小さくなる。「昨日見逃しちゃって」

「ああ、なんかネットニュースによく出てくる番組？」

姉は、携帯を使って動画を観るとき、イヤフォンをしない。だからいつも、その小さな機械から漏れ出てくる音に邪魔されて、途端に会話が成り立たなくなる。

『ログハウスライフ』は、半年ほど前に放送が始まった深夜番組だ。都会に住む若者たちが、海沿いにあるログハウス風の家で共同生活をしているようすをドキュメンタリー風に放送するという内容で、最近、ネットニュースや雑誌の記事などでよく取り上げられている。記事の中では「若い女性の間で大人気」「台本のないリアリティショー」などという言葉で表現されることが多い。

【ただいまー。あれ、みんなは？　ユカコだけ？】

【あーなんか撮影とかバイトとかで遅くなるみたい。圭兄《けいにい》なんか食べる？　キムチしかないけど】

姉の携帯から、若い男女の声が漏れ聞こえてくる。住んでいる人はみんな、読者モデルやスタイリストなど、都内在住でないと成り立たないような仕事をしている。銀行員や保険会社勤務などという現実でよく聞くプロフィールの人間は、このおしゃれな家の中、ひいては住人の友人関係の中にも存在しない。

【……ユカコ、ちょっと、屋上いかね？　話したいことあんだけど】

【えー？　寒くない？　……女子部屋からひざかけ持ってくるからちょっと待っててー】

現代の若者の共同生活を映し出す、と謳《うた》われているが、どうやらいままでは、同居者たちの恋愛模様を追う番組に成り果てているらしい。最近では、ドキュメンタリーといいつつ話の筋がとてもよくできていることや、出演者が番組を卒業したあと、タレント活動をするための場所として機能していることなど、そういった観点から批判的に記事が書かれていることも多いようだ。

「観はじめたらなんか気になっちゃって」

姉は、こちらからは何も聞いてないのに、言い訳をするように話し始める。

「なんで窓ガラスにもカメラマン映ってないんだろうとか、こんな住んでてバスタオル何枚いるんだろうとか」

姉の携帯からは、男女の会話の他に、有名な洋楽のメロディも聴こえてくる。住人たちは大体、映画のワンシーンに流れるような音楽に合わせて、客単価のとても高そうなカフェで昼食などを食べている。

「そんなの観てたんだ」

できるだけ興味がないふうに言うと、理香は銀色のスプーンを豆乳の中に沈めた。がしがしと玄米ブランを噛《か》み砕くと、「食物繊維」という画数の多い文字が、一画一画ばらばらになって胃の中に押し込まれていく感覚がする。姉は、あれだけおいしいと言っていたしじみの味噌汁に手をつけるのも忘れて、携帯の画面に見入っている。

玄関から伸びる細い廊下の途中に、トイレとお風呂《ふろ》がある。ユニットバスNGというのは、姉の絶対の条件だった。その先にあるのは、キッチンとダイニングが一緒になっている共同スペース。ふたりとも、朝食はここで摂《と》ることが多い。そのダイニングキッチンにはドアがふたつ付いていて、それぞれのドアの先には六畳または七畳のプライベートスペースがある。どちらの部屋にもクローゼットがついていることがとてもありがたい。

最寄り駅までは少し歩くけれど、大学へは地下鉄で一本。家賃は十二万二千円。難点は、宅配ボックスがないこと。

「そういえば見つかりそう？　私の代わり」

思い出したように味噌汁をすすりながら、姉が言った。今度は自分のスプーンが止まっていたことに気がついた理香は、指先に力を入れる。

「うーん、まあ、どうにかなると思う」

曖昧《あいまい》にそう答えると、奥歯のあいだに玄米ブランが挟まった。

「あんたいま彼氏いないんだっけ？」

「いないって」理香は軽く笑いながら続ける。「ルームシェアしてみたいって言ってた子いたから、その子誘ってみるつもり。おしゃれでセンスいい子だから、多分楽しいと思うんだよね」

ふうん、と特に興味もない様子で、姉はティッシュで口を拭《ふ》いた。姉は、納豆を一口食べるたびにティッシュで口を拭《ぬぐ》う。何かをこぼしたときも、布巾《ふきん》ではなくティッシュを使う。にも拘《かか》わらず、ティッシュを買い足しているのはいつも理香だ。ティッシュをよく使う人は、ティッシュというものはお金を出して買わないと手に入らないという事実を見落としているような気がする。

姉の携帯から、〝ユカコ〟と〝圭兄〟の声が聞こえてくる。読者モデルとクリエイティブデザイナー。

ログハウスライフのティッシュは誰が買い足しているんだろう。ふとそう思ったとき、奥歯に挟まっていた玄米ブランがころりと取れた。

「相手早めに見つけといたほうがいいんじゃん。私、そろそろ荷物まとめたりするつもりなんだけど」

「わかってるって。大丈夫だから」

「もし間に合わなかったら、一か月分は家賃出せるけど」

「大丈夫大丈夫」

からになった食器を重ねると、姉はティッシュで口を拭いながら携帯のボタンを押した。途端に、部屋の中が静かになる。

姉はもうすぐ、銀行に勤めている婚約者の社宅で同棲《どうせい》を始めるため、このアパートを出る。結婚へ向けて、本格的に貯金を開始するみたいだ。姉の彼氏の勤め先であるメガバンクはさすがに福利厚生が整っており、そこに甘えない手はないということになったらしい。

「社宅、宅配ボックスあんだよね。ほんと助かる」

姉は、かつて理香が留学することを決めたとき、すぐに理香の代わりの同居人を見つけてきた。姉には、二人きりであっても気兼ねなく話せる女友達が複数いる。

左手で腹を撫《な》でながら、右手でスプーンを持ち上げる。このあと、ヨーグルトも食べておこう。

姉がアパートを出る。その話をされてからずっと、便の出が悪い。

2

え？　あ、いいよいいよ。

私、こういうの別に怖くないから。みんな怖いの？　へえ、そうなんだ。なんかジェットコースターとか昔から平気なんだよね。そうそう、子どものころからけっこう連れてってもらってて、遊園地とか。実はここも来たことあるの。修学旅行でも来ると思わなかったな。だから、こういう怖いやつに耐性？　みたいなのができたみたい。だから大丈夫、私は後ろの列にひとりで乗ってるから。ううん全然。

写真？

……ああ、そういうことね、いいよ、ここ押すの？　ハイチーズ。あとでみんなで撮《と》ろうね。

二限の体育を終えると、時刻は十二時を回る。この時間帯の学食は、着替えやシューズでふくらんだ大荷物で席を確保できるほど甘くはない。

「昨日はね、ユカコがね、圭兄に告られそうだったんだよ、屋上で！」

朋美《ともみ》がくわえる太いストローの中を、黒い粒が駆け上っていく。

「ユカコが持っていったひざかけにね、途中から圭兄も足をつっこむの。そりゃ夜だし寒いと思うんだけどさ、すごいよねえ」

タピオカが大好きだという朋美のお気に入りのカフェは、お昼時でもそこまで混雑することはない。大学のキャンパスからは少し歩くけれど、同じような格好の学生だらけの学食でぎゅうぎゅうづめになるよりは、こちらのほうが遥《はる》かにましだ。

「朋美って、あの番組毎週観てんの？」

「観てるよ。私の友達みんな観てるよ？」

私は観てないけど、と言いかけて、理香は口をつぐんだ。真四角の大きなお皿に三種類のおかずと雑穀米が揃えられているランチプレートは、ドリンクをつけると一四〇〇円もする。

毎週水曜日は、二限に体育を選択しているため、授業を終えるとすぐに昼食の時間になる。理香は十三時から始まる三限に国際教育学を取っているので、いつも、急いで食べ終えなければならない。朋美は「体育してお昼食べてすぐ授業なんてむり」という言い分で水曜の三限を空けているが、今期はほとんどすべて理香と同じ授業を受講している。

「私なんて、最低でも二回は観たくて録画までしてるんだから」

フォークで丁寧にすくいとったクリームソースを一口サイズのチキンにかけると、朋美は自慢げにそう言った。朋美は毎週、更衣室で運動着に着替えているときから、その週の『ログハウスライフ』のことを話したそうにしている。

「あの番組の何がそんなにおもしろいわけ？」

理香はフォークで雑穀米を半分に分けた。留学中に少し太ってしまったので、帰国してからは炭水化物を控えるようにしている。

「あの番組、なんかおしゃれすぎて鼻につくんだけど」

「ちょっとしか観たことない人ってたいていそう言うんだよね〜」

朋美とは、【留学経験者と留学希望者の交流会】と呼ばれる集まりで仲良くなった。留学を控えた一、二年生が、一年間の留学を終えた上級生と知り合い、心配事を相談したり向こうの生活でのアドバイスをもらうという会だ。運営を務める学生団体が貸し切ったらしきカフェバーには男女問わずたくさんの学生が訪れており、その中でも朋美はひときわ動作が大きく、目立っていた。

「でも、理香って服もおしゃれだしかわいいし」ちゅん、と、朋美はタピオカを吸い込む。「『ログハウスライフ』の中にいてもおかしくない感じ。ねえ、就活終わったら応募してみようよ、理香」

　中学生のころ、水泳部で平泳ぎの選手だったという朋美は、他の女の子に比べて、少し肩幅が広い。そんな肩を、ぎゅうぎゅうづめのカフェバーの中でも忙《せわ》しく動かしていたため、主に男子学生たちが、朋美のことを少し迷惑そうな表情で見ていた。だから、声をかけた。偶然、予定した留学先が同じ国だったこともあって、朋美はすぐに理香を頼るようになった。

「あれ、読者モデルとか写真撮ってポエム書くとかよくわかんない職業の人ばっかで、なんかイラッとしない？　それでお互いに夢とか語り合ってんのがなんか……」

「だからぁ、それもちゃんと観てない人のあるあるなんだって。今度、あの番組のほんとの楽しみ方っての教えてあげるからさ」

タピオカミルクティーを握る手の甲に、小さな蝶《ちょう》のタトゥーが見える。留学先で流《は》行《や》っていた簡易タトゥーを実践したのは、結局、朋美だけだった。

「あの番組が面白いかどうかは別にしてさ、あたしも誰かと住んだりしてみたいなあとか思っちゃうよね、観てると」

朋美は、デンプンの塊を吸引し続ける。理香は、すう、と空気を吸い込んだ。

「もうすぐ就活も始まるしさ、留学中のホームステイも楽しかったし」

理香は、できるだけ落ち着いた声を出そうとしながら言った。

「興味あるんだ？　ルームシェア」

ぐに、と、チキンの皮が歯の上をすべった。

「あるある！　留学先と実家の落差がすごすぎて。インテリアとかこだわりたくてもさ、実家だとなんかしっくりこないし」

理香は、適当に相槌《あいづち》を打ちながら、もうすぐ主《あるじ》がいなくなるとなりの部屋を思い出す。

「『ログハウスライフ』の女子部屋がすっごいかわいいの。特に電気。電気がかわいいだけで部屋の印象って変わるんだよね。あとディスプレイができるガラスのテーブル。香水とかドライフラワーとか飾ってて、おしゃれなんだー」

家のクリーム色の天井には、シンプルな白い電気笠《がさ》が付けられている。あれは確か姉が選んだものだから、好きなものに取りかえることは簡単にできるはずだ。「でっかいクッションとか、カラーボックスみたいな椅子《いす》もかわいくってね、憧《あこが》れちゃう」

広さも、インテリアで全く遊べないほど狭いわけではないし、ダイニングだってキッチン以外はいかようにもアレンジすることはできる。

「好きな友達と、好きな家具そろえて住むなんて、学生時代しかできないもんね。私、思い切ってやっちゃおっかな」

理香は、チキンの残りを飲み込んだ。

「あのさ、朋美」

「えっ、敦子《あつこ》、ひさしぶりー！」

理香が口を開いたとき、朋美が突然その場に立ち上がった。「久しぶりじゃん、ていうかなんで会ってなかったんだろー！」敦子、と呼ばれた朋美の友人らしき女性は、ちらりと理香のことを気にしながらも、朋美の大きな手をとって「ひさしぶりー！」と明るい声を出した。

吐き出しかけた言葉が、チキンとともに胃の底の方へと落ちていく。

「こっち帰ってきてから会ってなかったよね、また前みたいにランチとか行こうよ～」「そだね、朋美いつヒマ？　就活始まる前に行っちゃお」敦子、と呼ばれている女の子には、見覚えがあった。多分、あの子も、交流会にいた。理香は、ふたりの会話を耳だけで手繰り寄せながら、ランチプレートの残りをきれいに片づけていく。

次の授業は十三時からだ。早めに教室に行って、いい席を確保しなければならない。

「朋美ごめん、私もう行くね」

お金を置いて席を立ちあがる理香に、「あ、うん、ごめん、また！」と手を振ったかと思うと、朋美はすぐに敦子と呼ばれる女の子との会話に戻った。出口に向かって歩きながら、ふたりの会話を手繰り寄せ続ける。どうやらここでも、『ログハウスライフ』の話をしているらしい。

肩からかけたトートバッグに入っている、体育館シューズがずしりと重い。

在学中に一単位は必ず修得しなければならない体育の授業は、朋美と出会ってやっと、履修することができた。ひとりで体育の授業を受けている女子なんて、いない。

理香と入れ替わるように、学生のグループが入ってきた。傘を持っていないのか、雨に濡《ぬ》れないように肩を寄せ合っている。

午後から雨が降りそうだ、と教えてくれた姉の声が、張り続けている腹の中をくるくると巡る。

——そういえば見つかりそう？　私の代わり。早めに見つけといたほうがいいんじゃん。私、そろそろ荷物まとめたりするつもりなんだけど。

理香はひとり、傘を差す。キャンパスまでは、少し歩かなければならない。

3

大丈夫だよ、だって、腰とかひとりで伸ばせるし。

私もともと体やわらかいし、ストレッチしなくてもケガとかしたことないから。今日の体育あれでしょ？　バレーボールでしょ？　だったらアキレス腱《けん》くらい伸ばしておけば大丈夫なんじゃない？

あ、でも、トスの練習はさすがにひとりじゃできないから、どこかに入れてもらえたらラッキーだなって思ってるけど……あ、集合かかってる集合かかってる。

携帯の写真フォルダを確認する。ノートパソコンの画面を直接撮影したので、見えにくいところもあるが、何が映っているかはわかるはずだ。

「あの、すみません」

理香は、そばにいた男の店員に声をかけた。個人経営にしては面積が広いこのインテリアショップは、じっくりと見てまわるには時間がかかりすぎる。

「はい」

麻のエプロンのようなものを身に付けた男性が、理香の方に向き直った。同い年くらいだろうか、胸の名札には『宮本《みやもと》』という文字がある。

「この形の電気を探してるんですけど」

理香が差し出す携帯の画面を、宮本が覗《のぞ》き込んでくる。男なのに、その首筋からはさっぱりとしたいい匂《にお》いがした。「名前がわからなくって、すみません」理香は携帯の画面の角度をころころ変える。店内の照明が明るすぎるのか、画面に映っているはずのものがはっきりと見えない。

「ちょっとお待ちください」

宮本は一度頷《うなず》くような仕草を見せたあと、少し離れたところにいる別の店員に声をかけた。この店で働き始めてからまだ日が浅いのかもしれない。

ネットで調べたインテリアショップは、駅から歩いて十二、三分くらいの場所にあった。落ち着いた街並みの中にたたずむ白を基調にした直方体は、いかにも、この中にはおしゃれな空間がひろがっていますよと声高に主張しているように見えた。

宮本という店員は、男にしては長い髪の毛を揺らしながら、別の店員に何かを訊《き》いている。あの髪の毛にかかっているゆるいパーマこそ、交通の便が悪くてもこういう空間で働くことを選んだ彼らしさなのだろうと理香は思った。

「お客様」

　宮本の先輩らしき男性店員が、理香を店の右奥のほうへと誘った。「数は少ないですが、オリジナルの電気笠ならばこちらにご用意がございます」宮本も、なんとなく理香の後ろについてきている。

　この先輩店員がいるうちに訊いてしまおうと、理香はもう一度、携帯を取り出した。

「あと、こういうカラーボックスにもなる椅子？　も探してるんですけど、こういうのって置いてますか？」

「えーっと、ここに映ってるやつですか？」

　店員は携帯に顔を近づける。自分の体に相手の顔がぐっと近づいて、あいだに携帯を挟んでいるとはいえ、なんとなく恥ずかしい。

よく見ると、先輩店員のほうは、宮本とは空気が違った。短く切られた前髪は元気よく上を向いている。この人は、家がすぐそばにあるとか、仲のいい男友達と一緒に働き始めたとか、きっと宮本とは違う理由でこの店を選んだのだろうと理香は思った。

「あの、これってもしかして」

短髪の店員が、携帯の画面からパッと顔を上げた。

「最近流行りの、ログハウスなんとかって番組じゃないですか？」

「え？」

理香は思わず、視線を泳がせる。

「これ絶対そうですよ。なんか若い人たちの間で流行ってるシェアハウスの番組ですよね。ちょっと前もムック本みたいなの見せてきたお客さんいたんですよ」

何が面白いのか、短髪の店員は健康的にニコニコと笑っている。「お客さんも好きなんですか」さらにそう訊いてくるので、理香は思わず、その店員から携帯を取り戻しながら言った。

「私はよく知らないんですけど、友達がこの部屋のインテリアがかわいいって写真送ってきて、それでいいなって思って」

思わず早口になってしまった理香を気にすることもなく、短髪の店員は宮本のほうを見た。「知ってる？　この番組」無邪気にそう訊かれた宮本は、小さな声でこう答えた。

「……知らないです」

このとき理香は思った。

この人、あの番組、知ってる。そのうえで、隠している。

「これ、店長に言って入荷増やしてもらお。これからも注文増えそうだし」短髪の店員は、トーンをひとつ上げ大声で続けた。「電気笠と、このカラーボックススツールと、ご希望の商品は他にございますか？」

短髪の店員が現れてから、宮本はすっかり存在感をなくしていた。それまではこのおしゃれな空間に自分が一番似合っているというような空気を放っていたのに、いまでは、猫背気味の背中をさらに丸めて、たまに相槌らしき小さな声を発しているだけだ。白で統一された店内の壁に、この男はそのままそっと塗りこめられてしまいそうだと理香は思った。

「あと、こういうガラステーブルがあれば」

『ログハウスライフ』の過去の放送分は、動画サイトで検索すればすぐに観ることができた。毎週、熱心なファンが、ＣＭをきれいにカットしたものをアップロードしてくれており、数万人の人がその動画に助けられているようだった。

理香は、自分の部屋でその動画を観た。姉が部屋に近づいてくる気配を察知できるように、イヤフォンをせずに観た。立ち上げたままにしていた携帯のカメラ機能は、想像していたよりもバッテリーを消費した。

――『ログハウスライフ』の女子部屋がすっごいかわいいの。特に電気。電気がかわいいだけで部屋の印象って変わるんだよね。

カシャ。

――あとディスプレイができるガラスのテーブル。香水とかドライフラワーとか飾ってて、かわいいんだー。

カシャ。

――でっかいクッションとか、カラーボックスみたいな椅子もかわいくってね、憧れちゃう。

カシャ。

「電気笠とカラーボックススツールは、かなり重くはなりますが、本日このままお持ち帰りいただくことは可能です」

カウンターに立った短髪の店員が、「ですが」と申し訳なさそうに続ける。

「このディスプレイテーブルは、さすがに配送をおすすめいたします。追加料金はかかりますが、組み立てのサービスもございますよ」

電気笠、カラーボックススツール、ディスプレイができるガラステーブル、そのすべてがこのインテリアショップにあった。さすが、【ログハウスライフ インテリア店】で検索してトップに出てきた店だ。

理香は、カウンターのテーブルに置かれている紙を自分のもとへと引き寄せる。ここに配送先の住所と希望日時を書きこむらしい。

「一番早くて、いつの配達になりますか？ あと、追加料金っていくらくらいでしょうか」

理香は、思わず早口になってしまいそうになるのを抑えながら店員に聞いた。

「申し訳ございません、こちら、店内に在庫がないので取り寄せることになってしまうんですよ。なので……」店員は卓上カレンダーを見ながら答える。「お客様の自宅が都内ならば、最も早くて来週の水曜、になりますね。立ち会っていただく必要がございますが、ご都合いかがでしょうか?」

宮本は、ちゃきちゃき話を進める短髪の店員の後ろで、電気笠とカラーボックススツールを包装している。

不器用なのか、動作がまごついているように見える。と思ったら、一回り大きな袋を取り出して、もう一度はじめからやり直した。長い睫《まつげ》とパーマのかかった髪の毛に守られた横顔を見ながら、理香は、その顔のきれいさと雰囲気でこれまでもいろいろなことをカバーしてきたのだろうと思った。

「お客様?」

「あ」視線を短髪の店員に戻す。「来週の水曜日、ですよね、一番早いのが」

理香はそう言いながら、姉の引っ越しのための業者が来る日はいつだったか思い出そうとした。このふたつの日程はかぶらないほうがいいだろう。

「ごめんなさい、ちょっと家に戻らないとわからなくて」

「じゃあ、わかり次第、お電話いただけますか。こちらの番号にかけていただければ大丈夫です」

短髪の店員はそう言うと、レジの脇《わき》に置かれていたお店のカードに何かを書きこんだのち、こちらに差し出してきた。とても細い字体で書かれているお店の名前の下に、電話番号と住所、簡単な地図が印刷されている。「宮本か、私、小林宛《こばやしあて》にお電話いただければ大丈夫ですので。不在の場合も、名前を仰《おっしゃ》っていただければこちらで対応させていただきます」ていねいな言葉づかいとは裏腹に、宮本、小林、という手書きの文字は、男子中学生のそれのように統一性がなかった。

　当日の組み立て費用も前払いだったので、ただでさえかさむ出費に三〇〇〇円が上乗せされた。「女性でもご自身で組み立てられるくらい簡単ですよ」短髪の店員はそう言ったけれど、理香はできるだけ早くこのテーブルの完成形が欲しかった。

　おつりとレシートを受け取る。軽かった財布が、急に小銭で重くなる。

　留学を終えてから就活を始めるまでのあいだにそこまで時間もなさそうだったので、理香はいま、バイトをしていない。残金が少なくなった財布の中を見て、理香はいまさら、朋美と行ったカフェのランチプレートが一四〇〇円もしたことを思い出した。

「お待たせいたしました」

　宮本が、大きな袋を抱えたままカウンターから出てくる。指に食い込まないようにということなのか、プチプチと潰《つぶ》すことのできるビニールのカバーで袋の持ち手が包まれている。

「ありがとうございます」

笑顔で受け取るけれど、やはり、ずしりと重い。理香は、右手にじっとりと食い込んでいく持ち手の部分を見下ろした。小さくて丸いビニールの気泡が、ぎゅうぎゅうとひしめき合っている。

小さな丸い気泡。

太いストローを駆け上っていく、小さな黒い球体。

ランチプレートにタピオカミルクティーを付けた朋美の前で、無料の氷水を飲むなんてことは、したくなかった。

――好きな友達と、好きな家具そろえて住むなんて、学生時代しかできないもんね。

私、思い切ってやっちゃおっかな。

「すみません」

出口へと誘導しはじめた宮本の背中に、理香は言った。

「このお店、お手洗いって借りられますか？」

ずっと張っていた腹が、空気穴でも空いたみたいに、しゅうしゅうと萎《しぼ》みはじめる予感がした。

4

……あ。もしもし、いきなりごめんね朋美、いま大丈夫？

うん、あ、そうなんだ、ううん全然。はーい、ちょっと待ってるね。

……。

あ、はいはい、ううん全然。聞こえる聞こえる。なに、カラオケいたの？　こんな昼間っからなにしてんの……なに、再会記念カラオケ？　敦子って前カフェで会った、ああ、元気だねえ、ふたりとも。

用件はね、私これからちょっと用事あって、五限の日本教育史特講、出れなくって。だから、代返してもらえない？　大丈夫大丈夫、吉岡《よしおか》先生代返余裕だから。

え？

ああ、まあ、これだけだったらメールで良かったっちゃ良かったんだけど……あ、待って！　もうひとつ用件があってね。

来週の木曜の夜って、ひま？

ラッキー。じゃあ、木曜の夜、うちに来ない？　うん、そう、私の家。珍しいかな、そうかな、来たことなかったっけ？

うん、ちょっとね。朋美に見せたいものがあるんだ。

私服姿の宮本は、イメージにはなかったリュックを背負っていたからか、店で会ったときよりも幼く見えた。

「すみません、ちょっと電車が遅延していて」

高そうな薄手のセーターの下に着たシャツは、一番上までボタンが留められている。襟がきれいな形をしているから、ひとり暮らしだとしても、きちんとアイロンをかけてくれる人がいるのかもしれない。

「いえいえ。こちらこそ、お休みのところすみません、ありがとうございます」

理香はぺこりと頭を下げる。そしてそのまま、宮本の履いている高そうなブーツを二秒ほど見つめた。

インテリアショップから家に帰り、すぐに姉に確認したところ、引っ越し業者が姉の荷物を取りに来る日は、理香が認識していた週よりもさらに一週先だった。「ていうか、なにその大荷物、なに買ってきたの」理香はあの日、袋の中身を覗き込もうとしてくる姉から逃げるように自室へ戻った。スツールと電気笠を抱え続けた両腕はすっかりくたくたになっていて、もう力が入らなかった。

「ちょっと寒いですね、今日」

「秋って短いですよね。もう冬みたいだ」

あの日、インテリアショップを出る前に寄ったトイレでも、やはり、腹は張ったままだった。帰り道、豆乳がもう残り少なくなっていたことを思い出したが、スツールと電気笠が重くて、スーパーに寄り道する気にはさらさらなれなかった。

自室で一息ついたあと、理香は、財布の中からあの店のカードを探した。ディスプレイテーブルの配送は来週の水曜日で問題ないと伝えるためだ。

「なんかすみません、こんなことに付き合ってもらっちゃって」

「いや、僕もインテリアの勉強していかないといけないから、ちょうどよかったです。調べただけで行けてない店、いっぱいあったし」

そう話しながら歩き始めた宮本に、理香は適当に相槌を打つ。いくつか店をピックアップしておきます、という電話口での彼の言葉は、信用してもよさそうだ。

あの日もらった店のカードには、小林、と、宮本、という手書きの文字が上下に並んでいた。宮本、という文字にはカッコが付けられていたから、何も意識せずに電話をしたならば、小林のほうを呼び出したはずだ。

だけど理香は、はじめからそうすることが決まっていたかのように、宮本のことを呼び出していた。それはあまりに自然なことだったので、理香は、自分がそうした理由を考えもしなかった。

よく晴れた秋の空に、宮本のライトグリーンのセーターはよく映えた。巾着《きんちゃく》袋のように上を絞る形のリュックが、ひらべったい背中の上でゆさゆさと揺れている。

「ほんと、助かります。一年間日本を離れてた間に、お気に入りの雑貨屋さんなくなっちゃってて」

店に電話をかけ、宮本を呼び出すと、待たされてもいないのに【お待たせいたしました】という低い声がした。宮本だ、と、理香は思った。配送が水曜日で大丈夫だと伝えると、宮本は、【かしこまりました。時間帯はいつごろがよろしいでしょうか】と続けた。水曜は朋美と体育の授業をとっていることもあり、理香は十七時以降だと都合がいいと伝えた。すると宮本は、【多分、僕が組み立てても担当させていただくと思います】と言った。そしてその後、小さな子どもが秘密を明かすように、こう続けた。

【……あの、たぶん、僕ら、同じ大学だと思います】

「日本を離れてたって、帰国子女なんですか？」

右耳にだけ髪の毛をかけている宮本の目が、ちらりとこちらを見た。宮本の二重のラインは、バターに入れたナイフの線みたいに、いつか肌になじんでしまいそうなほどさりげない。

「帰国子女っていうわけではないんですけど、ちょっと留学していて。それで趣味が変わったっていうのもあって、今いろいろ新しいインテリアを揃えているんです」

同じ大学だと言われたとき、理香は思わず電話口で黙ってしまった。そんな様子を感じ取ったのか、宮本はすぐに【すみません、配送先の住所見て、たぶんそうかなって。大学近いし、静かだし、いい街ですよね】と続けた。理香はこのとき、自分が自室の真ん中で仁王立ちをしていることに気づいて、やっとじゅうたんの上に腰をおろした。

「だから今日、こうしてインテリアに詳しい人に案内してもらえて、すごくラッキーだなって」

座ったことで体の力がしゅるりと抜けたのか、理香は話す予定のないことまで電話に向かって話しはじめていた。【念願のディスプレイテーブルが届くのに、その中に飾るものが全く揃っていなくて。木曜日の夜、友人が家に遊びに来るんですけど、できればその日までにセンスのいい雑貨を揃えたいんですよね】

「これから行こうとしてる雑貨屋も、もともと、バイト先として考えていたところなんです。そもそも募集していなくて、働けなかったんですけど」

電話口の宮本は、すぐに話に乗ってきた。【ちょうど僕もきちんと見に行きたいと思っていたお店があって】そこから、日時を決めるまでは早かった。宮本は理香と同じ大学の学生らしいが、あのインテリアショップのバイト以外に特に決まった予定はないみたいだった。

こういうふうに自分と出かけているということは、彼女はいないのだろう。しわひとつないシャツの襟を見ながら、理香はトレンチコートのボタンを留めた。今日は少し風が強い。

「この前、組み立ても多分自分が担当するって言ってましたけど、それって普通なんですか？　家具屋の店員さんって、そんなことしますっけ？」

理香がそう言うと、宮本は「まあ、ふつうはしないですよね」と少し困ったように呟《つぶや》いた。きっと、搬入や組み立てという体を使う仕事が、あの白い空間から派生するとは思っていなかったのだろう。

「個人経営のセレクトショップだから、組み立てもけっこう店員がやったりするんです。人も少ないですから」宮本は、待ち合わせ場所からお目当ての雑貨屋まで、地図も見ずに歩く。「特に僕はまだ入りたてなので、なんでもやれと言われていて……その日は久しぶりに車の運転もするので、緊張しますね」

店の外にいる宮本は、先輩という存在がいないからか、店にいたときよりもよく話した。「そもそも散歩するのが好きだから、わりとこのあたりの道も覚えてるんです」

散歩が趣味だという宮本が導く道は、どんどん細くなっていく。住宅街に近づいていくにつれ、二人の声と足音以外の音がなくなる。

高そうなブーツと、形のいいシャツの襟に守られたその横顔を見ながら、理香は、散歩が趣味だという男は本当に実在するんだなと思った。

「もう少しで着きます」

はい、と頷くと、やっぱり張ったままの腹が少し疼《うず》いた。朝、玄米ブランに豆乳をかけていたら、途中でついにパックが空っぽになってしまった。

「ここ、あの映画のロケがあった通りだ」

理香が、雑貨屋のショップバッグを空いた椅子に置いたとき、宮本がそう呟いた。

「え、何?」理香がそう聞き返しても、宮本は、カフェの大きな窓の外に向けた視線を動かさない。薄いナイロンでできている雑貨屋のショップバッグは、中身の重さに負け、持ち手の部分が少し伸びてしまっている。

「ほら、知らない？　去年、単館系だけどけっこういろんな賞獲《と》った映画で」

タイトルを言われても、理香にはピンとこなかった。「ＤＶＤが最近出てさ、コメンタリー観《み》たくて買ったんだよね。本編は映画館で観てたんだけど」十六時をまわったばかりのカフェは、大通り沿いということもあってか、かなり混んでいる。宮本がいくら話しても、雑貨屋にいたときみたいに、その声が目立ってしまうことはなさそうだ。

おすすめだという雑貨屋に入ると、宮本の口数はより増えた。これはあの国から仕入れているものらしい、この雑貨はあの映画に出ていた、など、絶え間なく、様々なことを理香に教えてくれた。

理香は宮本の話に相槌を打ちながら、ノートパソコンの小さな画面で繰り返し観た動画を思い出していた。あそこに映っていたディスプレイテーブルには、どんなものが飾られていただろうか。どんな雑貨を、朋美は褒めていただろうか。

散々迷った挙句、結局、理香は三つの雑貨を選んだ。さらに、「これ、友達が遊びにきたときとかいいんじゃない」とすすめられた、動物の形をした箸置《はしお》きも買った。

午後からずっと歩き回っていたので、二人とも空腹だった。揃って、この店のおすすめらしいそば粉を使ったガレットとコーヒーを頼む。

「さっきの話、なんだっけ、コメンタリー？　ロケ地か何かなの、ここ」

宮本が話し、理香が質問する。いつのまにか、そんなテンポができあがっていた。

「そう、本編観ながら監督とか演者とかがぺらぺら話すやつ。あれ、どのインタビューよりもいろんなこと話してておもしろいんだけど、ＤＶＤのコメンタリーでこのカフェの話してた気がする」

ふうん、と相槌を打ちつつ、理香はお冷やに口をつける。

「最近、テレビ番組でもコメンタリーってつくこと増えたよな。ずっと一方通行だったメディアに、メタ的な視点が導入され始めてるんだと思う」

頷いてさえいれば、宮本はこうして自分のフィールド内で勝手に話し続けてくれる。こちらの体力が削られることはないので、それはそれで楽だと理香は思った。

「紅白にもコメンタリーが取り入れられたときは、ついにメタとか俯瞰《ふかん》の視点の流行がここまできたかと思ったけどね」

おしゃれな雑貨屋、その近くにあるカフェ、単館系の映画やメディアに関するもろもろはよく知っているけれど、家具の組み立てと、車の運転は苦手な男。

「いろいろ詳しいよね、宮本君って」

理香は微笑《ほほえ》む。

「ずっといろんな話してくれてる」

知らないことばっかりで楽しい、と続けると、宮本は一切表情を崩さずに「好きなことだから」と答えた。確かに表情は崩れていなかったが、崩れないようにものすごく努力しているということはわかった。

理香は、話し続ける宮本を横目に、さっき買ったかわいい雑貨たちがディスプレイテーブルに並ぶところを思い浮かべていた。カラーボックスにもなるスツールに座って、その雑貨を眺めている朋美。水色の電気笠がその姿を照らしている。自分は、いつもみたいに少しあきれた表情をしながら、二人分の米を研いだりしている。ご飯ができたところで、かわいい動物の箸置きがでてくる。朋美が大きな肩を揺らして喜ぶようすが目に浮かぶ。

「ご注文の品、おそろいでしょうか」

ガレットが届いた。一緒に出してくださいと頼んでいたホットコーヒーも、ささっとテーブルに並べられる。

「今日はほんとに助かった、ありがとね」

ナイフとフォークを握るてのひらが、ひんやりと冷たくなる。「早くテーブルにデイスプレイしてみたくなるよね、こうやって買っちゃうと」右手を上下に動かすと、銀色の刃はあっという間に皿をきいきいと削りはじめた。

宮本は、ガレットを一口食べると、理香の目を見て言った。

「さっき先輩からメール来てたんだけど」

宮本は、姉みたいに、一口食べるごとに口元をティッシュで拭《ふ》いたりしない。

「組み立て、俺ひとりで行くことになるかも」

俺、という一人称をはじめて聞いた、と、理香は思った。


はい、もしもし。

うん、どうしたの。ライン？　見てないや、ごめん、今日ずっと人といて携帯見てなかった。ひさしぶりに一日歩き回ったから足疲れちゃってさー。

え、バイト入っちゃったって何？　いつ？

……まーでも助け合いだからね、しょうがないか。よりによって木曜の夜に替わんなきゃなのね、マジか、うーん……ううん、いいんだけど、火曜の夜だと家が万全の状態じゃないんだよねー……。

でも大丈夫、火曜の夜でもこっちは全然オッケー。

え？

まあそれは当日のお楽しみってことで。でも確かに見せたいものがあるとかいきなり言われたら怖いよね。彼氏だったら婚約指輪とか出てくるとこだもんね。そんなんじゃないから、全然。はーい、はーい、あ、代返ありがとね、ほんと助かる。全然大丈夫だったでしょ、吉岡。うん、じゃ、はーい、また、おつかれー。

5

朋美は、駅で顔を合わせた途端、「お腹《なか》ぺこぺこなの！」と眉《まゆ》を下げた。課題やらなにやらに追われており、お昼を満足に食べられなかったらしい。たしかに忙しかったのだろう、手持ちのカバンが紙の資料のようなものでパンパンに膨らんでいる。

「ごはん、何にしようか」

アパートまでの道を歩きながら、理香は言った。

「お米ならあるから、私、ちゃちゃちゃっとなんかおかず作ろうか」

昨日のうちに、動物の形をした箸置きは食器棚に仕舞っておいた。朋美にはネコのものを差し出そう、と思ったとき、朋美が突然、

「ダイエットしてるのになんでこういうの見つけちゃうのよあたしー！」

と大きな声をあげながら破顔した。ピザを宅配するバイクを見つけてしまったらしい。

「ね、理香、今日はピザ頼まない？　あれ見たら急にピザ食べたくなっちゃった」

「ピザ？」

理香は一瞬、口ごもる。頭の中で、食器棚を閉める。

「あ、いいよ、じゃあ帰ったら電話しよっか」

姉は彼氏と食事をしてくると言っていた。だから、遅くまで帰ってこないはずだ。

理香は頭の中でそう確認しながら、朋美と近くのスーパーに入り、甘いお酒やアイスを買った。これくらいでいいか、と思っていると、朋美がカットフルーツのパックを買い物かごの中に追加してきた。

「一番最初にフルーツ食べて、ピザ食べ過ぎないようにしようと思って。意味ないかな？　あるよね？」

ピザとまとめて割り勘にしようということで、とりあえず理香が支払いを済ませた。

昼間のうちに作業が片付いたことがよほど気持ちいいのか、朋美の声はいつもよりもより開放的に感じられた。

アパートに入った途端、朋美は、「そっか、ルームシェアしてるんだっけ！」と声のトーンを上げた。学生が、１Ｋではない間取りのアパートに住んでいること自体、珍しく感じるのかもしれない。

「朋美、靴ぐちゃぐちゃ」理香はそう笑いながら、自室のドアがしっかりと閉められていることを確認した。家を出る前に何度も確かめたけれど、思わずもう一度目視した。

明日の十七時を過ぎたころには、あの部屋にディスプレイテーブルが届く。電気笠は取りかえたし、両手で抱えて持って帰ったスツールも設置済みだ。あのかわいい雑貨を並べたテーブルは見せられないけれど、朋美が憧れている『ログハウスライフ』の空気感は十分醸《かも》し出せているだろう。

「いいなあルームシェア。毎日鍋《なべ》パもタコパもできるじゃん」

ピザが届くと、朋美はまず大好物だというプルコギ味にかぶりついた。ピザは、朋美のリクエストもあって、一枚で四つの味が選べるものを頼んでいた。「超おいしい！　宅配ピザって久しぶりー」ついさっき冷蔵庫に仕舞ったフルーツのことを、朋美はすっかり忘れているようだった。

プルコギ味を食べ終わった朋美は、あぶらで光る指を舐《な》めながら言った。

「この間取りだと、自分の部屋はちゃんとあって、この共同キッチンでご飯作ったりみんなで食べたりする感じ？」

理香がティッシュ箱を取ってくるよりも早く、朋美は次のマヨじゃが味に取りかかる。

「まあ、そんな感じかな」

理香は、ふ、と表情を和らげる。

「いいことばっかりじゃないけどね、トイレとかお風呂はひとつだし」

「でも、友達も増えそう」いまの朋美には、理香の反応なんてどうでもいいみたいだ。どんどん話し続ける。「同居人に彼氏ができたらさ、その彼氏が友達連れてきて、私も一緒に四人で鍋とかさ、そういうので出会いも増えそうじゃん」

そんなのますますログハウスライフっぽいじゃあん、とはしゃぐ朋美を横目に、理香は一枚目のピザを手に取る。

「理香、いま、彼氏とかいないの？」

「え？」

不意にそんなことを聞かれて、口ではないところから声が出てしまったような気がした。「だから、彼氏。好きな人とか」マヨネーズで唇をぎらぎらと輝かせながら、朋美は、技術で作った二重瞼《まぶた》でこちらを見つめている。

宮本のきれいな横顔と、ブーッと、皺《しわ》ひとつないシャツの襟。

「……朋美、携帯鳴ってる」

どうしていま自分は、宮本のことを思い浮かべたのだろう。そう思ったとき、まだあたたかいピザの耳が、ぐにゃりと折れた。

「あれ、なんだろ、電話かな」朋美は申し訳程度にティッシュで指先を拭くと、カバンの口をがばっと開け、中から携帯を取り出した。そのとき、カバンを膨らませている中身が、理香の目にもちらりと映った。

アパートの間取り図だ。理香はつばを飲み込む。

「それ何、間取り？」

「アラームがなぜか鳴っただけだった」謎《なぞ》、と呟くと、朋美はにやりとしながらカバンの中から紙の束を取り出した。

「見てこれ。実家出ること妄想してたら楽しくなっちゃって。ほんとに出られるかわかんないけど、なんか内見とかしてみよっかなーって。見てるだけでテンションあがんだよね、こういうの」

いまだ、と、理香は思った。

「こんなインテリアにしたいとか、実家じゃ似合わなかった雑貨置きたいとか、ホント妄想ばっか広がる」

おしゃれでかわいい電気笠。カラーボックスにもなる便利なスツール。ずっと見ていられるような雑貨がディスプレイされているガラステーブル。あなたが憧れているインテリアは、すべてここにある。

「あのさ、朋美」

そう言ったとき、ぐ、と、腹が痛んだ。

「ちょっとごめん、トイレ」

理香は早足でトイレに入る。ストレッチ素材のパンツのジッパーを慌《あわ》てて下ろし、水色のカバーが付けられた便座に腰を下ろした。

いまだ、と思ったとたん、出るかもしれない、とも思った。

理香はカラカラとトイレットペーパーを回す。姉がこのアパートを出ていくと聞いてから、ずっとずっと、出ていなかった。豆乳を飲んでも、玄米ブランを食べても、インテリアショップで買い物を済ませたあとでも、ずっとずっと腹は張ったままだった。

やっとだ。理香は、大きく息を吐く。やっと、私も参加できる。

あやとり。

修学旅行のジェットコースター。

体育の前のストレッチ。

私もやっと、二人組でできている世界の中に、参加することができる。家族とではなく、友達と手を繋《つな》いで、堂々と参加することができる。

トイレから出ると、携帯を触っていた朋美がパッと顔を上げた。

「ねえ、今日火曜だよね？」

「え、うん」思わず、理香は頷く。

「やばいよ、『ログハ』やるよ。ユカコと圭兄、見逃せないんですけど！」

テレビテレビ、と、まるで自分の家にいるかのように騒ぎ始める朋美に向かって、理香はつい、

「あ、こっちのほうがテレビ大きいよ」

と姉の部屋を指さしていた。「見よ、理香も一緒に！」朋美が、食べかけのピザを一度置くと、早く早く、と理香を促した。

「ピザと飲みもの、運んじゃお」

「あ、あたしピザ持つ」

あの番組は三十分で終わる。姉はきっと終電まで帰ってこないだろうし、この部屋で番組を観ていても大丈夫なはずだ。

理香は、朋美の背中を見ながら思う。

あの電気笠とスツールを見せるのは、そのあとでもいい。むしろ、あの番組を観たあとのほうが、朋美の中であの家具たちへの憧れが高まっているかもしれない。

テレビの電源を点《つ》けると、番組はもう始まっていた。先週のハイライトなのか、胸の大きな〝ユカコ〟と、色黒で顎鬚《あごひげ》が生えている〝圭兄〟がふたりでリビングにいるシーンが映っている。

「ほんとに欠かさず見てるんだね、朋美は」

「あ、いまちょっとバカにした？」朋美は、三つ目の味、アボカドチーズを手に取る。「だから、前も言ったでしょ。それはちょっとしか見たことない人が言いたがることだって」

朋美はそう言うと、きょろきょろと顔を動かした。何かを探しているらしい。

「あ」

理香は、思わず画面を指さす。

「あのスツール」

前に朋美がかわいいって言ってたやつだよね。

そう続けようとしたとき、花の頭をハサミで切り落とすように朋美が言った。

「この番組のほんとの楽しみ方、いまから教えてあげましょう！」

まっすぐに伸びた朋美の右手には、テレビのリモコンが握られている。朋美がなにかボタンを押したのか、テレビ画面の隅に、副音声、という三文字が表示された。

そのときだった。

【あんなでっかいハコみたいな椅子《いす》、実際あったら絶対じゃまだよね】

有名な芸能人の声が、テレビの画面からこぼれ出てきた。

【ま、こんだけ広い家だからサマになるんでしょうね】

朋美は、かちかちかちかちと音量を上げていく。

【あのハコ椅子？　普通の学生アパートにあったらジャマでしゃあないやろ、あれ】

「確かに、ウケる」

五つほど音量を上げると、朋美はリモコンをテーブルの上に置いた。

「コメンタリーっていうんだっけ、こういうの。芸能人がね、このシェアハウスをモニタリングして好き勝手言ってるのが聞けるの。それがとにかく面白くって」

理香は、汚れてもいないてのひらをティッシュでがさがさと拭いた。まだ、ピザは一切れしか食べていない。

「あたしなんか毎週録画して二回見ちゃうもん。素で見るよりコメンタリーで見た方が断然おもしろいんだよね〜。確かにあんなハコ、普通のアパートにあったらウザイよね、テレビ局が借りてるでっかい家だから似合うって感じ」

朋美は、とても楽しそうに笑っている。

「そうだね」

相槌《あいづち》を打ちながら、理香はアボカドチーズ味のピザに手を伸ばしてみた。そうして体のどこか一部でも動かさないと、一生、この場所に縛り付けられて動けなくなってしまうような気がした。

【イチャモンつけるのやめて、ほら、もうすぐ告白シーンなんだから。って誰も見てないじゃん、笑いすぎ、ハコのことはもういいから】

たくさんのあぶらを乗せた小麦粉の塊は、乾燥して固くなってしまっている。

「あのガラステーブルもウケるよね、下になんかシャレた雑貨とか飾ってて。収納スペース少しでも確保したいんだっつの、現実のアパート生活は。だよね？」

冷えて、ゴムのようになってしまったチーズが、理香の下唇に張りつく。

「そうだね」

口がうまく動かない。

「そういう現実的なこと考えなくていいから楽しめるのかもしれないけどね。あ、告る告る！」

朋美はさらに音量を上げる。ユカコと圭兄が屋上へと続く階段を上っていく。

声が震えないよう、理香は太ももを抓《つね》った。

「最近、テレビ番組でもコメンタリーっての増えたよね」

映画のＤＶＤとかではよくあったけど、と付け足した小さな声は、きっと、朋美には届いていない。

「一方通行だと思われがちなメディアに、メタ的な視点が導入され始めてるん」

「ちょっ静かに。聞こえない聞こえない」

四つ目、バーニャカウダ味に手を伸ばしながら、朋美は理香を制した。「すごいよねテレビで告ってんだよ。台本かもしれないけど、台本だとしてもテレビで告るっていいこと一個もない気がするんだけど」ピザを持っていないほうの手で、朋美は二缶目のサワーを開けた。

理香は、知らない国の景色でも眺めるように、テレビ画面を観ていた。ユカコの声も圭兄の声も、副音声で話している芸能人たちの声も、朋美の声も自分の心臓の音も、どんどん遠ざかっていく。

そしてやがて、口の中で混じり合う小麦粉と唾《つば》の音しか、聞こえなくなった。

「……はあっ」

パッと、テレビ画面の色が変わった。ＣＭだ。

「なんか見入っちゃってたね、いま」

朋美はベリーのサワーを一口飲むと、思い出したように言った。

「あ、あたし、明日体育行けないの、ごめん」

テレビ画面では、車のＣＭが流れている。

「明日ね、早速敦子と物件見に行くんだ」

このＣＭはどうやら物語調になっているらしいが、この前のストーリーを知らないので、特に響くものはない。

「さっき見せた間取りのとこ。敦子、わかる？　先週カフェで再会したあの子」

朋美は、理香の相槌がなくても話し続ける。

「敦子もこっち帰ってきてルームシェア考えはじめたらしくて、もう善は急げって感じ。就活も始まるしさ、なんかいろいろ助け合えそうじゃん？　今日の昼中にお互いのお気に入り決めなきゃいけなくって」

それでお昼食べ逃した、と笑う朋美は、もう四ピースすべてのピザを食べ終えている。

「でも、いざほんとに住むってなると現実的になるんだねー。電気とかハコみたいな椅子に構ってらんないっていうか。共同生活ってそういうことじゃないんだなってやっとわかったかも」

そうだね、と、理香は首を無理やり縦に動かした。すると、やっと、体に自由が戻った気がした。

「体育で代返はきついかなぁ。もしいけそうだったら、明日、しといてほしいなぁ」

「わかった」

試しに声を出してみる。大丈夫、きちんと話せている。

テレビの向こうにある部屋の壁、その壁の向こうにある部屋、その中で死んでいく電気笠とスツールが、理香には見えた気がした。

「そういえば」

朋美が、理香を見る。

「今日、なんか、見せたいものがあるって言ってなかったっけ？　電話で。それ、何だったの？」

ＣＭが終わった。朋美の大好きな番組が、また始まった。

だけど朋美は、まだ、理香のことを見ている。

「ああ、それね」

体育は、点呼で出席の確認が行われるので、きっと代返は難しいだろう。

「もう大丈夫になったの」

ユカコのことが好き、という低い男の声が、うっすらとテレビから聞こえてくる。

「だから、忘れて」

代返どころか、私は、ひとりで体育に出席することすらできない。

6

ディスプレイテーブルの組立説明書は、開くと一枚の大きな紙になった。

「たぶん、三十分くらいで終わると思います」

説明書を床に置くため、宮本は当然のようにスツールを隅にどかした。そして、慣れた手つきで後ろ髪を束ね始める。

「組み立てのあいだ、別のことしていただいて大丈夫ですから」

一応勤務中だからだろうか、宮本は理香に対して敬語で話し続けている。

いつもひとりでいる空間に他人が入り込むと、空間ごと知らない場所のようになる。少し前まではこの場所になかった電気笠《がさ》とスツールが、この空間の他人行儀さにさらに拍車をかけている。

姉はまだ会社から帰ってきていない。深夜にタクシーで帰ってきた次の日も決められた時間までに出社するその姿を見ていると、もうすぐ就活が始まる自分にあの能力が備わっているのかどうか不安になる。

「じゃあ、よろしくお願いします」

理香はそう呟くと、その場に座り込んだ。

「あ、そこにいるんですね」

「はい」宮本の言う、別のこと、が思いつかなかった。

水曜日、宮本は約束通り、十七時を少し回ったころに現れた。これからディスプレイテーブルになるのであろう部品が詰まっているダンボール箱はとても重そうだったので、理香も協力して部屋の中まで運んだ。窓の外を見ると、アパートのすぐそばに、あの店のものなのか、車が止めてあった。

「ここにいるなら、たまに、車見てもらってていいですか」

宮本は、ビニール袋に小分けされている数種類のねじを取り出しては、説明書とそれを見比べながら言った。慣れない作業を人に見られるのは恥ずかしいのかもしれない、と理香は思ったけれど、それでもここで彼の姿を見ていようと思った。

十七時を過ぎると、外は少しずつ暗くなる。風が強くなっているのか、窓ガラスがカタカタと音をたてはじめた。

「外、寒かったですか」

なんとなく、そう訊《き》いてみた。理香は、自分が、この男と会話をしたいのかどうかということも、よくわからなかった。

「まあ、いつもよりは」

宮本は、慣れない手つきながらもテーブルを組み立てていく。天板が二層になっているとはいえ、やはり誰にでも組み立てられそうなくらい単純な構造だ。これなら自分ひとりでも簡単に完成させられたかもしれない。理香はそう思いながら、開けっ放しのドアの向こう側に視線を投げた。

昨日と同じようにそこにあるキッチンには、二十四時間前にはなかった、薄くて白い箱が置いてある。

ピザが届いてからまとめて半分に割るはずだった食事代は、結局、理香が払ったままだ。

「ちょっと、片付けてきます」

理香がその場から立ち上がると、宮本は「はい」とだけ返事をした。宮本は、平たい左のてのひらで板を抑え、右手でドライバをくるくると回している。思ったより部品が少ない。想像よりずっと早く完成しそうだ。あと十分ほどだろうか。

あと十分ほどで、宮本はいなくなる。あと一週間ほどで、姉がいなくなる。

立ち上がると、窓の外が見えた。アパートに寄せられている車は、少し斜めになっている。真上から見ると、宮本の駐車の下手さがよくわかった。

「できたら呼んでください」

理香はキッチンに向かうと、食器棚の一番下の段を開けた。中から、四十五リットルのゴミ袋を取り出す。

袋の入り口のあたりをこすり合わせて、口を開ける。静電気でくっついてしまっていた部分が、めりめりと剝《は》がれていく。

理香は、ゴミ袋の底を見下ろす。

あぶらの染《し》み込んだピザの箱を、解体せずにそのまま放り込む。その拍子に蓋《ふた》が開いて、チーズやプルコギのカスが見えた。思わず目線を逸《そ》らすと、からっぽになった豆乳のパックが目に付いた。

今朝からまた、一度も便通はない。本当は豆乳なんて大嫌いだ。

中身を水で洗った豆乳のパックを、ぐしゅぐしゅと申し訳程度に潰《つぶ》す。すると、注ぎ口から豆乳と水が混ざった液体が零《こぼ》れ出てきた。汚い。パックを力任せにピザの箱の上に投げつける。

ぱん、と、固い紙と紙がぶつかる音がして、注ぎ口から飛び散った液体が顔にかかった。

私は、いつもこうだ。

保育園でのお部屋あそびの時間での、あやとり。

中学校の修学旅行で行った遊園地の、ジェットコースター。

高校の体育、バレーボールの前の、ストレッチ。

社会の授業で、工場見学に行くために乗ったバスの座席。卒業アルバムをもらったあと、寄せ書きをし合うために一番はじめに交換する相手。ニコイチ、という言葉を、カラーペンで上履きや通学カバンに書き合う相手。

ルームシェア。

頬を、豆乳と水が混ざった液体が伝っていく。

小さなころから、女の子とじょうずに二人組になれなかった。何かを察するように、女の子は私と二人組にはなりたがらなかった。いつでも私は、二人組ではない場所から、二人組をじょうずに組める子たちを見ていた。

それでも、自分から頼み込んで二人組をつくってもらうことはしなかった。いままで、ずっと。

「あの、できました」

部屋の方から、男の声がした。振り返るとそこには、まるで触れたら壊れてしまうもののように、完成したばかりのディスプレイテーブルを指し示している宮本がいた。

理香は、頬を拭く。

あのテーブルを見せれば、あそこにかわいくておしゃれな雑貨を並べさえすれば、水色の電気笠を、カラーボックスにもなる便利なスツールを揃《そろ》えさえすれば、朋美は簡単にこの家に住むだろうと思っていた。かわいい動物の箸置きなんて見せれば、その暮らしぶりに尊敬さえするんじゃないかと思っていた。

私は、朋美をバカだと思っていた。バカな朋美は、私と二人組をつくってくれるだろうと思っていた。

「ほら、前買った雑貨、並べてみようよ」

テーブルが完成したことが嬉《うれ》しいのか、宮本はいつのまにか仕事用の敬語を捨てていた。「これか」持ち手の部分が伸びたショップバッグを見つけると、宮本はその中からあの日買った雑貨を三つ、取り出した。そして、たったいま作り上げたテーブルにそれらをディスプレイしていく。

小さな小さな、英和辞典のレプリカ。

何分の一かに縮小された、ブランデーの瓶のようなもの。

ルールもわからない、どこかの国のカードゲーム。

「いいね、おしゃれだ。電気にもスツールにもぴったり。外国の部屋みたいだな」

宮本はそう言って、後ろ髪に手を伸ばした。理香は、ヘアゴムの拘束から放たれ、楽しそうに踊る毛先を見ながら言った。

「宮本君、あのね」

伸びた髪の毛にパーマなんか当てて、通いにくいはずなのにあんなおしゃれなインテリアショップでバイトして、そこまで詳しくもない映画のコメンタリーについて語ったりして、だけど靴や服には一丁前にお金をかけていて、そのくせ車の運転が下手。

「ここ、わかってると思うけど、二人で住む用の家なの」

なにより、たったいま、このインテリアを褒めた。

「それでね、一緒に住んでる姉が、もうすぐ出て行くんだ」

この、人間の生活に全く根差していない部分ばかりに気をつかっているインテリアを、褒めた。

「家賃のこともあって、ここ、一人では住めないの」

この人はバカだ。きっと、私よりも。

「だから、私と一緒に、住んでくれないかな」

結局私は、自分よりもバカだと思う人としか、一緒にいられない。

驚いたように理香を見上げている宮本が口を開くその直前、キッチンに置き去りにされたゴミ袋が、くしゃ、と小さな音をたてた。

逆算

小さなサイズの缶コーヒーと、パッケージが真っ黒の辛そうなガム。レジに表示される、１９７、という角ばった数字。

「百九十七円になります。ポイントカードはお持ちですか？」

「あ、大丈夫です」

前に並んでいる男はそう答えながら、財布の中から小銭を取り出している。財布を持つ左手の薬指には、指輪がぴったりとおさまっている。

「二百二円、お預かりいたします」

ぱかっと開かれた財布を見ると、そこには様々なカードが差し込まれていた。保険証、クレジットカード、定期。男の人の財布は無防備だ。

上部だけ、財布から飛び出している免許証。ちらりと見える、誕生日の日付。

四月二十一日。

「二百二円お預かりいたしましたので、五円のお返しになります。ありがとうございました」

百円玉二枚と一円玉二枚。合計四枚の硬貨を差し出した男に、五円玉一枚が返ってくる。硬貨三枚分軽くなった財布を、男はスーツの内側のポケットに差し込んだ。私は、その男がコンビニを出て行く様子をなんとなく見つめた。寒いのか、外に出た途端、背中をきゅっと丸めている。

誕生日が、四月二十一日。てことは、夏のはじめくらいか。

「お客様？」

店員に呼びかけられ、私は我に返る。ペットボトルのジャスミンティーとクリーム玄米ブラン、無印良品の綿棒をレジ台に並べる。合計、五百七十六円。

「六百二十六円お預かりしましたので、五十円のお返しです。ありがとうございました」

小さな五十円玉が一枚返ってきて、ごちゃごちゃしていた財布の中が軽くなる。小銭入れがすっきりすると、それがほんの一時の状態だとわかっていてもどこか嬉《うれ》しい。五百七十六円だから、六百二十六円を出す。小銭を少なくするために、逆算をする。毎日、誰もが、少なくとも一度は行うことだ。

腕時計を見る。いまは八時三十九分。朝は、オフィスに着くまでのすべての階にエレベーターが止まってしまうことがあるけれど、それでも始業時刻の九時までには余裕がある。

街を歩く人はみな、自分の表面積をできるだけ小さくしようとしている。十一月も後半に近づいてくると、ビル街では特に風が強まり、コートが手放せない。

私はコンビニからオフィスまでの道のりを早足で歩く。そろそろ、イヤフォンを外しておかなければならない。新人のころイヤフォンをしたままオフィスの周辺を歩いていたとき、先輩に小声で挨拶《あいさつ》をされたことに気付かず、そのあとわりときちんと怒られたことがある。

私はイヤフォンをくるくると巻きとりながら考える。さっきのコンビニ店員の女の子は、二十歳を過ぎたくらいだろうか。ということは、もしかしたらもう一年以上、一人暮らしをしているかもしれない。顔も、かわいくないわけではなかった。あと、前に並んでいた男性。三十手前に見えたが、薬指には指輪があった。最近だと早い結婚だといえるだろう。

そして、見えてしまった免許証には、誕生日が四月とあった。

頭の中をひゅんひゅんと行きかう様々な考えを振り落とすように、私はずんずん前へ進む。

私は一日のうちに、何度も逆算する。小銭ができるだけ少なく返ってくるように。始業の時間に遅刻しないように。

そして、その人の誕生日を知ってしまったとき。

私は、何度も逆算する。


鍵《かぎ》を閉めた引き出しから、ノートパソコンを取り出す。「おはようございます」私の挨拶に、斜め向かいの席に座る先輩がなんてことないように答える。おはようございます。お疲れ様です。いつもお世話になっております。それでは引き続きよろしくお願い致します。社内でよく耳にする様々な言葉は、もはや本来の意味を失っているただの音だ。音程と母音さえ変えなければ、全く別の文字が当てはめられたとしても、きっと誰も気づかない。

「おはようございます」

私は勤怠管理システムにアクセスし、出勤ボタンをクリックする。先輩のほうが早く来ているけれど、このくらいの時間ならば誰にも文句は言われない。

四年前、鉄道会社の総合職に就職が決まったとき、最も喜んだのは祖父母だった。東京オリンピックのときに開通した新幹線によって人もモノも行き来が活性化し日本は発展していった、そんなところに孫が勤めることになるだなんて誇らしいと、とてもいい時計を買ってくれた。二人が言っていることは全くピンとこなかったけれど、勤めることになる組織を逆算した先には物流もままならなかった世界があったのだ。そう思うと、誇らしいというよりは、自分が定年になる何十年後にはこの世界がどんなふうに変化しているのか想像もできずぞっとした。そして、これから働くことになる会社の役員たちも、祖父母が抱いているような誇らしさを同じ鮮度で抱いているのかもしれないという嫌な予感も、同時に芽生えた。

研修期間を終えると、経理部経理課に配属された。グループ会社に出向した同期も多かった中、私は本社に残った。経理部だけ執務用のパソコンを二台使用していると知ったときは動揺したけれど、三か月も経《た》てばルーティンの感覚で仕事をこなせるようになった。

その後、勤務四年目に入る四月に不動産開発部の業務管理課業務管理室に配属され、もう半年以上が経つ。

「松本《まつもと》さん」

メール画面が立ち上がるまでのあいだ、斜め向かいの席にいる小池《こいけ》さんがパソコンから顔を出した。

「昨日のコスト削減資料、掲示板にアップしてくれたのって松本さんだよね？」

「あ、はい」

私は、ぼんやりと昨日の行動を思い出す。終業間際《まぎわ》、小池さんが作成したコスト削減一覧表のＰＤＦファイルを、部内共有の掲示板にアップロードするように頼まれていた。

「昨日確かにアップしたと思うんですけど」

「確かにされてるんだけどね」

小池さんの早口からは、苛立《いらだ》ちが垣間見《かいまみ》える。

「さっき見てみたら、ファイルが開けないのよ。あとで確認してもらえる？」

小池さんは、もうこの課に勤めて十五年以上になる女性だ。最近は、一人息子を今の旦那《だんな》と同じ大学に入れるべく、付属の中学校の受験準備で忙しいらしい。私がこの課に異動することが決まったとき、「小池さんって、短大卒の女子学生を採用していた時代に入社したんだって。そんでね、バツイチらしいよ」と、同期の可純《かすみ》がどこか嬉しそうに教えてくれたことがある。

メール画面にログインする前に、私は指摘された共有掲示板にログインした。ここでは、容量の上限を超えなければ、【全社】から【室】単位まで公開範囲を設定しデータを共有することができる。

いつまで経ってもてのひらに慣れないマウスで、昨日アップしたファイルを開く。三月末と九月末、年二回のタイミングでまとめることになっているコスト削減一覧表の作成は、最近、課長から小池さんに引き継がれた案件だ。だが、小池さんはその作業を忘れてしまっていたらしく、十一月に入ってから慌《あわ》てて九月末分の資料を集め始めていた。

昨日アップしたファイルをクリックする。すると【ファイルが破損しています】というメッセージが表示された。

「確かに見れませんね」

ほとんど独り言のように呟《つぶや》きながら、私は小池さんからメールでもらった元のデータを確認する。すると、同じように【ファイルが破損しています】というメッセージが表示された。

ということは、小池さんが作成したもともとのデータがおかしかったのだ。自分のせいじゃなかった、その安堵《あんど》の気持ちが自分の声に滲《にじ》み出ていることを感じながら、私は呼びかけた。

「小池さん」

「何」小池さんはいつも、パソコンから目を離さずに返事をする。

「あの、小池さんからいただいた元のデータが変になっちゃってるみたいなんですけど」

私が言い終わる前に、小池さんは言った。

「そうだったとしても、あなた、掲示板に出すときは確認しないとダメよ。アップしたあとにきちんと確認」

今から新しいデータ送るから、と、小池さんが言ったとき、始業時刻である九時を告げるチャイムが鳴った。何人かが、ドアから慌てて入ってくる。

「はあ……」

納得していない感情でたっぷりと湿らせた返事は、「はーまだ火曜かあ」という誰かに対する誰かののんきな声に押しつぶされた。

私が悪いんですか？

握りしめたマウスを動かさないまま、私は口を開けずに舌を動かす。

もちろん、私が確認しなかったことも悪いです。だけど、これを共有しておいて、と渡す前にそのデータにおかしなところがないか、そちらがまずきちんと確認すべきなんじゃないですか？　ごめんねの一言もなく、私が悪いと聞こえるようなそれっぽい言葉で注意してくるのは、違うんじゃないですか？

始業のチャイムが鳴り終わると、オフィスの空気がなんとなく引き締まる。電話の数が増え、プリンターが絶え間なく動くようになる。その中で、私はもうしばらく、意地でもマウスを動かさないでおこうと思った。

言いたいことのほとんどが、言葉に出せない。そんなことへの苛立ちは、社会人も四年目になるともう、どうってことない。

ただ、こんなふうに、もしかしたら相手に伝わっているかもしれないというくらいのかすかな抵抗でしか存在感を示すことができない自分の幼稚さには、社会人四年目になってから、より苛立つようになった。

閉じてしまった社内メールへのログイン画面を、私は再度立ち上げる。すると、メールアドレスとパスワードを入力するフォームの下に、赤い文字が現れた。

【パスワードの有効期限があと60日となりました。期限内にパスワードの変更を行ってください】

電話が鳴る。すぐに取る。

「帝国鉄道不動産開発部です、はい、いつもお世話になっております」

メール、社内掲示板など、様々なシステムのパスワードは定期的に変更しなければならない。年に何度かしか目にすることのない文章を前にして、私はいつも、同じ気持ちを抱く。

時が経つのって、早いなあ。そんなありふれた感覚の陰に身を隠している、ほのかだけれども、咽返《むせ》るほど濃厚な絶望感。

「柏木《かしわぎ》は外出しておりまして、はい、十四時に戻る予定ですがいかがいたしましょうか。かしこまりました、お手数おかけいたします。はい、失礼いたします」

電話を切る。何をしようとしていたんだっけ、と、思い、また、さっき読んだはずの赤い文字をじっくりと読んでしまう。

私はこれからずっと、使い慣れた二つのパスワードを数か月ごとに行き来しながら、このビルの中で日々を重ねていくのだろうか。その往復運動をしている間に、言葉にできない気持ちを勤務態度に滲ませるような幼稚さを、自分自身から振り落とすことはできるのだろうか。

「松本さん、ヤマト来てる」

小池さんに言われて顔を上げると、見慣れた制服を着た男性が帽子のつばに手を添え、頭を下げている姿が目に映った。毎日複数の宅配業者から届く配達物は、部で一番年次の低い私が受け取り、仕分けることになっている。

「待たせないで」

「はい、すみません」

私は、判子《はんこ》を持って立ち上がる。ほんの少しの距離だが、歩いているうち、先程まで感じていた苛立ちが薄らいでいくのを感じた。怒りとは、重みがあるものだと、いつも思う。じっと動かないでいると、体の底のほうに沈殿して、凝固してしまう。歩いたり動いたりすると、底に溜《た》まっていた怒りが足先や指先に行き渡ることで、希薄になるのだ。

「判子をいただきたいのは八点ですね、お願いします」

「はい」

入社して一度も買い替えていない松本姓の判子は、もうかなりインクが薄まってきている。この部にきて半年ほどの私よりもこのあたりの勝手を知っているように見えるヤマトの担当者は、捺印《なついん》し終えた私に向かってニカッと笑ってみせた。

「はい、八点ありますね、ありがとうございました！」

年は三十代後半くらいだろうか。腕も肩も筋肉が張っていて、肌の色は浅黒い。たぶん、実年齢よりは若く見られるはずだ。休日に息子とキャッチボールでもしている彼の姿が、キャップをかぶったシルエットからいとも簡単に立ちのぼる。

子どもがいたとして、五、六歳くらいかな。そうなると、いまの奥様と付き合い始めたのは八、九年ほど前。そうすると、大人としての責任と覚悟の中で、毎晩のようにこの人が奥様と

「松本さん、内線」

後ろから小池さんの声と、聴き慣れた電話のコール音がする。「はい、すみません」今日二回目のセリフを口にしながら私は、始まりかけた逆算を中断し、力なく光る内線電話を取った。

「お疲れ様です、不動産開発の松本です」始業のチャイムが鳴ってまだ五分ほどしか経っていないのに疲れているわけがない。メモとボールペンを手に取りながらパソコンの画面を見ると、先程と全く同じ新鮮さで、赤い文字が私のことを出迎えてくれた。

あと60日。

本当は想像できないはずの60日後の未来が、会社のシステムのパスワードを変えるまでの期間だと考えた途端、容易に想像できてしまうのはなぜだろう。今のパスワードが使えなくなるころには、二十六歳のクリスマスなんて、もうとうに過ぎてしまっ

ているというのに。

同期の可純は、ここ最近ずっと、ランチで炭水化物を摂《と》らないようにしている。式までにほんの少しでも痩《や》せておきたいらしい。

「とりあえず、はじめに出された水と、セットのサラダとかスープ系を全部飲むの」

そうするとけっこうお腹《なか》いっぱいになるから、と宣言したと思うと、可純は本当に水を一気飲みした。「すみませ～ん」そしてすぐに店員さんを呼び、水を追加してもらっている。

野菜が多く使われていることで評判のイタリアンの店は、会社から少し離れた位置にある。けれど、可純と一緒にランチをするときには特に、ここまで足を運ぶようにしている。可純と話すときは、社内の誰とも鉢合わせしたくない。

「あ、あれ押しつけちゃってごめんね」不意に、可純が顔を上げる。「社内報の写真企画のやつ」

写真。

「めんどくさいっしょ、あれ」

注文を終えた可純が、持っていた携帯電話を裏返してテーブルに置いた。カバーの上で、ミッキーとミニーが笑っている。

ミッキーとミニー。

「ううん、全然平気」いちいち動揺する心を、私は必死に覆《おお》い隠す。「確かに一人暮らしだと昔の写真なんて持ってないよね」

「そうなのそうなの。わざわざ実家から送ってもらうのもバカみたいだしさ」

可純のように、実家から通勤することが難しい地方出身の社員は、入社九年目まで会社が持っている独身寮に入居できる。都内のマンションと比較できないほど家賃は安いが、私は通勤可能な範囲に実家があるので、入居できなかった。

「でも、子どものころの写真載せるとか恥ずかしいよね、ごめんね」と、可純。

「まーでも、いつかまわってくるものが早まったって思えばね」

広報部の同期が担当している社内報の一ページ『タイムスリップ・シアター』は、ある社員の幼少期と現在の写真を並べて載せるという企画ページだ。他のインタビューページなどに比べてやはり恥ずかしさがあるからか、引き受けてくれる人がなかなか少ないらしい。結果、同期や気のおけない後輩がやたらと登場するようなページになってしまっている。

「あのページ、自分で企画したからにはやめられないらしいね」

「上が広報に経費削減しろって突っついてて、企画の見直しどころじゃないっぽいよ〜。ほら、社内報ってデザインは外部委託だからさ、意外とお金かかってるみたい」

事業推進本部で駅構内における出店戦略を練る仕事をしている可純は、社内の人間関係や部内事情にとても詳しい。ただのゴシップ好きということならばそれで片付けることができるけれど、会話の中で自然に「あの人ってもともと長く宣伝にいたんだよね、だからいろんな媒体に顔利《き》くらしいよ」とか「だって営業とマーケティングは部長同士が同郷で母校も同じだから。それでうまくいった案件いくつもあるっぽいし」など、ゴシップだけでなく仕事にも通用しそうな情報にも精通しているため、なんだかいつのまにか反省させられてしまう。寮に入っているということもあってか、可純は部署や年代に拘《かか》わらず社内の人たちと自らすすんで交流している。

「そういえば、結婚式の準備、どう?」

運ばれてきた野菜たっぷりジェノベーゼに手をつけながら、私は可純に訊《き》いてみる。写真、というキーワードから、今は離れたかった。

「まだ半年も先だからねー……予算に合わせてプラン練ってるくらいだけど、それでもけっこう大変。引っ越しもあるし」

「そうだよねえ。お察しします〜」

「聞いてきたくせに反応適当だな」

来年のゴールデンウィークに決まったの、式。可純からそう聞かされたとき、私は素直におめでとうと言った。仲良しの同期の女子で朝まで騒いだお祝い会では、「もう散々話したじゃん！」とむくれつつも、可純は彼氏との出会いを何度もイチから披露させられていた。

学生時代、大好きなディズニーランドでのバイト中、ポケットから携帯を落としたお客さんがいた。その人を追いかけて携帯を届けたとき、偶然にも、お互いが「好きなタイプだな」と思っていた。そして数年後、可純が入社した会社に、その人がいた。

そんなウソみたいな本当の話は、可純をその場の主人公に仕立て上げるには十分だった。特別なエピソードの中で出会った相手と結婚となると、皆、「そりゃそうだよね」と納得顔になる。

皆、そりゃそうだよね、と、思いたいのだ。たとえばきれいな虹《にじ》の前の夕立。夕立の前のもくもく雲。物事の興《おこ》りにまで逆算していけば、そこにはきちんと、全員が納得するような何かしらのきっかけがあると、皆そう信じたい。

「あれっ」

可純が、私の背後、つまり店の入り口のほうへと視線を飛ばした。

「何、ここ気にいっちゃったの？」ニヤリとする可純。

「おー、偶然偶然」

入り口には、スーツ姿の男の人がふたり、立っていた。お久しぶりです、と頭を下げる私に、グレーのスーツを着ている早見《はやみ》さんが「久しぶりですねー」と笑いかけてくれる。私たちより三歳年上の早見さんは、私のような〝彼女の友達〟とも上手に距離感をつかむ。女同士の独特の空気には足を踏み込まないし、だからといってつまらなそうな顔もしない。

「沢渡《さわたり》さん、この店、早見に教えたの私ですから」

可純が、早見さんの隣の男性に小声で言う。

「えっ、そうなの？」

沢渡さん、と呼ばれたその人が、眉《まゆ》をひそめる。ブラウンのジャケットがしっかりとした体軀《たいく》によく似合っている。早見さんの同期だろうか。

「お前、さっき自分で見つけた店みたいに言ってたよな。意外とボリュームあるんだよとか」と、沢渡さん。

「あ、それも私が言ったやつです。ていうか」可純が私を指す。「沢渡さん初めてですよね、同期の松本有季《ゆき》。不動産開発部で、私と同じ四年目です」

「あ、こんにちは」可純によるよどみない紹介に気おされつつ、私は軽く腰を上げる。

「可純と同期の松本です。この前まで経理にいて、いまは不動産開発の業務管理にいます」

　二人は自然に、私たちの隣のテーブルに座った。「俺の手柄にしようと思ったのになんでお前がいるんだよー」じゃれあうカップルを横目に、沢渡さんは脱いだジャケットを椅子《いす》の背ではなく壁のハンガーにきちんとかけた。

　結局、全員が野菜たっぷりジェノベーゼを頼んだ。「これも私が教えたメニュー」くすくす笑う可純が、やけにかわいい。

　去年の十二月、可純と早見さんはどうにか休みを揃《そろ》えてホノルルマラソンを完走したという。二人で一緒にゴールできたとき、くったくたになりながらも、多分この人と結婚するんだろうなと思ったと可純は楽しそうに話してくれた。私はその話を聞いたとき、誰も文句が言えないような特別なきっかけがまた、可純に舞い降りたのだと思った。

「松本さんの代は、式で何かするんですか？」

　食事を終えた口元を紙ナプキンで拭《ふ》きながら、沢渡さんが言った。一瞬、自分が話しかけられていることに気づかず、「え、なんですか？」と訊きかえしてしまう。

「早見と可純さんの式、同期で何かしたりするんですか？」

「あ、ずるいお前」早見さんはいじわるそうにニヤリと笑うと、沢渡さんを指さしながら言った。「俺も同期に余興頼んでるんだけどさ、こいつそういうの慣れてないみたいで、どうにかして逃げたがってんの」

うるせえなあ、と口を尖《とが》らせる沢渡さんが、一瞬、高校生くらいに見える。

「私も同期女子になんか頼もうかなって。あれって意外と準備に時間とられて大変なんですよねえ」

ひとごとみたいにそう言うと、可純は携帯を操り出した。「ここネットのクーポンがあんだよね確か」私は、結婚すると決めてから少しの節約でもサボらなくなった、と、いつか可純が言っていたことを思い出す。これもひとつの、きちんとしたきっかけだ。

「あ、また出てるよ、イトコ」

不意に、可純が携帯の画面をくるりと裏返した。そこには、まだかなり先にもかかわらず、芽依子《めいこ》の初めてのスタイルブックが発売されることを伝える広告が表示されている。

「イトコ？　牧野芽依子《まきの》が？」

早見さんが、可純の携帯を覗《のぞ》き込む。【デビュー記念日2・11に発売決定！】の文字が、カラフルに光っている。沢渡さんは早見さんのようにわかりやすい動作をしないが、それでも視線を画面へと注いでいるのがわかった。

「そうなんです。六つも上だし、もうずいぶん会ってないですけど」

「っへー！　びっくり！　そういう人会ったの初めて、俺」

わざとらしいくらいに驚く早見さんが、「なあ」と沢渡さんに同意を求める。私は時計を見る。

そろそろ戻ったほうがいいかも、と言おうとしたとき、可純が「あー！」と手を叩《たた》いた。

「あっぶない、今日も渡し忘れるとこだった」

可純がごそごそとカバンの中を漁《あさ》り出す。財布と携帯しか持ってきていない男性陣は、いつのまにか、空いている手それぞれに一枚ずつ伝票を持っている。こちらのテーブルの分もおごってくれるつもりなのかもしれない。どちらにしろそろそろ出なければ、という私の焦《あせ》りを蹴散《けち》らすように、可純がにこっと笑う。

「有季、誕生日おめでとう！　ちょっと遅くなっちゃったけど」

可純が、赤いリボンのついた小さな包みを差し出してくる。可純は、プレゼントのセンスがいい。わざわざ自分で高いお金を出して買わないような小物をくれる。

「えーありがとう！　自分でも忘れてたよーまたおばさんに近づいたこと」

「うちらくらいがおばさんに近づいた〜とか言うとガチのアラサーがキレるから気を付けて」ガチのアラサー、という響きがおかしくて、私はつい笑ってしまう。「超かわいい爪《つめ》切り見つけたから買っちゃった。もう四日からだいぶ経ってるけど」

四日。

その言葉に、私は一瞬、手が止まる。

「へえ、四日なんだ、誕生日」

早見さんが、日付を繰り返す。「ていうか、女子は爪切りとかもらって嬉しいの？」

芽依子のことも、その日付も、もう誰も話さなければいい。私はそう思いながら立ち上がった。

「爪切り、嬉しいですよ。いい爪切りなんて自分では買わないし。あと、自分の分は自分で出しますから」

私が伝票を受け取ろうとすると、沢渡さんが首をかしげた。

「あれ？　十一月四日ってことはもしかして……」

やめて。

私は咄嗟《とっさ》に、そう思った。

「西田《にしだ》敏行《としゆき》と同じか」

「は？」

早見さんが素《す》っ頓狂《とんきょう》な声を出す。

「俺、探偵ナイトスクープ、内容言われれば大体わかるくらい好きだから。いいなあ局長と同じなんて」

私からさり気なく伝票を遠ざけながら、沢渡さんも立ち上がる。「早見がかっこつけて彼女さんの分出すみたいだから、俺にもかっこつけさせといて。その代わり余興一緒に考えて」そうふざけてくれた沢渡さんに、私は上手に対応できなかった。

私の誕生日は、十一月四日だ。

二十六年前の十一月四日に、私は生まれたのだ。

――なあ、知ってた？　お前の誕生日逆算すると、

「局長とか言って、そんな西田敏行好きだったっけ？」早見さんがやたらウケている。

「じゃあれ知ってる？ 全然しゃべってなかった夫婦のやつ」

「お前それネットで見ただけだろ」

蘇《よみがえ》りかけた幼い声が、沢渡さんの落ち着いた低い声の裏側に隠れていく。私は、お昼をごちそうになったことにお礼を言うのも忘れて、店の外へと続く階段をひとりで駆け上がった。

時刻は一時過ぎ。もう午後だ。こうして、一日はあっという間に過ぎ去っていく。その積み重ねで消費されていく60日間の中で、私はいつのまにか、母が私のようにただただ無責任でいられたあの日を、追い抜くのだ。

あの写真に映っていた母を、私はもうすぐ追い抜くのだ。


高校三年生になる前の春休みだった。

当時付き合っていた男の子は、私の好みとは違い、少し派手なタイプだった。あまりに押しが強かったので付き合ったのだけれど、数か月で別れてしまったそのあとに、牧野芽依子に近づけるかもしれないから付き合っていたらしいというような話を耳にしたことがある。本当はどうだったのかはいまだに分からないし、特に知りたくもない。

私の両親が共働きだということを知ってから、彼は、私の家に遊びに行きたいとしきりに言ってきた。いつも部室や公園で人目を気にしながら手を繋《つな》いだりキスをしたりしていた私たちは、春休みに入ってすぐ、誰もいない家の中で借りてきたＤＶＤで映画を観《み》た。

家族が誰もいない、かつ、彼氏とはいえ他人のみがいる家の中は、いくら電気を点《つ》けてもどこか暗いような気がしたし、いくらテレビの音量を上げてもどこかから圧倒的な静けさが顔を出しているような気がした。

映画はわざと、洋画ではなく邦画を選んだ。不意に始まるベッドシーンが、邦画のほうが少ないだろうと思ったからだ。結局、あまり乗り気でない彼を押し切り、マンガが原作の学園モノを借りた。

映画が終わる前に私の体を触り始めた彼に対して、私はきちんと、いやだと伝えた。そういう気分じゃないから、もうすぐ親が帰ってくるから、ていうか生理だから。様々な理由を並べてみたけれど、彼はやめなかった。

——こういうのって、ノリも大切なんだって。

イライラし始めた彼が怖かったこともあり、私はますます彼に触られることを拒んだ。ノリという言葉も、そう言っている彼の表情も、そのすべてがとてもいやなものに見えた。

「ノリとかじゃなくて、そういうことは、ちゃんと特別なときにしたいの。ちゃんとしたきっかけっていうか……とにかく今日はいや」

それは私の本音だった。きっとこれからの人生で何度も思い出すことになるだろう初体験は、いまではない。というか、この人が相手ではないような気がする。「だからごめん」と彼からやっと離れられたとき、大きなため息が聞こえてきた。

――特別なときって、いつだよ。

それはわかんないけど、とごまかそうとする私の視界の端っこに、もう誰にも観られていない映画のワンシーンが滑り込んだ。主人公の女の子が、上京してしまうおさななじみの男の子に、ありったけの愛の告白をしている。ふたりが昔から過ごした海辺、夜空には大きな丸い満月。申し分ないほど、ロマンチックだ。私は空気を変えるために、テレビ画面を指さし「あれみたいな?」と言ってみた。

だが、彼の声はより一層、冷たくなった。

――なあ、知ってた? お前の誕生日逆算すると、クリスマスになるんだぜ。

私ははじめ、何を言われているのかよくわからなかった。誕生日を逆算、という言葉の意味が、理解できなかった。

——十一月四日生まれってつまりさ、親が十二月二十四日とかにやってんだよな。とつきとおか、という言葉は、当時の私でももちろん知っていた。けれど、逆算、という行為とその言葉が結びついたのは、そのときがはじめてだった。

——特別なときとかきっかけとか言ってっけど、お前は、親がクリスマスのムードでやっちゃったときにできたんだって。な、ノリが大事だってのもわかんだろ?

家の外から、車がバックする音が聞こえてきた。パートに出ていた母が、本当にいつもより早めに帰ってきたのだ。ぼんやりと滲んでいくような視界の中で、私は、確かに自分の従姉妹《いとこ》の姿を捉《とら》えていた。テレビ画面の中で繰り広げられている「特別」なシーンの中に、芽依子がいる。主人公のクラスメイト役として、映画に出演している。どうしてこのDVDを借りてしまったのだろう、どうして私はこの人と付き合っているのだろう、どうして——次々と浮かび上がるどうしての中に、彼の「俺もう帰るわ」という冷めた声が割り込んできた。その日の夜、彼からメールで別れを告げられた。

それが、私にできた最初で最後の彼氏だった。

「私たち、ちょっと煙草《たばこ》吸ってくるね」

「え？　時間いいのっ？」

早足で歩いていたので、振り返りざまに語尾が跳ねる。「いいのいいの、うちの部けっこうゆるいからそのへん」そう言うと、可純は社屋の裏にある駐車場に消えた。早見さんも「またね」とこちらに手を振り、可純のあとを追う。可純が煙草を吸うようになったのは、早見さんの前の彼氏の影響らしい。

煙草を吸う女の人を見ると、無意識のうちに逆算が始まる。遡《さかのぼ》ったその先にはたいてい、その人に何かしらのエピソードを与えている異性の存在があるような気がするからだ。

「松本さんの部、お昼の時間とかけっこう厳しいの？」

沢渡さんは背が高い。沢渡さんの一歩は、私の一歩半ほどになる。

「そうなんです、後輩がいないので……私が一番若手なので」

「そりゃ大変だ」

私は、上司よりも遅くオフィスに戻る私を見つめる小池さんの目を想像して、歩く速度を上げた。今の部には、歳《とし》が十以上離れた人しかいない。今日暑いねとか、木曜はなんかいつも郵便少ないねとか、そういう、ふつうの、しなくてもいいような日常会話ができる人がいないと、こんなにも顔の筋肉を使わなくなるのかと驚いてしまう。

「さっきの、牧野芽依子はびっくりしたな。俺、ちょっとファンだったから」

「ですよね」私は何度も口にしてきたセリフで対応する。「私もイトコがあんなふうになってびっくりですもん」

私はオフィスビルの自動ドアをくぐりぬけながら、次に来る言葉を予想した。やっぱいろいろ大変？　変な親戚《しんせき》とか増えるの？　皆こぞって、身内に芸能人がいることによるデメリットを指摘したがることを、私はとうに知っていた。

沢渡さんは、エレベーターのあるエントランスで立ち止まると、上ボタンを押しながら言った。

「楽しみに待てるものがあるって、いいよな」

私は思わず、沢渡さんの顔を見る。

「さっきの写真集とかさ。ずっと先なんだけどわくわくして待てるものって、歳とるごとになくなるじゃん？」

目が合いそうになり、私は慌てて視線を逸《そ》らす。

「身内に芸能人がいたら、そういう感じの楽しみが増えそう。それはうらやましい」

着いたエレベーターにふたりで乗り込む。

「……うちの親も、沢渡さんと全く同じこと言ってました」

一階からこのエレベーターに乗ったのは、私と沢渡さんの二人だけだった。

「俺も楽しみに待っちゃうもん、さっきの写真集出るの」

「ありがとうございます。ちなみに、写真集じゃなくてスタイルブックって言うらしいですよ、ああいうの」

なんじゃそりゃ、と、メガネの奥にある沢渡さんの目が、くしゃっと細くなる。

生まれる前のことなので当時のことはよくわからないが、はじめての子どもに浮かれた伯母夫婦が、子役を集めた劇団に芽依子を入団させたことが全ての始まりらしい。その後、芽依子は五歳ではじめてテレビドラマに出ることになる。それからも教育テレビの番組やドラマにちょくちょく出演していたが、中学生になったあたりで芸能活動を少しずつ抑え、学業にもきちんと力を注ぐようになる。そのあたり、伯母夫婦はしっかりしているなと思う。そして大学合格と同時に事務所を移籍したことがきっかけで、牧野芽依子の露出はまたぐっと増えた。三十二歳になった今では、モデル業と女優業をしっかりと両立させている数少ない芸能人のひとりだ。

「もう十一月も後半か」

「ですね」

ドアの両側どちらにも階数、開閉ボタンがあるので、私たちはドアを挟んだ最長距離に立った。私が8というボタンを押すと、すぐに9が光る。沢渡さんの部署は九階らしい。

「年末年始、今年は何連休かなー」

ぐん、と、エレベーターの形をした重力が歪《ゆが》み、私たちを上の方へと運んでいく。年末。そのころには、社内メールのパスワードを変えなければならない。だけど、それ以外にも変えなければならないことはたくさんあるはずだ。

「あの」

連絡先教えてください。

そう言おうと口を開いたとき、五階でエレベーターが止まった。乗り込んできた人物に、私と沢渡さんは思わず視線を交差させる。

社長とエレベーターで鉢合わせになることなんて、なかなかない。社長は、私のいるほうのボタンに手を伸ばし、7を押した。私は無意識のうちに、「開」ボタンの上に人差し指を置く。

ドアを挟んで逆側にいる沢渡さんをちらりと見ると、私と同じように「開」に指を添えているのが見えた。どことなく、沢渡さんの表情も緊張しているように見える。だけどいまのうちだ、と思った私は、社長が着ているスーツや腕時計、靴などをじっくりと横目で観察しておくことにした。

当たり前だけどいいの着てるな、靴アレいくらだろ、うわ社章とか普通に付けてるんだ——私がデータ収集に夢中になっているうちに、いつのまにか七階に着いていたらしい。エレベーターの扉が開いた。

社長は、腕時計を覗きながらのそりのそりと歩き始める。うわ、あの時計ってもしかして——そう思ったところで、閉まり始めたドアが社長をばっちんと挟んだ。

「痛っ」

「えっ！」

「あっ！」

社長と私と沢渡さんの声が重なる。「す、すみません」慌てて「開」ボタンを押し、私たちは頭を下げる。こちらを振り返った社長に表情を見られないようにしながら、私はゲーマーよろしく「閉」を連打した。

やがて動き始めたエレベーターの中で、沢渡さんがぼそりと呟いた。

「松本さんってあれでしょ」

「何ですか」私は思わず、くすくす声を漏らしてしまう。扉に潰《つぶ》された社長の姿が、どう思い返してみてもおもしろい。

「みんなで体育のマットとか運ぶとき、実は力入れてなかったタイプでしょ」

ぐん、と、エレベーターはすぐに八階に着いてしまう。

「……まあ、俺もそうだったから社長潰れたわけだけど」

私が外に出ると、ついに笑ってしまいながら、沢渡さんは「閉」ボタンを押した。閉まっていく扉の向こうから、「いまはちゃんとボタン押してるから」という声が聞こえてきて、私は思わず噴き出してしまった。

首から下げた社員証で、オフィスのドアを突破する。小池さんがまだ戻ってきていないことを確認しながら、私は二十六歳のクリスマスまでの日数を逆算した。


「寸劇？」

「はい。なんか、劇っていうよりもコントみたいな？　二人の出会いをドラマ仕立てで再現したら面白いかなって思って」

紅鮭《べにざけ》のハラス定食に手をつけながら、私は自分の考えを沢渡さんに説明する。沢渡さんおすすめの店は会社からは少し遠く、十二月らしい寒波の中の徒歩移動は少しきつかったけれど、和食が好きな私にはぴったりの定食屋だった。

「可純、確かジャングルクルーズのお姉さんやってたんですよ、早見さんの携帯拾ったとき。それって面白おかしくやりやすそうだし、そのあとディズニーの有名な曲使って女子チームで踊ったりすれば雰囲気でごまかせると思うんです」

「踊ったり、ねえ」

沢渡さんはなんとなく納得していないような表情だ。結婚式の余興とはいえ、少しでも空気を白けさせたくないのだろう。その思いが新郎新婦のためではなく自分のためであったとしても、とても真面目《まじめ》な人だなと思う。

お昼ごちそうさまでした、払ってもらってすみません。いえいえ、そんなこと気になさらずに。また早見たちとでも行きましょう――あの日から、ぽつ、ぽつと会社のアドレス同士でメールをするようになった。会社のメールシステムならば、送信フォームに「さわ」と入力するだけで沢渡さんのメールアドレスが表示される。エレベーターの中で連絡先を聞かなくてよかった。

メールを送り合うたびに、エレベーターのドアに挟まれた社長の姿を思い出したり、はじめて見てみた「探偵！ナイトスクープ」のおもしろさに驚いたり、なんだか私は忙しくなった。

可純と早見さんの結婚式の余興、一緒に考えませんか。メールでそう誘ったのは私だった。女子チームも、実は何していいかわからなくて困ってるんです。うちの同期ってちょっと引っ込み思案なところがあるので……沢渡さんたちと組んでやれば、もしすべっちゃったとしても、全員でちょっとずつダメージを分散できますよね。

「なんか、何してもしらける気がするんだよなあ」

沢渡さんが、匙《さじ》を投げる。

「まあ、余興ってそういうものですよね」

「でも早見が言ってたんだよ、学生時代の友達がけっこう元気だからお前らもちゃんと騒いでくれよって」

この人は結婚式が苦手なんだろうな。きれいな箸《はし》使いをする沢渡さんを見ながら、私はそう思った。そしてきっと、その理由は、私が感じているものと似ている。

「……テーブルごとに張り合うようなあの感じ、疲れますよね」

「そうそう、それな」

自分たちがいる場所こそが一番楽しい場所だ。学生時代は皆、そう言いたくて仕方がなかった。しかし、歳を重ねてからそういう種類のエネルギーを吸い込んだり、自分から放出しようとすると、ずいぶんと油を差していなかったエネルギーの出し入れ口が擦れて痛くなる。

私は、鼻の管をも埋め尽くすハラスの脂《あぶら》の甘さに酔いながら、白いウェディングドレスに身を包んだ可純の姿を想像した。ディズニーランドで相手の落とし物を拾ったり、その数年後に奇跡的に再会したり、ホノルルマラソンを共に完走したり、そんな十分すぎるほどの特別なきっかけばかりのふたりでも、交際を始めてから結婚をするまでに三年以上かかったのだ。

ということは、母は——

「あの」

私は一度、箸を置く。口の中のものをすべて飲みこむ。

「私たち、余興のメンバーでラインのグループ作ってるんですけど、沢渡さんたちも入りません？　本当に合同でやるんだったら、日程調整とか、これからしなくちゃいけないだろうし」

「らいん」沢渡さんはその単語だけオウム返しすると、お茶を一口含んで言った。

「ごめん、俺それやってないんだ」

「えー？」

思わず漏れた本気のクレームに、沢渡さんは苦笑する。「だから、俺だけ連絡来ないってこと、最近すげえ多い」聞けば、フェイスブックもツイッターもやっていないらしい。

「沢渡さんって、なんか」

「古風？　ですよね」

私は、ネクタイの結び目のすぐ下、そこにきちんとできている谷を見つめる。

お箸をとても正しく使うだけでなく、ネクタイだってとても正しく結ぶ。ラインもフェイスブックも使っていなければ、好みは和食。

「なんかそれ、たまに言われるんだよなぁ」

二人同時に頼んだハラスの定食も、よく見ると、私と同じペースで減っている。

「よく嚙《か》めって育てられたから、男のくせに遅食いなんだよな」照れくさそうにそう言う沢渡さんの声に、時間かけて作ったのにすぐ食べちゃうんだよ、と、早見さんのことを幸せそうに愚痴る可純の声が重なった。

「関係ないかもしれないけど」

沢渡さんはそう言うと、お茶を一口飲んだ。

「親がけっこう歳いってからの子どもだったってのもあるかもな。教育が古臭かったのかも」

親。歳。

「いいな」

上品に甘いハラスの脂が、私の口を軽やかにする。

「いや、親の介護とかけっこうリアルだからね、すでに」

沢渡さんは少し真顔になったけれど、私の口は止まらなかった。

「でも、羨《うらや》ましいです、私は」

その理由を言わない私に、沢渡さんは何も聞いてこない。沢渡さんがテーブルに置いた湯呑《ゆの》みが、照明の光をぴかりと反射している。

「羨ましいです」

湯呑みの中の水面が、まだかすかに揺れている。私は、今日までにあっという間に追い抜いてきてしまったものたちの影を数える。

高校球児。サッカー日本代表。箱根駅伝のランナー。みんなみんな、とても大人に見えていた。オリンピックの金メダリスト。生涯の相手と出会ったときの可純。いつしか、私の方が様々な影よりも年上になっていた。ごくせんのヤンクミ。サザエさん。今では誰もが、今の私よりもずっと子どもでいていい場所に立ったまま、大人の目をしてこちらをじっと見つめている。

そして、すぐ目の前には、追い抜きたくない最後の影がある。

「そういえば」

急に黙ってしまった私を前にして、沢渡さんの声が明るくなった。

「見たよ、社内報。『タイムスリップ・シアター』？　だっけ？」

私は思わず、顔を上げる。このときはじめて、思っていたよりも自分が俯《うつむ》いていたことに気づいた。

先週配られた社内報の最新号。今日メール画面を開いたら、あと「39日」となっていたパスワード変更期限。

「あれけっこう恥ずかしいよな、写真の企画。よく受けたね」

広報にいる同期と可純に頼まれて、しかたなく引き受けたんです。

間違いなくそう言おうとしたのに、私の口は全く違う動きをしていた。

「沢渡さん、一緒にディズニーランド、行ってくれませんか」

「へ？」

沢渡さんの間の抜けた声が、テーブルの真ん中にぽとんと落ちる。私は、自分が言っていることの意味に気が付く前に、逃げ切るように言った。

「クリスマス、ディズニーランドに行ってください、私と」

十二月二十四日のディズニーランドは、ちょうど週末ということもあってか、とても混んでいた。園内のそこらじゅうをぞろぞろと移動する大量の人間の姿は、全身の血管を流れていく無数の赤血球を思い起こさせる。

「んー、ここは？　そんなに邪魔にならなそうだし、ちゃんとジャングルクルーズも映り込むし」

ビデオカメラを抱えた男性が私と沢渡さんに聞く。「うん、ここでいいんじゃない」私は、どこで質問をされてもそう答えるつもりだったんだろうなと、沢渡さんの声を聞きながら思った。

「じゃあ早見役と可純ちゃん役、ちょっとこっち来てー」

ビデオカメラを抱えた男性が手を挙げると、早見さん役と可純役を任された二人が、指定された場所へ少々面倒そうに移動する。「ちょっとどんなふうに映るか見させて」カメラマンのやる気には、私たち四人のやる気をごそっと束ねたって全く勝てない。

「大丈夫？」

沢渡さんが、私を、というか私の顔のほとんどを隠しているマスクを見ながら言う。

「大丈夫です」言ったそばから、ごほごほと咳《せき》が漏れる。

「ほんと？　無理したらダメだよ」

「いや、今日のこと言い出したの私ですし」

　クリスマス、ディズニーランドに行ってください、私と——そう言ってしまってから、そこで可純と早見さんの再現ドラマを撮《と》るために、という即席の理由をこしらえるまで、そう時間はかからなかった。もう撮るの？　と聞かれるかと思い、「式の直前ってどうせみんなバタバタしてますから、早めにやっちゃったほうがいいですって。そしたら気も楽になりますし」。クリスマスって、わざわざそんな混んでいるときに？　と聞かれるかと思い、「そのほうが画面から幸せなムードが出ると思うんです。それに、意外とこういう日のほうが予定空いてる人多かったりしますし」。実際、沢渡さんは特に何も聞いてこなかったけれど、私はひとりで先回りをして、目につく障害物をせっせと回収して回った。

「そこまでいろいろ考えておいて、俺がクリスマスに予定があるとは思わないんだ」

　沢渡さんは「ま、実際ないんだけど」と笑うと、ハラスの最後の一切れを食べた。きちんと、白飯も同じタイミングでからになっていた。

「平日だったら会社あるけど、どうなんだろう」

「大丈夫です、今年、イブが土曜日なので」

すらすらそう答えた私を見て、沢渡さんは感心したように言った。

「曜日、チェックしてるんだね」

「……とにかく、再現ドラマの中身考えて、連絡します」

私は早口でそう答えながら、頭の中に並ぶキーワードを遥《はる》か遠くの景色を見つめるように眺めた。

二十六歳、十二月二十四日、男の人とディズニーランド。

やっと、ここまで追いついた。

「じゃあラストシーン、落とした携帯を届けるところやろう！」

早見さん役とカメラマンは沢渡さんの同期で、可純役は私の同期に務めてもらっている。ぽかんと空いていた週末のスケジュールを埋められたと、同期には感謝すらされた。

早見さん役、可純役はそれぞれ、務める役の顔写真がプリントアウトされたお面をつけている。背格好や髪型が似ているということで選ばれたふたりは、もう感覚がマヒしているのか、大勢の人の前で他人のお面をつけることなど恥ずかしくもなんともないようだ。

「はい、じゃあスタート!」

カメラマン役の先輩は、学生時代に映画サークルに入っていたとかで、今でも映像編集が趣味らしい。私が可純から聞いた話を思い出しながら簡単に書いた脚本も、その人によって大幅に書き換えられていた。

「いやあ、俺たちが何もしなくてもなんかさくさく進むね」

チェックのマフラーをぐるぐる巻きにした沢渡さんが、ポケットの中でカイロをかさかさと鳴らしながら言った。直線で描いたようだった体の輪郭が、ダウンジャケットでもこもこに膨らんでいる。

「カメラマンの人すごいですね、もう完全にあの人のおかげですよ」

お面をつけた二人に対してきぱきと指示を出していくカメラマンをぼうっと見つめながら、私は手袋の袖《そで》をまくる。もうすぐ十七時だ。園内に鏤《ちりば》められている光という光が、熱を帯びた視界の中でしっとり滲《にじ》んでいく。

寒い。そう思ったらまた、咳が出た。私は、目の前を流れていくさまざまな影を見なくてもいいように、瞼《まぶた》を閉じる。今は、余計なことを考えたくない。

そのときふいに、沢渡さんが私に耳打ちした。

「終わるまでどっかで休んでようか」

私のなけなしの努力は、右耳から流れ込んできた男の人独特の低音によって、簡単に崩落した。

さまざまな色の光のあいだを、さまざまな形の影が通り過ぎていく。腕を組んで歩いている若い男女、小さな子どもを連れた夫婦、まだまだ幼い制服姿の中高生カップル。そのひとつひとつが、私のことを、頭の先からつま先まで、ていねいに責めたてる。

彼らが出会ったころ、私は何をしていた？　あの若い男女が、好きだと思える相手と出会うきっかけを摑《つか》むべく何かしらの努力をしていたころ、私は何をしていた？　あの夫婦が、今の私には想像もできないような覚悟で、結婚しようと決め、子どもをつくろうと決め、手を取り合って妊娠を喜びあっていたころ、私は誰かと何でもいいから分かち合えていただろうか？　あの中高生カップルがいつかあの制服を脱ぎセックスをするとき、裸になりあなたに気持ちよくしてもらいたいというとんでもなく恥ずかしいことを言えるほど心を許せる誰かと私は出会えているのだろうか？　あの子たちがこれから出会うだろうさまざまなことを、私はきちんと、経験してこられたのだろうか？

目の前を影が通り過ぎていくたびに、その人の人生を、私の人生を逆算しつづけてしまう。彼らがこれまでに過ごし、そしてこれから過ごすであろう誰かのために生きるという時間を、私はこれまで、ほんの少しでも過ごしていただろうか、それともこれからきちんと過ごせるのだろうか。

「じゃあもう一回だけ、これでラスト！」

カメラマンがそう叫んだとき、沢渡さんが私の手を掴んだ。

「え？」

思わずこぼれた自分の声を、ぐらりと倒れていく自分の体で受けとめる。体の中心が動いてはじめて、体内に溜《た》まっていた熱の重たさを自覚した。

「休んでから適当に帰るって送っといた。なんかあの三人気が合ったみたいで、パレード見てから帰るって。気にしないでーって」

医務室のベッドの脇《わき》で、沢渡さんがカメラマンから届いたメールを読みあげている。可純役の同期に連絡をしなければ、と思ったけれど、久しぶりの高熱は想像以上につらく、携帯の小さな画面をいつも通り操れる気がしなかった。

「……ほんとにごめんなさい」

なんとなく、沢渡さんの顔を見ることができない。私は背を向けたまま謝る。

「うん」

沢渡さんは、何も訊《き》いてこない。だからこそ、私は、この人はきっと気づいているんだろうと思った。

「歩けそうになったら、俺たちも帰ろっか。タクシー乗っちゃったほうがいいよ」

「はい」

わざわざクリスマスイブに、ディズニーランドで再現ドラマを撮ろうなんて、どう考えてもおかしな話だ。だって式は五月なのに、まだまだ先なのに。あの二人が出会ったのは、クリスマスでも何でもない日なのに。

医務室には、小さな音量で、アラジンのテーマソングが流れている。私には、その音楽が、私の声をこの空間だけに閉じ込めるベールになってくれているように聞こえた。

「どうしても来たかったんです、今日、ここに」

私は、二十六歳のクリスマスまでの日数を、あの日からずっと逆算しつづけていた。

最初で最後の彼氏に、十一月四日生まれを笑われたあの日からずっと。

「今日、誰か男の人とここに来られれば、私にも何か特別なきっかけが降りかかるような気がしたんです」

社内報の『タイムスリップ・シアター』に載せる写真を探すため、私は、実家にあるアルバムを漁った。会社の人に見られても恥ずかしくない、幼少期の自分の写真はすぐには見つからなかった。むしろ、私よりも従姉妹の芽依子の写真のほうが多いくらいだった。両親が芽依子の活躍をまるで本当の娘のように喜んでいたことは、私もよく覚えている。

そんなとき、ある一枚の写真が私の目に留まった。

「私、たぶん、今日ここで生まれてるんです。誕生日ってことじゃなくて、この世に本当に誕生したっていう意味で」

完成して数年のシンデレラ城を背景に、まだ若い両親がピースサインをしていた。ディズニーランドだ、と、私は思った。数枚重なっていた他の写真を見てみると、シンデレラ城以外にも、ホテルのレストランで食べたのだろうディナーの写真、そして父からもらったのであろうクリスマスプレゼントとケーキが並んでいる写真があった。そして、それらの写真の右下には、同じ日付が記載されていた。

『198×／12／24』

私の誕生日を逆算したその先にある、私の本当の意味での〝誕生日〟。

「この日までに、私、自分は大人になってるはずだって思ってたんです。一緒に人生を過ごしたいと思うくらい大切な人ができて、ふたりでいろんなものを背負うことを覚悟して……私ができた日の、両親のような」

――お前は、親がクリスマスのムードでやっちゃったときにできたんだって。な、ノリが大事だってのもわかんだろ？

そんなはずはない。何か特別な、そうせざるをえなくなるような特別なきっかけや覚悟が必要なはずだ。ずっとずっと、そう思っていた。そう思いながら、特別なきっかけや覚悟を探しながら、いろんな影を追い抜かしてきた。そうしているうちにいつのまにか、こんなところにまで辿《たど》り着いてしまった。

「なんにも経験してないんです、私、今日までなんにも」

街中にあふれる恋人や夫婦を見ると、その人たちがそうなったきっかけを勝手に想像してしまう。子どもがいなければ交際歴を、子どもがいればその子どもの年齢を勝手に想像して、勝手に遡り、その先にある営みを、その営みをするきっかけとなる特別な何か、その人たちが乗り越えてきた人間として真っ当な何かを見つけようとしてしまう。そしてそのたびに、その人たちの根底に横たわっている圧倒的な正しさに、いちいち傷つく。

「結局自分がかわいくてしかたがないから、自分だけはカッコ悪くなりたくないから……恥ずかしい姿を見せられるほど、信頼できた人がいないんです」

小さい子どもを見ると、その子がいつか出会うであろう初体験の瞬間を想像してしまう。そして、今からそのときまでに、この子はどれだけのことに出会うのだろうかと、どれだけの出来事を目の前にし、覚悟を決め、ぶつかり、砕かれ、だけど乗り越え、さらにまた新たな何かを求めて突き進んでいくのだろうかと、私はこの子が出会うであろうあらゆるもののにきちんと出会えてきたのだろうかと、また、いちいち傷つく。

「こんな子どものまま追い抜いちゃいました……私を生んだときのお母さんすら」

ふ、と、思いもよらず笑みがこぼれた。高熱で頭が波打つような感覚が、少しずつ薄れていく。言いたいことを吐き出して、少し落ち着いたのかもしれない。

そこまで仲がいいわけでもない人にこんな話をしたのに、なぜか、恥ずかしさのようなものはあまりなかった。ただ、閉じた瞼の裏で、赤い文字がかすかに光っている。

パスワードの有効期限があと60日となりました。期限内にパスワードの変更を行ってください。

ずっとずっと先だと思っていた60日後は、もうすぐそこまできている。使い慣れたもうひとつのパスワードに変えなければならない。二つのパスワードの間を行き来する往復運動の中に、また、戻らなければならない。

高校球児。サッカー日本代表。箱根駅伝のランナー。オリンピックの金メダリスト。生涯の相手と出会ったときの可純。ごくせんのヤンクミ。サザエさん。そして、私を生んだときのお母さん。

もう、全員、こんな私の後ろにいる。

「松本さん、免許って持ってる？」

沢渡さんの質問は、かすかに流れているアラジンのＢＧＭを、ふっとどこかへ吹き飛ばした。

「いえ」

私は目を開ける。

「俺、合宿で取ったんだけどさ、なんか新潟とかで」

いきなり何の話だろう。そう思ったけれど、「はあ」とりあえず相槌《あいづち》を打つ。

「大荷物抱えて新幹線乗って、昼過ぎに教習所着いて、夕方にはもう運転させられるんだよ、あれ。教習所一周、車で」

「はい」

「子どものころ、車って、人も殺せちゃうわけだし、大人しか合格できない特別な試験とか通らないと運転しちゃダメって思ってなかった？　俺は思ってた」

何度かまばたきをすると、視界の明るさがもとに戻ってくる。「思ってました」私がそう答えると、だろ？　と沢渡さんは笑う。

「だけど、教習所着いたらいきなり運転するんだよ。俺、あの衝撃がけっこう忘れられなくて」

だからさ、と、沢渡さんの声が、少し、小さくなる。

「きっかけとか覚悟とかって、多分、あとからついてくるんだよ」

声が小さくなったから、私は、耳を澄ます。

「後から振り返ったら、あれがきっかけだったんだろうな、って、それくらいでいいんだよ。可純ちゃんが早見の携帯を拾ったのだって、二人がその後付き合わなかったらきっかけでもドラマチックなエピソードでも何でもない」

耳を澄ましているのに、不思議と、アラジンのＢＧＭは聴こえない。

「そりゃ、ノリでやっちゃうのとかはダメだと思うけど。なにかやらなきゃいけないときに、その瞬間に覚悟できてるやつなんて、そんなにいないって。皆、後から、あのときはああだった、こうだったって、きっかけや覚悟を後付けしてるだけなんだと思うよ」

私は、布団《ふとん》の中でもう一度目を閉じる。

「特別なきっかけなんてそうそうないけど、だけど、生きていけるし、それでいいんだよ」

赤い文字はもう、出てこない。

「あと、えーっと」

沢渡さんが、どこか気まずそうに言った。

「まず、あれだよ、松本さん多分、クリスマスに仕込まれた子どもじゃないと思うよ」

「え？」

私は思わず、ぐるんと寝返りを打った。木でできた丸椅子《まるいす》に座っている沢渡さんが、

「うお」とたじろぐ。

「いや、仕込まれたとか言ってごめん」こちらが特に気にしていなかったことを弁明しながら、沢渡さんは続けた。「十二月二十四日が排卵日だったとして、生理周期が二十八日の人の場合で計算すると、大体、次の年の九月十五日ぐらいが出産予定日に

なるんだよ、確か」

「え⁉」

今度は思わず上体を起こしてしまう。

「十《と》月《つき》十《とお》日《か》って、ほんとにそのまま十月十日なわけじゃないんだよな。松本さんはショックでそう思い込んじゃったかもしれないけど」

さらに起き上がろうとする私を、寝てなよ、と、沢渡さんは静かに制する。

「だから、九月十五日あたりが誕生日の人が、親が、クリスマスあたりにしてる可能性が高いってこと。十一月四日が出産予定日だとすると、えーと、たぶんその年の二月十一日くらいだと思うよ。その、御両親がそういうことをされた日って」

沢渡さんは、最後のほうをごにょごにょと濁した。「生理周期が二十八日じゃなかったらまた変わってくると思うけど」まだごにょごにょと言っている。

二月十一日。

その日付が、私の頭の中のどこかに引っかかる。

「俺、実は、学生のころから牧野芽依子のファンなんだけど」

沢渡さんの声が、もう一段階、ごにょごにょになる。

「デビュー記念日に出すスタイルブックって、確か……」

「あ！」

私はもう一度、がばっと上体を起こした。今度は沢渡さんも制さなかった。子役のころから親戚みんなで見守ってきた、六つ年上の自慢の従姉妹。可純が見つけた、牧野芽依子初のスタイルブックの広告。

【デビュー記念日2・11に発売決定！】

芽依子は、五歳でドラマデビューをした。あのときは親族大喜びで祭りのような騒ぎだったと、あとから何度も聞かされた。

「えー……」

私は、なんともいえない気持ちのまま膝《ひざ》を抱いて三角座りをする。そうだという可能性は、高いわけではない。ほしいと思ったその日の行為で妊娠するなんて、話ができすぎている。だけど――

「テレビ観《み》ながらさ、子どもってやっぱりかわいい、自分たちにも子どもがほしいって思ったのかもな、御両親」

沢渡さんが、くすりと笑う。

「人間らしくていいじゃんか、そのぐらいの理由のほうが」

だけど――人間らしい。私も、確かに、そう思った。そう思った途端、私の後ろに並んでいるたくさんの影が、私のことを笑い飛ばしてくれたような気がした。

私は額に手を当てる。まだまだ熱はあるし、体はだるいけれど、帰れないほどでもなさそうだ。

「ていうか」

立ち上がりながら、じろりと沢渡さんを睨《にら》む。

「芽依子のデビュー日覚えてたり、十月十日について詳しかったり、沢渡さんちょっと気持ち悪」

「先輩に気持ち悪いとか言うの禁止」

沢渡さんは、むすっとした顔でもこもこのダウンを羽織っている。先輩にここまで迷惑をかけておいて気持ち悪いはないな、と、私も少し反省する。

「でも、普通、男の人って妊娠とか生理のこととか詳しくないと思うんですけど……自分で調べたりしない限り」

「自分で調べたりしない限り、な」

私のコートをこちらに差し出しながら、沢渡さんが言った。

「俺の誕生日、九月十五日」

きみだけの絶対

部活から帰ると、いつものダイニングテーブルに、知らないオバサンがいた。

「あ、お帰りー」

そのオバサンの向かい側に座っている母ちゃんが、ぐりんとこっちに首をねじる。そうすると、顎《あご》の下の肉が盛り上がるから、いかにもババアって感じだ。花奈《かな》もこんなふうに劣化すんのかな、なんて一瞬思ったけれど、すぐに考えることをやめる。今からそんなこと考えたってしょうがない。

俺は、とりあえず風呂《ふろ》の脱衣所に向かい、青いエナメルバッグからさっきまで着ていた練習着を取り出す。脱いだ靴下を裏返して、練習着と一緒に風呂場でバサバサと砂を払う。そして、自分の足についている砂をシャワーで洗い流して初めて、自由に家の中を歩くことが許される。この流れをサボると、母ちゃんはメチャクチャ怒る。

リビングに戻ると、母ちゃんがオバサンに向かって「息子です」と俺を紹介した。

俺は一応、首を前に出す感じで会釈《えしゃく》をしておく。

「この方、ライターさん。えーっと」

「『大帝ジャーナル』の横山《よこやま》といいます。急にお邪魔しちゃってすみません」

椅子《いす》から少し立ち上がったオバサンが、ぺこりとお辞儀をする。ぽっちゃり体型に丸いメガネなので、なんだかアニメのキャラクターっぽい。

「烏丸《からすま》ギンジさんの記事を担当させていただいておりまして、その取材なんです」

ライター、なんて言うので一体何なのかと思ったけど、なんだ、そんなことか。俺は「はあ」と適当に頷《うなず》く。

「烏丸さんの周囲の方々に、烏丸さんがどんな方なのかお話を聞かせていただいているんです。今日はギンジさんのお姉さんにお話を聞ければ、と思いまして」

母ちゃんが、オバサンの説明に満足そうに頷いている。俺にとって、母ちゃんは母ちゃんだから、誰かの姉貴だとか言われるとなんだかむずがゆいような気持ちになる。

「あんたも話す？」

「へ？」

急にめんどくさいことを言い出すのは、母ちゃんにやめてもらいたいことのうちの一つだ。

「ぜひぜひ、甥《おい》っ子として叔父さんのことどう思ってるのか聞かせていただければ」

ニコニコのレベルを二つくらい上げたオバサンが、「ぜひぜひ」と繰り返す。叔父さんをどう思ってるかって言われても、もうここ何年も会っていないから正直よくわからない。

「ほら、こんな機会ないんだから」母ちゃんがバンバンとテーブルを叩《たた》く。うるさい。

「記事になるんだって、記事に」

「いい、別に」

そうするつもりもないのに、ぶっきらぼうな言い方になってしまう。メガネのオバサンがニコニコすればするほど、なぜか、母ちゃんへの態度が乱暴になってしまう。

「まあいいけど。着替えたら、制服、ハンガーにかけときなさいよ」

「わかってるって」

いつものようにその場で着替えようとするけれど、初めて会ったオバサンにパンツ見せるのもな、と、俺は納戸《なんど》へ移動する。

「息子さん、もう大きいんですねえ」

「高校二年生なんですけど、体と態度だけ大きくてね、ほんとに」

聞こえてくる会話を物理的に遮断するべく、俺は納戸のドアをぴしゃりと閉めた。入ってすぐのところにある全身鏡には、サッカー部の練習のせいで、いつでも色が黒い自分の体が映る。

叔父さん、ねえ。

俺は、小さくそう呟《つぶや》きながら、学ランの上下をハンガーにかける。中学のころから着ている学ランは、サイズもぶかぶかではないし、いい感じにくたくたになってきているので、結構気に入っている。十月初めの今は夏服で登校してもいい期間だけれど、俺は一日でも長く学ラン姿でいたい。

叔父さんの取材、ねえ。

箪笥《たんす》から取り出したスウェットを着て、もう一度リビングに戻ると、よりによってそのタイミングで激しく腹が鳴った。

「亮博《あきひろ》、ご飯、三十分後くらいでいい？　取材終わったらすぐ用意するから」

「ああ」

母ちゃん、シュザイって言葉すげえ言ってみたいんだろうな。俺は、思ったことを口には出さず、壁の時計を見る。二十時ちょっと前——夏休みが終わると、とたんに陽が落ちるのが早くなって、ここ最近は練習時間が少し短くなった。強豪校はグラウンドにライトが付いているけれど、ウチにはそんなものはない。

腹の音が止まらないので、とりあえずまだ残っていたスポーツドリンクを飲み干し、床にへにょんと座り込んでるようなエナメルバッグを持ち上げた。二階の部屋に避難しとこっと。俺は、ダイニングテーブルに背を向ける。

「お姉さんは、普段、烏丸さんの舞台とか観《み》に行かれたりするんですか?」

「う～ん、あんまり行かないんですよねえ。連絡も必要最低限っていうか」

「烏丸さんらしいですね。ちなみに、今回の舞台は規模をぐっと小さくして、よりパーソナルな内容のものをやるみたいです。これまでのSFっぽいファンタジックな設定ではなく、私たち生活者にぐっと寄り添ったもの、というか。三十代になって舞台の作り方が変わってきたとかで」

「パーソナル」

母ちゃんはそこだけ繰り返したけれど、絶対、その言葉の意味をよくわかっていないと思う。って俺もよくわかんないけど。

階段を上るたび、まだ水気の残る足の裏がぺたぺたと音を立てる。自分の部屋に入ってしまえば、一階にあったなじみのない空気感はもう、別の星のもののように遠くなる。

「っはー……」

携帯を充電器に突き刺し、そのままベッドに倒れ込んだ。今日は、ゲームよりもトレーニングメインの日だったので、体の奥底のほうからじっくりと疲労が滲《にじ》み出てくる。

充電器に繋《つな》いだまま、携帯をいじる。ラインに届いていた三通のメッセージは、全部花奈からだった。だけど、三通目がスタンプだけなので、既読にしないとメッセージを読むことができない。

電気を点《つ》けていないので、部屋の中が暗い。このままこうしていると、すぐに眠ってしまいそうだ。

体を横向きにして、ラインを開く。花奈からは、【見て見て、いっぱいもらえた！】というメッセージと、くまのイラストがついたメモ帳やらマグカップやらが集められた写真が届いていた。最後のスタンプは、そのくまがピースサインをしているやつだ。

花奈は、授業が終わるとすぐにバイトに行ってしまうので、土日にならないと、しかもそのどっちかじゃないと、一緒に過ごすことができない。写真に映っているグッズも、バイト先のキャンペーンとかで余った景品か何かだろう。

【かわいーじゃん。おれにもなんかくれ】

そう返信しつつ、俺は、携帯を持っていないほうの手が自分の股間《こかん》に伸びていることに気づく。思いっきり体を動かしたあと、こんなふうに誰の視線もない場所に来ると、どうしても無意識のうちに股間をいじり始めてしまう。花奈のことを考えていると、ほぼ百パーセントそうなる。

送ったメッセージは、すぐに既読にはならない。花奈はこの時間、自分の分とお母さんの分の夕飯を作っているはずだ。

携帯を手放した右手が、昨日寝る前に読んでいたサッカー雑誌に触れる。べろんと寝そべっているようにも見える雑誌の表紙にいるのは、神田有羽人《かんだゆうと》だ。高校を卒業してすぐ、ドイツのチームに移籍した選手。ポジションはフォワード、背が高くてイケメンで、サッカーをよく知らない女子とかにも人気がある。

表紙の神田は、ピッチのどこかを指して、何かを叫んでいる。緑色のユニフォーム越しにも、その体が引き締まっていることがよくわかる。そんな上半身を、『全《すべ》てをポジティブにとらえる――天才・神田有羽人の頭の中』という文字が横断している。

「全てをポジティブにとらえる」

一度、口に出してそう言ってみる。誰にも聞かれていないのに、何だかめちゃくちゃ恥ずかしい。

これは、神田がいろんなインタビューで使っている言葉だ。口癖みたいなもんだと思う。この言葉がタイトルになった本は、何十万部とか、とにかくものすごく売れたらしい。普段、本なんか全っ然読まない母ちゃんが「あんたこれ読む？　なんかサッカーの。本屋にバーンって置いてあったから」って買ってきたくらいだ。

「全てを……」

夏休みが終わって、高校サッカーの都予選が始まった。

多くの三年生は、受験のため、インハイ予選が終わったあとに部を引退した。レギュラーのほとんどを占めていた三年生が引退すれば、レギュラーチームの編成はがらりと変わる――部員はみんな、特に二年生は、俺を含めそう思っていた。ずっと一緒にＢチームで練習してきたメンバーがバラバラになることは寂しかったけれど、どこかでみんな、自分がＡチームに上がれるかもしれない、と、期待していたはずだ。

レギュラーチームのフォワードは、二人とも、三年生だった。その二人は、インハイ予選のあと、揃《そろ》って引退した。

新チームのメンバーが発表になる日、俺は、心の中で何度も何度も何度も何度も自分の名前を呼んだ。顧問が十一人の名前を読み上げたあとも、俺だけは心の中でずっと、俺のことを呼び続けていた。

「ポジティブにとらえる」

その言葉を唱えているうちに、本当にそんな気持ちになってくるから、神田はやっぱりすごい。Ａチームのフォワードに指名された森《もり》と大谷《おおたに》は、確かにうまい。だけど、俺のほうがうまくできるプレーも、ある。そこを伸ばし続ければ、いつか、本当に俺の名前が呼ばれるかもしれない——そんな風に考えられるようになったのは、神田のこの言葉のおかげだと思う。

ぶぶ、と、携帯が震えた。

【あっくんにはあげませ〜ん】

花奈から届いたメッセージに、すぐ返事をする。

【土日、バイト？】

【日曜は一日バイトだけど土曜はシフト入れてない。あっくん部活は？】

【俺も土曜部活休み。家行っていい？】

【いいよ】

ちょっとだけ間が空いて、もう一通。

【土曜、ママ、仕事だからいないよ】

俺は、花奈が差し出してきたハートマークを、親指を立てたスタンプで受けとめる。やった。

俺は、ラインを閉じてうつ伏せになると、いつも使っている動画サイトにアクセスする。俺の体に蓋《ふた》をされた股間が、その狭い空間からどうにか抜け出そうと、むずむずと抵抗しているのがいじらしい。母ちゃんはまだあのオバサンの相手してるよな、急に部屋来たりしないよな、と思いながら、俺はドアから遠い左耳にだけイヤフォンをはめ、お気に入りのサンプル動画の再生ボタンを押した。

叔父さんが何をしている人なのかきちんと理解したのは、小学五、六年生くらいだった。それまでは、そんなに会ったこともなかったし、親父《おやじ》から「少し変わった仕事をしている親戚《しんせき》」と聞いているくらいだった。

その日は土曜日だったから、珍しく、親父も一緒に夕飯を食べていた。

「あ」

親父はふいに、読んでいた新聞を母ちゃんのいるキッチンに向かってひらひらと掲げた。俺は夕飯を食べつつテレビも観ていたので、高い位置で揺れる新聞にテレビ画面を隠されたことにちょっとイライラした。

「え？　何？」

「弟、載ってるぞ」

弟、という言葉は知っているのに、親父の口から出てくると、なんだか耳に上手になじまない。「え？」母ちゃんは、キッチンのタオルで手を拭《ふ》くと、何を言われているのかきちんと理解できていない雰囲気を引きずったまま、こっちまでやってきた。

「あ、あー、ほんとだ。すごい、全国紙じゃん」

「土曜の夕刊だけどな」

親父が、その新聞をテーブルに置く。母ちゃんが、その記事が読みやすくなるように、新聞の向きを変える。

「何？　誰の弟？」

俺は、酢豚のニンジンを箸《はし》で摑《つか》んだまま、その新聞を覗《のぞ》き込もうとする。「そのニンジン口の中に入れてからにして、絶対落とすから」母ちゃんはこういうところ、うるさい。

新聞には、男の人の顔写真と、短いインタビューのようなものが掲載されていた。

「これ、なんて読むの？」

大きなニンジンを嚙《か》み砕きながら、俺は、記事のタイトルを指した。新進気鋭の表現者、というところが、よくわからなかった。

「シンシンキエイ。んー、なんていうか、すごいこの人キてますよ～って意味」

「適当だな」

母ちゃんの説明を聞いて、親父が笑う。だけど、親父はそのあと、きちんと説明し直してくれるわけではなかった。

「これ、あっくんの叔父さんだよ。ママの弟……って言っても覚えてないか。最後に会ったのあっくんが幼稚園のころとかだし」

「叔父さん？」

俺は、写真にぐっと顔を近づける。カメラから目線を外している白黒の写真は、小さいころに数回会ったことがある叔父さんの顔と、うまく重ならなかった。

烏丸ギンジ。劇作家。一九××年生まれ、二十六歳。御山《みやま》大学中退。在学時に、劇団『毒とビスケット』を旗揚げ。プロフィールに目を通しながら、俺は、いつだったか忘れたけれど、親戚の誰かから聞かされた言葉を思い出した。

あっくんのお母さんとこのきょうだいは、十歳も離れてるんだよ。それってなかなか珍しいんだよ――確か、去年のお盆かお正月の集まりだったと思う。その人は確か、だからあっくんにもこれから弟か妹ができるかもよ～、とかなんとか、ニヤニヤしながら話し続けていた。ちょっと気持ち悪い笑顔だった。

母ちゃんは、俺を二十四歳で産んだ。だから、俺にとっては、叔父さんはオジサンって感じじゃない。だからといって、お兄ちゃんっていえるほど、距離が近くもなかった。

「ここに載ってるってことは、叔父さんって芸能人なの？」

わくわくしながらそう訊《き》く俺に対して、「ん〜……そういうわけじゃないんだけど、なんて言ったらいいのかなあ、まあ一般人ではないかもしれないけど」母ちゃんの受け答えは歯切れが悪かった。

そのとき、コン、小気味いい音がした。親父が、飲んでいた缶ビールをテーブルに置いたのだ。

「職業、表現者？　だっけ？」

親父はこちらを見ないでそう言うと、フッと笑った。面白くて、とか、楽しくて、とかそういう理由で笑った感じじゃなかった。

「弟さんって、今それだけで食えてんの？」

親父はそう言うと、また一口、ビールを呷《あお》った。親父は、新聞に載っている単語を使わず、弟、とか、それ、とか、そういう言葉に言い換えていた。

「さすがに食えてはいると思うけど」

だって新聞でインタビューされてんだよ、と、母ちゃんが眉《まゆ》を下げる。だって、と言うわりには、その表情はなんだか自信がなさそうだった。

「弟さんももう二十六か」

親父は、味噌汁《みそしる》の残りを飲み干すと、箸を置いて、言った。

「いつまでも好きなことだけやってるわけにもいかないよな」

ごちそうさま、と、親父は椅子から立ち上がる。

母ちゃんが俺を産んだとき、親父は、二十六歳だった。

小学生のころ、自分の両親の仕事について調べましょう、という宿題が出たことがある。そのときの親父は、世界中から、いま日本にはない色々なものを輸入できるように仕組みを整えたり、国同士で話し合いをする調整を行うことが自分の仕事だと言っていた。俺は正直、そのときはそれがどんな仕事なのかよくわからなかったけれど、とにかく親父が繰り返し「社会に必要な仕事」だと言っていたことはよく覚えている。今になって、商社というところがやっている仕事とか、日本にはないものを輸入するっていうのはどういうことかとか、そういうことをやっと理解し始めたような気がする。

――パパの仕事がきっかけで、これまで日本では手に入らなかったものが手に入れられるようになったりしているんだよ。それで、生活が豊かになって、喜んでいる人がたくさんいるんだ。だから、社会にとってすごく意味のある、すごく必要な仕事なんだよ。

母ちゃんが、からになった食器をキッチンへと運んでいく。俺の夕飯も、あとご飯が少しと、トマト二切れで終わりだ。ついさっきまで、六つの目から代わる代わる覗き込まれていた新聞は、いつのまにか、テーブルの端のほうに除《よ》けられている。

「亮博」

リビングのカーペットの上にうつぶせになっている親父が、俺を呼んだ。

「飯食い終わったら、背中踏んでくれ」

わかったー、と、返事をしながら、俺は、テーブルの隅にいる叔父さんのことをちらりと見た。どの角度から見ても、写真の中の叔父さんとは目が合わなかった。


ここで童貞捨てたんだよなあ、と、水色のカーテンを見るたび思う。

八月二十二日の、十六時十二分くらいから始めて、どうにか全部終わってパンツを穿《は》いたときにはもうすぐ十六時四十分ってところだった。思っていたよりも全然時間が経《た》ってなくて、びっくりした。そのあと花奈が作ってくれたオムライスを食べて（めちゃくちゃ腹が減っていた）、花奈のお母さんが帰ってくるまでもう一回いろんなところを触らせてもらった。

あの日は、花奈の家に入った瞬間から、なんか今日はやっちゃえるかも、って思っていた。花奈のお母さんは土日も休みなく働いているし、部の先輩がくれたコンドームは財布の中にちゃんと入れてあった。そういう感じになったら、まずあのカーテン閉めなきゃな——俺は、花奈のバイト先での話に相槌《あいづち》を打ちつつ、窓の端で波打つ水色ばかり見ていた。

「それ、前言ってたグッズ？」

花奈が持ってきたマグカップには、俺でも描けるんじゃないかってくらいシンプルなくまのマークが描かれている。ていうか多分、実際描ける。

「そう、かわいいでしょ？　余ったからタダでいっぱいもらえたんだよね」

俺があぐらをかいているベッドに、花奈も乗り込んでくる。そうすると、レモンを口に入れたときに出てくる唾《つば》みたいに、エロい気持ちが全身の毛穴からじゅわあって一気に噴き出す。部屋着の花奈は、その一枚の布をぺろんってめくってしまえば、すぐに裸にすることができる。果物を剝《む》くよりも簡単なはずなのに、付き合って半年以上、それだけのことがなかなかできなかった。

「何飲んでんの」

「お茶。いる？」

「いいや」

花奈の家には、ジュースとかお菓子とか、そういうものがあまりない。その代わり、花奈は自分でお茶を沸かしたりする。冷蔵庫に入っている、お茶を入れる大きい容器がからになると、自分でお茶を作ってそこに注ぎ足しておいたりする。

花奈には父親がいない。それは、付き合い始めてから知ったことだ。

「部活どう？」

花奈は、マグカップをなかなか手放してくれない。

「まー、いつも通り」一瞬、森と大谷の顔が浮かぶ。

「Bチームのままってこと？」

「うるせえ」

俺は、ベッドの上であぐらをかき、壁にもたれたまま、部屋の隅に置いてあるゴミ箱を眺めた。俺の部屋のゴミ箱も、あんなふうに白い袋がかけられている。だけど、それはいつも、母ちゃんが俺の知らないうちにやってくれる。

「全てをポジティブに捉《とら》えるしかないっすわ」

「それもう聞き飽きた」

サッカーに興味のない花奈でも、神田有羽人の言葉は知っている。俺が何度も使っているうち、「何か前本屋で見た、それ」とか、言ってくるようになった。

花奈がまだお茶を飲んでいるので、俺はごろんとベッドに寝ころがる。右足を左側に、左肩を右側に、体をねじるようにすると筋肉が伸びて気持ちいい。そうしていると、昨日の夜、風呂上りのストレッチをすっかり忘れていたことを思い出した。神田有羽人は、とにかくストレッチだけは毎日欠かしたことがないらしい。

「足、やめて」

「えー？」

伸ばした足の爪先《つまさき》で、花奈の体をなぞる。「こぼれるから、お茶」俺の足が伸びた分、花奈が俺から遠ざかる。本当にその気になってしまう前に、俺は足を引っ込めた。大丈夫、時間はまだまだある。

寝転んだまま、ジーパンのポケットからスマホを取り出し、ネットニュースをチェックする。一時間くらい前に見たときから、二つくらい、トピックスが替わっている。どこかの原発が再稼働《かどう》した話。どこかの政治家のお金の問題。どこかの国との領土問題。一時間ごとに移り変わっていくニュースの中、経済、のタブをタップすると、関税撤廃により安くなるもの高くなるもの、みたいな記事がある。家にいるとき、親父がよく気にしているニュースだ。仕事に関係してくるらしい。

スポーツ、のタブに飛び移る。神田有羽人の名前が目に留まる。『神田がドイツ紙で絶賛されているその理由』。その文字列に触れようとするけれど、その前に、ふと、ずらりと並んでいるタブが視界を横断した。

国内、海外、経済、スポーツ、芸能。

芸能人でも一般人でもないらしい叔父さんの仕事は、この中のどこに振り分けられるんだろう。

「なあ」

寝転んだまま、俺は訊く。

「烏丸ギンジって知ってる？」

「え？」

足の先で花奈の脇腹《わきばら》に触れるけれど、また、すぐに逃げられる。

「何って？　カラス？」

「話したことなかったっけ」

「何が？」

自分でも何が言いたいのかわからなくなってきたので、俺はとりあえず「何でもない」と話を終わらせる。花奈も、「うん？」と軽く笑っただけで、それ以上深くは聞いてこなかった。

ちょっと前、烏丸ギンジの取材だと言ってうちに来たメガネのオバサンは、ああともなかなか帰らなかった。部屋で一発抜いて、そろそろ飯かなと思って一階に下りても、まだテーブルに座っていたので（しかも俺がいつも座ってるとこ）、ちょっとうんざりした。だけど、母ちゃんもこのオバサンも俺がこの数十分のあいだにこのテーブルの真上でオナニーをしていたなんて思ってないんだろうな、と考えると、何にかはわからないけれど、いま勝つべきものにきちんと勝ったような気がした。

オバサンが担当している記事は、『大帝ジャーナル』の中でも異色で、ある人物を、その人物の周辺にいる人たちを取材することで浮き彫りにする、というコーナーらしい。そのオバサンと母ちゃんとの会話の中で、烏丸ギンジの周りの人が烏丸ギンジをどう話したのか、ぽろぽろと聞こえてきた。

「作品に取り掛かると、そこに集中して周りが見えなくなるタイプのようで。家の中がぐちゃぐちゃになっちゃうみたいで、そういう意味では生活能力が低いって、ええ、劇団の方々がそう話されてたんですけど、ちょっと失礼ですよね、ふふ、烏丸さんは子どものころから、なんていうんでしょうか……そういう、猪突猛進型《ちょとつもうしん》だったのでしょうか」

「次の新作は、ストレートに、生活、がテーマだそうです。これまでの作品に比べて、生きていくこと、生活していくこと自体に対する自分自身の考えが反映される気がする、とおっしゃっていました。たとえば烏丸さんと、結婚や、両親の面倒を見ることなど、今後の人生のことなどについてお話されたことはありますか」

「すみません、基本的なことになってしまうんですが……大学を中退されて演劇の道に進むと決められたとき、ご家族の皆さまはどう思いましたか？　やはり、反対されたりとかしたんでしょうか」

俺は、漏れ聞こえてくる質問を聴き取りながら、今、親父が帰ってこないといいな、と思った。同時に、今すぐ帰ってきて、親父がこの取材を受ければいいのに、とも思った。なぜかはわからないけれど、小学生のころ、うつぶせになっている親父の背中の上を、何度も何度も往復していたころの感覚が、足の裏に蘇《よみがえ》った。

表現者、ねえ。

あの日、親父は、俺の足の裏の下で、呻《うめ》きながらもそう呟いた。電源が点いたままのテレビは、東日本大震災、そして最近熊本で起きた地震についての特集を放送していた。東日本大震災をきっかけにとある企業が生み出した防災用品が、熊本で被災した人たちに重宝された話。

そこ、そこもっと、と指示を出す親父の声は、ふかふかのカーペットに吸い込まれてしまって、よく聞こえなかった。だけど、俺が足を動かすたびに途切れる声を繋ぐと、たった一つの文章が生まれた。

亮博は、もっと、意味がある、仕事をしろよ。

「烏丸ギンジって人さあ」

俺は、伸ばしていた足と肩をそれぞれ変える。

「演劇とかやってる人なんだけど」

これまでとは別の場所の筋肉が伸びて、気持ちいい。自然と、声も大きくなる。

「俺の叔父さんなんだよね」

しばらく待ってみたけれど、返事がない。

腹筋を使って起き上がる。部屋には、俺しかいなかった。

「なんか一人で喋《しゃべ》ってたね、今」

花奈はキッチンにいた。さっきまで自分で使っていたマグカップを洗っている。ついでに、シンクに溜《た》まっていたいくつかの食器も片付けているようだ。

「部屋出てくなら言ってよ」

「ごめんごめん。でも一人で喋り続けてんの面白かったよ」

俺は、コップを洗う花奈の後ろに立つ。「こら」かまってほしくて、ていうかいい加減そろそろエロいことをしたくて、花奈の体を後ろから触る。

「待って待って」花奈は、左右に身をよじって俺の手から逃げようとする。「落としちゃうから、食器」

俺は、少しずつ、自分の指を花奈の胸に近づけていく。

――次の新作は、ストレートに、生活、がテーマだそうです。これまでの作品に比べて、生きていくこと、生活していくこと自体に対する自分自身の考えが反映される気がする、とおっしゃっていました。

お茶は自分で淹《い》れる。ゴミ箱の袋も自分で用意する。使った食器はすぐに自分で片付けるし、毎日バイトもするし、お弁当も夕飯も自分で作る。帰りの遅いお母さんの分まで、夕飯を作る日も多い。

生きていくこと、生活していくこと。

少なくとも、生活能力が低いと周囲の人たちから言われているらしい叔父さんよりその二つを全うしているように見える花奈は、舞台を観に行く余裕なんてない。

「もー、触んないでって」

ついに胸に辿《たど》り着いた指が、確かにそこにある二つの膨らみに触れる。花奈は、白い布巾《ふきん》で水気を拭き取ったお椀《わん》を、さかさまに重ねていく。

「無理。触る」

「わかったわかった、わかったから、ね」

胸を揉《も》みながら、花奈の左肩に顎を乗せる。肩越しに見える花奈のてのひら、右手のひとさし指には、絆創膏《ばんそうこう》が巻かれている。バイト先か、お弁当作りか、夕飯か、包丁を使うどこかのタイミングで、ケガをしてしまったらしい。

「絆創膏、貼《は》り替えれば？」

何日も替えていないのかもしれない、その絆創膏はかなりしわくちゃになってしまっている。肩の上で顎を動かしたのがくすぐったかったのか、花奈がまた、「も～」と身をよじる。

「買わないと、ないんだよね、新しいやつ」

花奈はそう言うと、水道のレバーを上からパンと叩いた。水と一緒に、キッチンでいちゃいちゃできていた時間が、途切れる。

その日は、二週間ぶりに、花奈と土日の休みが合った。せっかく花奈の家でやれるチャンスなのに、俺たちはいま電車に乗っている。

「あっくん、下北沢って行ったことある?」

「ない」

「あと五分で十四時だけど、駅から遠いのかな、劇場」

「母ちゃんは駅のすぐ近くっつってたけど」

答えながら、俺はイライラする。せっかく、二週間ぶりに花奈の家でやりたい放題できるはずだったのに。母ちゃんが変なことを言い出すから、台無しだ。

「舞台とか、初めてー」

花奈は、日曜日だっていうのに、今日も制服を着ている。ちょっと前に理由を聞いてみたことがあるけれど、「私服選ぶのめんどくさいんだもん」の一点張りだった。初めてセックスをしてからは特に、どこかへ出かけるようなデートはしていないけれど(俺がいっつも家に行きたがるから)、今日みたいにたまに外出するようなことがあっても、花奈はやっぱり制服を着る。

日曜日の下北沢は、想像していたよりもずっと人が多かった。しかも、渋谷とか原宿とか、そういうところにいる人たちよりもちょっと大人っぽい感じの人が多いからか、花奈のチェックのスカートが余計に目立って見える。

「あれ、ここじゃない？」

「近っ、ここだ」

駅のすぐ向かいにあるビルの看板、２階、という表記の横に、目指していた劇場の名前がある。

もともとこの舞台は、母ちゃんが友達と観に行く予定だったらしい。だけど、その友達の子どもが病気になったとかで、一緒に行く人がいなくなってしまったという。そんなとき母ちゃんの目に留まったのが、夕飯を食い終えだらだらしていた俺だった。

「あんた、明日ひま？　だったら花奈ちゃんと観に行きなさいよ、叔父さんの舞台」

「ハァ？」

絶対やだ、明日は久々にやれる日なんだから――脳内の俺は全力でそう喚《わめ》いていたけれど、実際の俺が口にしたのは「めんどくさいからいい」という母ちゃんの強引さを跳ね除《の》けるには弱々しすぎる主張だった。

「たまにはそういうデートもいいって。ていうか、二席取ってもらったのに、空席にしちゃうの申し訳ないでしょ」

「知らねえよ、そんなの」

それまで舞台なんて観に行くこともなかったくせに、あのメガネのオバサンに取材されてから、母ちゃんは慌《あわ》てて叔父さんに連絡してチケットを取ってもらったらしい。「なんか、話聞いてたら、一回観てみたくなっちゃって」関係者席、というものを二人分ゲットした母ちゃんは、舞台なんて一度も観に行ったことがないくせに、立派に関係者づらしていた。

「あんたが行くって伝えとくから、ね」

「いやだって、日曜は日本戦もあるし。花奈んちで観るんだから、あれ」

「録画しておけばいいじゃない、そんなの」

いい、いい、と、首を横に振る。この状況から逃れたくて、思わず俺は言っていた。

「親父と行けばいいじゃん、舞台」

投げてみた途端、そのボールが、どこにぶつかって、どんなふうにこっちに返ってくるのか、俺にはわかった。

「行かないでしょ、あの人は」

せっかくの日曜日に、そんなの。

誰も何も言っていないのに、俺の耳には、確かにそんな言葉をなぞる誰かの声が聞こえた気がした。それは母ちゃんの声にも聞こえたし、親父の声にも聞こえたし、花奈の声にも、俺の声にも聞こえた。

ここで生活をしている、すべての人の声に聞こえた。

「あっくん」

とん、と、花奈に肩を叩かれる。

「ここじゃない？」

劇場の入り口に着いたら、関係者受付、と書かれているところに行け――母ちゃんからは繰り返しそう言われていた。目の前の長机には、まさに『関係者受付』と書かれた紙が貼りつけられている。

「あ、すみません、えーっと叔父さんの姉、違う、烏丸さんの姉として席を用意してもらってると思うんですけど、えっと、二席です」

長机の向こう側、パイプ椅子に座っている女の人が、「あ、はいはい」と手元にあるチケットをぱらぱらと確認していく。

「こちらです」チケットを手渡される。「終演後に挨拶《あいさつ》を希望される場合は、席にそのまま残っていていただければ大丈夫です」

あ、はい、と適当に返事をし、二人で劇場の中に入っていく。俺は、「劇場」というからには、映画館のようにふかふかの椅子がずらりと並んでいるのかと思っていたけれど、実際は、列と列の間を移動するだけで膝《ひざ》がぶつかるくらいぎゅうぎゅうに、カチカチのパイプ椅子が並べられているだけだった。

椅子の上には、アンケートやらチラシやら、紙の束が置かれている。邪魔だ。

「ギリギリ〜、間に合ってよかったね」

「ああ」

そんなわけはないはずだけど、俺たちが到着したことが合図だったのかと思うようなタイミングで、それまで場内に流れていた音楽が止まった。静かになった舞台上の空間に、ぽん、と、人が放り込まれる。

十四時開演。

その瞬間、俺の頭の中では、ＲＥＣ、という文字が赤く光った。今日の日本対ドイツのテレビ中継の録画予約は、家を出る前にきちんと確かめた。今日の試合には、もちろん、神田有羽人が出場する。ほんとは花奈の家でいちゃいちゃしながら観るつもりだったけど、俺は何でこんなところにいるんだろう。

舞台上では、知らない人たちが唾を飛ばしながら、大きな声で何かを話している。

俺は、視線だけを動かして、花奈を確認する。その横顔は、少なくとも俺よりは真剣に目の前で繰り広げられていることをとらえようとしているふうに見える。このままずっと見続けていると、スカートから飛び出ている、一度舐《な》めたソフトクリームのようになめらかな太ももにどうしても触りたくなる予感がしたので、俺は自分のために目を逸《そ》らした。

叔父さんは、舞台には出てこない。脚本・演出担当の人って、本番はどこで何をしているんだろう。

俺は、早くも内容に追いつけなくなっている舞台を、観るというより、眺める。目の前で繰り広げられている物語は、メガネのオバサンが言っていたとおり、SFでもないし架空の国が舞台でもない、っぽい。震災後の地方都市の商店街で暮らす人たちの一日を、様々な視点から切り取っている、らしい。

右隣にある花奈の太ももから目を逸らしつつ、かといって舞台を真剣に見つめることもせずにいると、そのうち、俺の頭の中に炙《あぶ》り出されてくる光景があった。その光景は、なんとなく、ぼんやりと、輪郭線を深めていく。

何だろう。わかりそうで、わからない。足を組もうとすると、爪先が、前の椅子の背もたれに当たってしまった。俺は、すみません、と、声を出さずに一応、頭を下げる。

舞台、そしてそれを観ている客の背中。

あ。

客席にまで視界が広がったそのとき、俺は気づいた。

演劇部の発表会だ。

俺は、舞台上でのたうち回り、うめき声をあげている男の姿を見ながら考える。別に、叔父さんの舞台のことを、高校生の部活みたいだって思ってるわけじゃない。物語の内容も全然違うし、もちろんクオリティが全然違う。だけど、そういう要素の向こう側に横たわっている、大きな何かが重なって見える。

今度は爪先をぶつけないように注意しながら、俺は足を組む。

なんで演劇部の発表会なんて観に行ったのかはもう忘れたけれど、あれは確か、一年生のころだったはずだ。土日が試合で平日の部活が休みだったのか、クラスメイトを冷やかしにいったのか、とにかく、一度だけ観に行ったことがある。

その発表会は、放課後の空き教室で行われていた。演劇部の人たちは、『部活でのトラブルをきっかけに巻き起こる、等身大の成長物語』を、精一杯、精一杯上演していた。チラシも手書きだったし、小道具も自分たちで作っていて、何よりものすごく練習したことがよく伝わってきた。

だけど、それを観ているのは、放課後の時間を自由に使うことができる人たち——

つまり、部活でのトラブルをきっかけに成長しえない人たちばかりだった。

この舞台を観てくれた人の中には、主人公のように、人間関係に疲れている人もいると思います。この物語で、そんな人たちの背中を押せればと思って、稽古《けいこ》を続けてきました。終演後、演劇部の部長はそう話していた。部活に入っていないから、だからこの発表会を観ることができた人たちの前で、そう話していた。

「あっくん」

肩を揺らされ、目が開く。一瞬、自分がどこにいるのかわからなくなる。

「前、通りたいみたい」

俺の左隣にいた女性が、「すみません」俺の脚を跨《また》ぎつつ、どうにか細い細い通路を通っていく。いつのまにか、会場が明るくなっている。さっきまで静かだった客席が、ざわざわと騒がしい。

「寝てたでしょ?」

「うとうとしてただけ」

「うっそだー」

いつのまにか、舞台は終わってしまっていたらしい。スタッフらしき人が、劇場の隅っこで、「このあと、『毒とビスケット』主宰の烏丸ギンジ及び出演者のアフタートークがございます、お時間がある方はぜひそのままお席でお待ちくださいませ」と声を張り上げている。

「アフタートーク？　ってなんだろ」

「いいからもう出ようぜ」

もう夕方になってしまったけれど、花奈の母ちゃんが家に戻ってくるまではまだ時間があるはずだ。早く家に行きたい。ただ、さっさと腰を上げようとする俺よりも、

「あっくん、ごめん」花奈の行動のほうが早かった。

「今日、これからバイト入んなきゃいけなくなったの」

「はっ？」思わず大きな声が出る。「マジで？　何時から？」

「十七時からだから、もう出とこうかなって」

俺は携帯を光らせる。十五時五十七分。

「ほんとごめんって、いきなり先輩から代わってほしいって頼まれちゃって。私も前代わってもらったことあったから断れなくって」

十七時まではまだ一時間あるけれど、アフタートークというものがどれくらい長いのかわからない。確かにもうここを出たほうがいいかもしれない。

「今月あんまシフト入れてなくてヤバかったから、ラッキーなんだけどね」

俺は、自分の輪郭が一回りほど縮んだような気がした。次家行ける日までおあずけか。

「あっくんは聞いていきなよ、なんとかトーク」

「なんとかトークマジどうでもいいわ～」

「親戚なんでしょ？　聞いたほうがいいんじゃん」

それよりどっかでエロいことしたかったわ～、と、心の中だけでなく声に出してやろうかと思ったけれど、左隣の女の人が帰ってきたから、やめた。

「ほんとごめんね、また連絡する」

「はいは～い」

ぱらぱらと十人ほど退席したあと、Tシャツにジャージみたいな、ラフな格好をした人たちが数人、ステージに出てきた。さっきまで舞台に出ていた人たちだろう、首からタオルをかけている人もいる。

そして最後に、一人だけ、黒いジャケットを着た人が出てきた。会場内の客が、改めて拍手をする。

叔父さんだ、とは、思わなかった。生で見るのはかなり久しぶりだ。

「烏丸ギンジです。今日はありがとうございます」

烏丸ギンジが頭を下げると、客席からもう一度、拍手が起こった。もちろん、さっきまで舞台に出ていた役者たちには、体の疲労もある。それを差し引いても、一人だけジャケット姿の烏丸ギンジは、横一列に並んでいる人間の中でひときわ健康的に見えた。

烏丸ギンジから一番遠いところにいる男が、「それでは」とマイクを構える。

「今回はここ数年やってきたところより小さい劇場で、内容も、これまでの作品に比べてよりリアリティを追求したものになっていて驚いたんですけど、まずそのあたりから……なんでこういう作品になったのかっていうところからうかがえればと思うんですけど」

烏丸ギンジが、「はい」とマイクに向かって話し出す。

「そうですね、年齢も三十になって、少しずつ、自分のことだけじゃなくて、自分が生きている社会全体のことに目が向くようになってきたというか」

「社会全体のこと」

進行役の男が、言葉の一部を繰り返す。

「はい。なんというか、今、誰もが生きづらさを抱えていると思うんですよ。子どもを保育園に預けられないとか、親の介護で仕事を辞めなくちゃいけないとか、分かりやすく言うとそういうことでもあるんですけど、もっと小さなことでも何でも」

「そうですね」

「今、少し劇団が大きくなってきたこのタイミングで、そういうことにきちんと向き合って、寄り添いたくなったんだと思います。だけど、それを大きな物語として提示するんじゃなくて、この物語を本当に必要としている人たちに届くようなものにしたかったんです。だから、昔みたいな、ちょっと小さめな劇場でやりたいなってことは、はじめから考えていて」

「生きづらさを抱えている人たちに、寄り添うような物語」

進行役が、叔父さんの言葉をまとめつつ、次の展開を促す。

「そうですね。改めてこんなこと言うのも恥ずかしいんですけど、どこかで、自分はひとりじゃないんだって思えるような、というか」

烏丸ギンジはその後も、迷いながら、丁寧に、言葉を繋《つな》いでいった。その表情は、写真で見るよりもずいぶん整っている。ファンがいるのもよくわかる。

だけど俺は、自分が今、あの空き教室にいるような気がしていた。

やっぱり、届いていない。

花奈はもう電車に乗っただろうか。俺は携帯を見る。十六時十二分。

頭の中で、水色のカーテンが揺れる。

花奈は、帰った。バイトを代わらなくちゃいけないから、今月あんまりシフトに入れなくてお金がちょっとヤバそうだったから、劇場をすぐに出た。今、叔父さんは、花奈のいない劇場で、生きづらさを抱えている人に寄り添いたいとか、社会の中でこの物語を必要としている人に届けたいとか言っている。

生きづらいこともあるけれど、大変なこともたくさんあるけれど、この舞台を観《み》たり、なんとかトークを聞いたりするよりもその前に、やらなくちゃいけないことがたくさんあるから、花奈は帰った。

十六時十二分、やり始めたら閉めなきゃと思っていた水色のカーテン、そのカーテンが揺れる部屋の隅っこ、そこにあるゴミ箱、そこにかけられている小さな袋。

放課後の教室で演劇部が上演していた、部活でのトラブルを乗り越えて成長する物語。あのとき、実際、部活でのトラブルに悩んでいたあいつとか、あいつとかあいつとか、とにかくみんな、その発表会を観に行くことなんて、できなかった。その日に、まさにトラブルの真っただ中にある部の練習があったから。そっちに行かなければ、どうにもならないから。

花奈の家のキッチン、シンクの中の食器、すぐに洗わないと数が足りなくなってしまう形の違う器たち。

叔父さんが何か話し続けているけれど、その声はもう、聞こえない。

いまの花奈に、花奈の家に、生活に、本当に必要なものが何なのか。それは俺にはわからないし、わかったところで、たぶん与えることはできない。バイトや家事に注げばあっという間に底をついてしまう時間なのか、数が足りない食器なのか、なんだかんだやっぱりお金なのか。それはわからないし、花奈だって欲しいなんて言わないかもしれない。

だけど、とにかく、何らかの生きづらさを抱えている人が欲しているものは、時間とかモノとかお金とか、そういう、もっと切実で、明日すぐ使えるようなものだ。

皺《しわ》のない黒いジャケットが、舞台のライトに照らされている。

叔父さんが何かを差し出すことができているとして、その相手は、土日にきちんと自分の時間を持つことができて、この舞台を観に行くというお金と体の使い方ができる、本当にごく一部の人だけだ。

不意に、観客席から笑い声が沸いた。

「やめてくれよ、確かこの回、親戚《しんせき》が見に来てるんだから」

慌てた様子の叔父さんが、マイクの前で手をぶんぶんと振っている。客の中には、数人、きょろきょろとその親戚を探している人もいる。

アフタートークに残ったのは、五十人くらいだ。俺が今、はいっと手を挙げれば、ここにいる全員が、俺のことを、今話題に上がった親戚だと判断することができる。

携帯を見る。十六時三十二分。なんとかトークが始まってからもうすごく長い時間が経っていたような気がするけれど、あんなにもあっという間だった初体験よりも、まだ短い。

神田有羽人はゴールを決めただろうか。俺は、ふと、もう結果が出ているはずのサッカーの試合を思う。

叔父さんの声が、マイクに乗って飛んでくる。その声は、俺の体の表面にぶつかって、そのまま滑り落ちていく。そのたびに、俺は、早く家に帰って、録画した試合を観たくなる。それは、ここで繰り広げられていることがつまらないからとか、そういうことでは決してない。ただ、教室よりも狭いかもしれないこの場所で叔父さんが話せば話すほど、俺一人がどれだけ手を挙げたとしても誰も気に留めないほどの大観衆の中で自由に動き回る神田有羽人の姿を、今すぐこの目に焼き付けたくてたまらなくなる。

森が怪我《けが》をした。そう聞いたのは、練習着に着替え、部室を出たころだった。

「体育のバスケで捻挫《ねんざ》だよ、あいつ。ありえねーよな、この時期に」

グラウンドのすぐそば、アスファルトのスペースに座り込んでいる大谷が、「押してくんね、背中」と頼んでくる。

「捻挫」

その言葉を繰り返してみるけれど、意味がきちんと体に浸透しない。

「五時限目に捻挫して、今病院行ってるってマジでバカだろあいつ」

俺は、そうぼやく大谷の背中を、ぐいと押す。大谷は、体を包む筋肉も柔らかければ、体そのものも柔らかい。

「捻挫って多分一か月くらいかかるだろ」

動けるようになるまで、と話す大谷の声は、怒っているようにも、呆《あき》れているようにも、笑っているようにも聞こえる。

「長えな、それは」

そう答えた俺の声は、驚くほど、喜んでいるようにしか聞こえない。

頭の中に、ある言葉が浮かぶ。

「予選続くし、亮博、ちゃんと準備しといてくれよ」

大谷が言う。俺は、「おう」と返事をしつつ、もっと、もっと、その背中を押す。背後にいる俺からは、今の大谷の表情は見えない。だけどきっと、大谷は今、いつも森とピッチに立っているときと同じ表情をしているはずだ。俺がいつも、Bチームとしてこいつらと対戦するときに見ていた表情を、俺に向けてくれているはずだ。

「ちょっと集まってくれ」

突然、顧問が集合をかけた。まだ、マネージャーがドリンクを作ったり、部員もそれぞれスパイクを履いたりしているぐらいの時間だ。ストレッチを終える前に顧問がグラウンドに出てくるなんて、珍しい。

「集合！」

いち早く顧問に気づいた部長が、部員に声をかける。

起き上がった大谷が、一瞬、俺の目を見た。

——来た。

俺は、地面に力強く投げつけたスーパーボールみたいに、自分の心臓がどこか予期せぬところへ飛んで行ってしまうような気がした。

弾《はじ》けそうになる心臓を自分の体の真ん中に、そしてその体を、顧問を囲む円の中に押し込める。

「聞いているやつもいるかもしれないが、森が足を怪我した。今病院で検査を受けてるが、靭帯《じんたい》損傷の可能性もあるらしい。多分、三週間前後は練習に参加できない」

部員たちが作る円が、少し揺れる。「マジ？」今初めてそのことを聞いて、驚いているレギュラーメンバーも多い。

俺は、ふう、と小さく息を吐いた。やっと巡ってきたチャンスを、きちんと受け止める態勢を整える。

「今週末には都予選の二回戦がある。だから、今日から森の代わりに」

全《すべ》てをポジティブにとらえる。

「一年の佐々木《ささき》、お前が入ってくれ」

え、と、誰かが声を漏らした。それは佐々木かもしれないし、大谷かもしれないし、俺かもしれなかった。誰かはわからなかったし、もう、誰でもよかった。

「森のスピードをカバーできるのはお前だ。レギュラーは佐々木のサポートをしてやれ。今日はゲーム練長めにするぞ」

はい、と、円を作っている全員が返事をする。大谷も、もちろん、佐々木も。

円は、すぐにバラバラになる。だけど、俺は、なかなか、地面に突き刺さってしまった自分自身を引き抜くことができない。

頭が重い。湯の中に投げ込まれた氷みたいに、自分の心臓が、どんどん溶けている気がする。

――全てをポジティブにとらえる。

どうやってやるんだよ、そんなの。なあ。


「何、どうしたの？」

バイト先の店から出てきた花奈が、こちらに駆け寄ってくる。駅ビルの中にある店は二十一時には閉まってしまうから、バイトもその時間までだ。

「びっくりした、なんか連絡してきてたっけ？」

「してない」

駅ビルが発する人工的な光を背負ったまま、花奈が俺のすぐ近くまで来る。俺が背負っている夜の紺は、どんどん深く、濃くなっていく。

「……座る？」

花奈はベンチを指すと、俺が何か言う前に歩き始めた。「ちょっと寒くなってきたよね」十月も後半になると、雨が降る日が増える。湿気をたっぷりと含んでいそうな雲が、月の表面を撫《な》でるようにさあさあと流れている。

「どしたの」

隣に座ると、花奈がもう一度聞いてきた。高校の最寄り駅、ここからはどうせ花奈とは逆方向の電車に乗らなければならない。一緒に帰れるわけでもないのに、つい、部活が終わってすぐ、花奈のバイト先まで来てしまった。

「どしたんだろうなあ」

ほんとに、と、俺は呟《つぶや》く。

一年の佐々木は、他の部員が想像していたよりもずっといい動きをした。視野が広いのか、次の展開を予想して的確に動く。加えて、森と同じ、いやもしかしたらそれ以上のスピードがあるので、先回りする動きが相手にバレたとしても、なかなか追いつかれないのだ。これまではそこまでうまいと思ったことがなかったやつだけど、レギュラーチームに選抜されたことで、いつも以上の力が発揮されたのかもしれない。

大谷は、練習が終わったあとも、佐々木と言葉を交わし続けていた。ゲーム練で気になったところを確認し合っていたのだろう。俺は、明日のストレッチで大谷の背中を押しているのは、たぶん俺じゃなくて佐々木だろうと思った。

「なんか暗くない、顔」

花奈が、顔を覗《のぞ》き込んでくる。今日起きたことを思い出すと、とたんに、頭がぐんと重くなる。

「珍しいね、そんな感じ」

「そう？」

「だって、いつも言ってんじゃん、ポジティブがどうのって」

ナントカって選手の、と呟きながら、花奈が携帯を取り出す。帰りが遅くなることを、お母さんに連絡しているのかもしれない。

ナントカって選手の。ポジティブがどうのって。

生暖かい風が、雨の予告をしてくれる。月と自分のあいだを通り過ぎる雲の流れが、少し速くなったような気がした。

「部活関係？」

花奈が携帯をいじりながら、そう訊《き》いてくる。だけど、レギュラー争いで一年生に負けたなんて、恥ずかしくて言えるわけがない。「んー……」俺が言葉を濁していると、花奈が、たん、たん、と足を動かし始めた。

「落ち込み中？」

「んー……まあ、そんなとこ」

「こういうときは、ピボットだ」

たん、たん。花奈の茶色いローファーの底が、アスファルトを叩《たた》く。

「は？」

言われたことの意味が、全くわからない。重かった頭が、何かに引っ張られたかのように、上がる。

「あっくんの叔父さんの舞台であったセリフ。覚えてないの？」

　花奈は、どこか楽しそうな表情で、たん、たん、と足を動かし続けている。よく見ると、俺の右隣にいる花奈の右足は動いていない。左足だけを動かして、「ピボットってこういうやつでしょ？」と笑っている。

「登場人物みんなさ、いろいろ不幸抱えてたじゃん、あの話。それで、もうどうにもならなくなった親友からお金貸してくれって頼まれるシーンがあったでしょ。そのときの主人公の心の声。『こういうときは、ピボットだ』」

　たん、たん、と、建て替えた扉をノックするような音が、花奈の足元から弾け飛んでいく。

「何度も言ってたじゃん。暗記しちゃった、あたし」

ナントカって選手の。ポジティブがどうのって。

あっくんの叔父さんの舞台であったセリフ。こういうときは、ピボットだ。

「あたしピボットって意味よくわかんなくて携帯で調べたもん。あれなんだね、バスケのやつなんだね」

軸足を動かさず、一歩分前に進んだり、一歩分後ろに下がったりする、あの動きだ。

そんなセリフがあったことを、というよりもあの舞台の内容そのものを、俺はもう全く覚えていない。

「そんなシーンあったっけ？」

「あったよ。親友だし、見捨てられないけど、こいつの不幸に巻き込まれるのもな〜、みたいな。実際、あそこでお金貸してたら主人公の人生も結構終わってたわけじゃん？　だけど突き放すこともちろんできなくて。そういうときは、軸足はそのままで、寄り添ったり、本当に危ないと思ったら距離おいたり。とにかく自分がいる場所は変えないことが大事って。なるほどーって思ったもん、あたし」

花奈の足の動きは、どこか覚束ない。俺は、ぼんやり、ほんとのバスケは多分下手だろうな、と思った。

「だから今、あたしも巻き込まれないようにしよーと思って。あっくんのその暗〜い感じに」

「何だよそれ」

「巻き込まれて、あたしまで暗い気分になるのやだもん。明日も早起きしてお弁当作らなきゃだし」

「ひでー彼女」

　花奈に話を聞いてほしくて、っていうか、花奈に優しく慰めてほしくて、部活が終わってからこの時間まで待っていた。なのにそんなこと言うのかよ、と、拗《す》ねかけた心が、ある事実に気づく。

　花奈は、俺が何度神田有羽人の話をしたって、あの有名な言葉を覚えなかった。

　だけど、さっき花奈は、何かを見直すでもなく、無理矢理思い出すでもなく、自然に、あの舞台の中にあったセリフを言った。

　俺が、神田有羽人の言葉を口にするときみたいに。

　神田有羽人の言葉を全然覚えない花奈と同じくらい、あの舞台の内容を全く覚えていない俺に向かって。

　花奈が拾い上げるものと、俺が拾い上げるものは、違う。同じ世界を生きて、同じものを見ていても。

それどころか、どちらかが真っ先に捨てたものと、どちらかが真っ先に拾い上げたものが、全く同じものだってことも、ある。

でも。

「……その、ピボットが何とかって」

だからといって、全てのことに意味があるなんて、そんなふうにも思えない。

「それで何か解決すんの？」

「解決？」

花奈が、「ハッピーエンドになったかってこと？」と訊いてくる。俺は、自分でも何を確かめたいのかよくわからなかったけど、とりあえず、そう、と頷《うなず》いておく。

「解決とかハッピーエンドとか、そういう感じじゃないけど……親友は行方不明になっちゃうし、主人公も何かに救われるわけじゃないし」

そもそも明るい話じゃなかったしね、と、花奈が呟く。その言葉を花奈の口から引っこ抜いてみても、何かがずるずるとくっついてくるような予感は、ない。

やっぱり、そうだ。

俺たちが拾い上げるものがそれぞれ違うなんてことは、わかっている。違うから、どっちがすごいとか、そういうことではないってこともわかっている。

「花奈自身は？」

俺が知りたいのは、花奈の生活に、意味があったのか、だ。

「え？」

花奈が、足の動きを止めた。

静かになったベンチの上に、親父《おやじ》の声が降り積もる。

パパの仕事がきっかけで、これまで日本では手に入らなかったものが手に入れられるようになったりしているんだよ。それで、生活が豊かになって、喜んでいる人がたくさんいるんだ。だから、社会にとってすごく意味のある仕事なんだよ。

「あの舞台観て、なんか、どうにかなった？」

親父の仕事は、目に見えて何かが変わる。今日、必要なものがなくて困っている人を、明日、助けることだってできるかもしれない。神田有羽人のプレーは、発言は、ものすごくたくさんの人の目に触れる。本当にその言葉を欲している人にまで、あっという間に届くくらいのパワーを持っている。

「あの舞台、観る前と観た後で、生きづらさ、だっけ、なんかそういうの、変わった？」

本当に困っている立場の人を明日助けられるほど、切実でもない、社会に広く浸透するほど、力があるわけでもない。

　頭の中にいる叔父さんが、舞台の上で話している。自分の作ったものについて、自分が伝えたかったことについて。週末にきちんと休むことができて、数時間のためにいくらかのお金を払うことができる人たちの前で、社会の生きづらさについて描きたかったと、きれいなジャケットを着て、背筋を伸ばして、話し続けている。

「それは……」

　花奈が、俺の質問を両手でそっと拾い上げるように、言った。

「変わらない、けど」

　花奈のバイト先の店の光が、消えた。ベンチに座る俺たちを照らしてくれるものが、一つ、減った。


　夕飯を終え、風呂《ふろ》から上がると、もう十一時を回っていた。ダイニングテーブルでは、さっき帰ってきたらしい親父が、スーツ姿のままビールを飲んでいる。

「あ、そういえば」

　思い出したように、母ちゃんが、風呂上がりの俺に雑誌を差し出してくる。「見て見て、これ」表紙には大きく、大帝ジャーナル、の文字がある。

「ほら、前、取材でライターさんが来てたことがあったでしょ。その記事が載ってんの、これ」

「あー、メガネのオバサン？」

乾かしていない髪の毛の先から、ぽつ、と、水滴が落ちてくる。つるつるの表紙が、水滴一粒分、ふやけてしまう。

「そうそう。わざわざうちにも送ってくれたの、あの人」

いい人だったもんね、と笑う母ちゃんはご機嫌だ。たぶん、タダで雑誌が一冊手に入ったことが嬉《うれ》しいだけだ。

「その雑誌、来月から電子化するらしいな」

缶ビールから口を放した親父が、俺の持っている雑誌を顎《あご》で指しながら言う。

「あ、そうなの？」

「もう全然売れないからな、紙の雑誌は」

「でもすごいよ、四ページも載ってんの」

ほらほらと渡してきたくせに、母ちゃんはあっという間に俺から雑誌を奪っていった。「ここ」ダイニングテーブルに、叔父さんが載っているページを拡《ひろ》げる。

『劇団旗揚げから十年、烏丸ギンジの今』

「しかもカラーで。ほら」

母ちゃんが、自分の発言が掲載されているところをトントンと指で叩く。「ここここ、姉はこう語る、ってところが私の発言だから」ふうん、と、ビールを呷《あお》りながら、親父は、その視線を文字列の中で行ったり来たりさせている。

「こういうことやって金になるってのは、気楽でいいよなあ」

親父はそう言うと、拡げられた状態の雑誌を、ず、と引きずる形で自分から遠ざけた。こういうことじゃないことでお金を稼いでいる自分が誇らしいんだろうな、と俺は思った。

「見せて」

俺は、その記事を読みやすいように、椅子《いす》に座る。ぽと、と、また、髪の毛の先から水滴が落ちる。

紙の上にいる叔父さんは、また、カメラから視線を逸らしている。ずっと前に新聞で見た写真と同じように、ここにいる誰とも目を合わせていないようにも見えるし、ものすごく遠くにある、叔父さんにしか見えない何かをじっと見つめているようにも見える。

「ちょっとあんた、髪乾かしなさいよ、濡《ぬ》れるでしょ、それ」

母ちゃんがまた、俺から雑誌を遠ざけようとするけれど、俺はてのひらでその雑誌を押さえた。

「わかったって」

誌面には、叔父さんの周囲の人へのインタビューが順番に掲載されている。俺は、誌面上の文字をひとつずつ洗い流すように、視線を動かしていく。

その中で、移動しようとする俺の視線の先端を、ぐっと掴《つか》んだ二文字があった。

――昔、聞いてみたことがあるんです、ギンジさんが演劇をやる『意味』は何ですかって。そうしたら
「亮博」

親父が、俺を呼んだ。

「何」

俺は、雑誌を閉じる。

「明日、朝、駅まで送ってやろうか。いつもよりちょっと遅く出るから」

親父の背中の上を往復したのは、いつが最後だっただろうか。俺は、ビールを飲んで赤くなっているその顔を見ながら、ふと思った。

「うん。お願いするかも」

俺は、閉じた雑誌を持ったまま、階段を上る。一歩ずつ体を持ち上げながら、今度花奈の家に行くとき、この雑誌を持っていってみようと思った。二人でこの記事を読んで、読み終わったあとどこを覚えているのか、二人が覚えているところが同じなのか違うのか、それとも二人とも読んだそばから全て忘れてしまうのか、何でもいいから、花奈と話してみたいと思った。

自分の部屋に入る。ドアを閉める。

俺は、周りに誰かがいるわけでもないのに、自分にだけ見えるように、そっと雑誌を開いた。さっき見つけた二文字を目指して、視線が素早く動きまわる。

むしゃくしゃしてやった、と言ってみたかった

エプロンを着けたままの母が冷蔵庫から取り出したのは、私が買ってきた白ワインだった。

「こんなんあんま飲んだことないねえ」

開け方がよくわからないのか想像より重かったのか、危なっかしいようすの母に、「あーほらほら貸して貸して」栄子《えいこ》が手を差し伸べている。

「これ何？　お母さんたちワインなんか飲むっけ？」

「正美《まさみ》が買うてきてくれたんよ」

母の言葉に、栄子が、「へー」と一瞬、私のほうを見る。

「何でまた、ワイン？」

「いつも栄子のとこから海鮮が届くから、赤より白のほうがいいと思って」口の端が上がっているようにも見える栄子に、私ははっきりとした口調で説明する。「それにお父さん、定年になってから家でよく飲んでるって聞いてたし」

私は、グラスに残っていたビールを飲み干す。父が、「まだ飲むか？」と、自分が飲んでいたらしい缶ビールを差し出してきたけれど、もういいやと断った。白髪の目立ってきた父は、勤め先の子会社に出向して六十五歳まで働き、去年ついに定年を迎えた。

「お父さんは最近もっぱら日本酒やけどねえ」

「えっそうなの？」

私は赤ら顔の父を見る。「お父さんの定年後の楽しみは今までよう飲まんかったいろんなお酒を飲み比べることなんよ。ゴルフでもやっときゃあよかったんに」少し前に電話をしたとき、母はそう言っていた。それなら、盆の帰省の土産《みやげ》には魚に合う白ワインがぴったりだと踏んでいたのだ。

「いろんなお酒っつってもワインは飲んどらんかったねえ。でもせっかくやし、お父さん、飲むよね？」

「ちょっとくれ」

はいはい、と、椅子《いす》から立ち上がった母が、食器棚があるほうへとのろのろ歩いていく。下半身に重しを付けられているようなその足取りを見ながら、ふと、そういえばうちにワイングラスなんてものがあっただろうか、と思った。

「裕輔《ゆうすけ》君は元気か」

父の問いかけに、栄子が「あー」と低い声を出した。

「最近異動して忙しくなったみたいだけど、まあ元気だよ。お盆休みもとれなくってさ、お父さんとお母さんに伺えずすみませんって伝えてくださいって。その代わりいつもより多めにいろいろ送っておきますーって」

四年前、妹の栄子は同い年の男と結婚した。当時、栄子は二十八歳、私は三十一歳だった。栄子の夫である裕輔さんの実家が北海道にあるため、毎年お盆と年末年始にはそちらからたくさんの海産物が届く。

「うちは地域のものとかあんまないし、なんか申し訳ないんよねえ」母は何か届くたびそう言うけれど、食卓にずらりと並ぶ海の幸はそれだけでやっぱり嬉《うれ》しいので、なかなか断ることもしない。栄子の夫の実家は水産業に関連した何かを営んでいるはずだったが、詳しいことは栄子もよくわかっていないそうだ。

「異動か。転勤とかは大丈夫そうなんか」

「今回の異動でなければ当分ないと思うって言ってたけど、会社が決めることだしまあわかんないよね」栄子が一口、お茶を飲む。「まだ子どももいないし、今転勤って言われてもそんなに問題があるわけじゃないけど」

栄子は今、東京にある裕輔さんの勤め先の社宅に住んでいる。子どもはまだいないが、早いうちに欲しいらしく、最近、通い始めた産婦人科から処方されている漢方を飲み始めたようだ。

「いきなり忙しくなったからなんかわからんけど、最近ちょっと痩《や》せたんよ。こっちはぶくぶく太ってくのにさあ」

栄子の言葉に少しずつ滋賀の匂《にお》いが混ざり込んでいく。両親と話していると、標準語を身に付けた大人としての自分が、ぽろぽろと剝《は》がれていく。

裕輔さんと栄子は、友人の結婚式で知り合ったという。新婦の友人として出席していた栄子のことを、新郎の友人として出席していた裕輔さんが気に入ったらしい。栄子はもともと派手な顔立ちなので、集団の中でも目立ったのだろう。結婚が決まったとき、栄子は、「お互い次女と次男だからいろいろ楽なんだよね」と、長女である私に向かって何の悪びれもなく言った。

「ほんまになんか送り返さんでええんか？　いっつももらってばっかかで」

たこわさをつまみながら、父が言う。

「私からお礼言っとるで大丈夫やって。それに、北海道の人にどんな食べ物あげてもかなわん気ィするし」

滋賀の特産物っつったってねえ、と、栄子が笑う。この町で生まれ、この町で育ち、この町を出ないまま定年を迎えた父も一緒に笑っている。

「食べたら暑くなっちゃった、ちょっと冷房下げていい？」

急に標準語に戻った栄子が、クーラーのリモコンを手に取る。それと入れ替わるようにして、母がグラスを四つ乗せた盆をテーブルに置いた。

「正美ちゃん、これどうやって開けるん？」

「え？」

突然母に呼びかけられ、私は箸《はし》を置く。母の手元には、コルクの部分が金色の紙で包まれているワインボトルがある。

「こんなんお母さんよう自分で開けんわ」

「えーっと」

私はテーブルの上にあるものを見渡す。当たり前だが、そこにはコルクスクリューなどない。

「コルク開けるやつってこの家にあったっけ？」

「コルク開けるやつ？」

私の言葉を、母がそのまま繰り返す。

「これに刺してくるくる回して……ってあるわけないか、そんなシャレたもんこの家に」

　シールのようになっている包装部分をめくることに手間取る私を横目に、栄子が椅子から立ち上がった。

「あれはあるよね？　えーっと何だっけ……缶切り缶切り！　あの中にたまにコルク抜きみたいなの付いてんのあるんだけど」

「えー、うちの缶切りにはそんなん付いとらんと思うけど」

　母の落胆した声が、四つのグラスそれぞれの底に溜《た》まっていく。

「じゃあ」私は腕を伸ばし、テーブルの端に置かれていたワインを持ち上げる。「コルク、下に押し込んじゃう？　大丈夫だと思う、それなりに高いやつだし」

「え、その押し込むって、その蓋《ふた》を？　飲みもんの中に？」

　それはちょっと、と、母が顔をしかめている。母は変なところで潔癖だ。公衆トイレに座るのは平気なくせに、図書館や古本屋の本にはあまり触りたがらない。

　私は、ボトルをテーブルに置いた。

「またにしよっか」

　栄子が「開けられないんじゃしょうがない」と、笑い話になるように明るい声を出してくれる。

私はボトルの上の方を握ったまま、椅子に腰を下ろした。ずっと冷蔵庫に入っていたのだろう、ボトル越しのワインがとてもとても冷たい。

「そういえばお母さん、あれ最後まで観《み》た？」

あれ、という代名詞に、母がパッと表情を輝かせる。

「観た観た。続きが気になってしゃあないねえ、あんな終わり方されたら」

「あの続き、今日から配信されてんだよ確か」

栄子が、散々食べ尽くされた海の幸の残骸《ざんがい》が並ぶテーブルを離れ、リビングにあるテレビのリモコンに飛びついた。実家のテレビは大体、ＮＨＫにチャンネルが合っている。

最近買い替えたという四十六インチのテレビ画面に、ニュースの映像が映し出された。

「○○県××署は今日、器物損壊容疑で、△△市の男子高校生三人を逮捕しました。昨日午後七時ごろから九時ごろまでの間、△△市の中学校敷地内で、同校外壁に設置されていた消火器を噴射し使用不能にした疑いがもたれています。同署によると、高校生らは『むしゃくしゃしてやった。遊びのつもりだった』などと供述しており、容疑を全面的に認めているとのことです」

むしゃくしゃしてやった。遊びのつもりだった。

ニュースは、すぐに切り替わる。東日本大震災を経て初めての夏、関東では電力不足が懸念《けねん》されているということを、アナウンサーが真剣な表情で伝えてくれる。

「早く日本でも最後まで配信してほしいよねえ、待ってる間に話忘れる」

「栄子あかんよ、まだ待って、テーブル片付けてから」

リビングへ移動する栄子の背に母がせっせと声をかける。出したばかりのグラスは、そのまま食器棚に仕舞われた。

私は、冷蔵庫にワインを片付けるため、ボトルをもう一度持ち上げた。氷のように冷たい。夏なので、冷蔵庫の温度は最も低く設定されているのかもしれない。クーラーだって、さっき、栄子が温度を下げていたはずだ。

「早くー」

栄子の声の裏側で、ニュースの音がついに途絶えた。

むしゃくしゃしてやった。遊びのつもりだった。耳の中にしがみついていた言葉も、ぽろりと、剝がれ落ちる。

「はいはい、ちょっと待って」

母がエプロンで両手を拭《ふ》きながら、小走りでリビングへと向かう。トイレに行っていたらしき父も、ちゃっかりリビングのソファに陣取り、準備は万端とでも言うようにめがねをかけている。

国内外問わず様々なドラマや映画を月額五百円で見放題、という謳《うた》い文句の配信サービスに両親が入会したのは、栄子の勧めがあったから、らしい。携帯電話だっていまだにガラケーだし、SNSと呼ばれるものにも全く手を出していない両親がこういうものにハマるなんて、数年前までは全く想像できなかったことだ。定年を迎えたら時間ができるだろうから、と妹が提案した「海外ドラマ鑑賞」という時間の潰《つぶ》し方は、今では両親にとってひとつの立派な趣味になっているという。

「シーズン3まで観てるよね？」

「え？　3って、あの白人の検察官が犯人だってわかったとこで終わっとるやつ？」

「そうそう」

「あーじゃあ3まで観とるね。あ、吹替にしてな吹替に」

「栄子、音もうちょっと大きくしてくれんか」

両親の注文に合わせて、栄子が器用に配信チャンネル専用のリモコンを操る。いつもならば、夕食を終えればすぐに食器もテーブルもきれいにしてしまう母だが、今日はドラマの続きのほうが気になるらしい。

迷ったけれど、ノートパソコンを持って帰ってきてよかった。私はテレビの前を横切ると、リビングのドアに手をかける。

「私、二階にいるね」

ドアノブは、ワインボトルよりも冷たくない。

「お姉ちゃんも観たら？　こっからでも多分話分かるよ」

「いや、無理でしょ。それに」

私は、栄子をちらりと見て言った。

「仕事あるから」

栄子は、そう、とだけ呟《つぶや》いた。

栄子は、結婚とともに会社を辞めた。裕輔さんが大きな会社に勤めているため経済的に少し余裕があるということもあるが、栄子は昔からあまり頭が良くなかった。実際、社会人になっても仕事をなかなか覚えることができず、勤め先では少し浮いていたこともあったみたいだ。退職を決めたときは「どうせすぐにママになる予定だからさ～」なんて言っていたが、結婚は栄子にとって仕事を辞める大義名分を手に入れる絶好のチャンスだったのだろう。とはいえ今時寿退社なんて、我が妹ながらかなりおめでたい思考だ。

「大変ねえ、お盆にまで」

「これからまた忙しいシーズンになるから」

そやねえ、と、母がわかったように頷《うなず》いている。栄子は何も言わない。

「じゃあ」

私はリビングのドアを閉め、階段をのぼった。二階にある子ども部屋は、パーテーションで区切られてはいるものの、基本的には私と栄子の二人部屋ということになっている。ベッドもデスクも二人分あるので、田舎の一軒家とは思えないくらいこの部屋は窮屈だ。

一階から、三人の声が漏れ聞こえてくる。内容はわからないけれど、会話が盛り上がっていることはわかる。

私は、スーツケースの中から取り出したノートパソコンに電源を入れた。その途端、家族三人で盛り上がっているドラマを全く知らない独身の三十五歳ではなく、妹にはできなかった「自分で稼ぐ」ということを難なくこなしている姉、という存在に、名前が変わる。

パソコンが立ち上がった。

メール画面をチェックする。数十分前に携帯からもアクセスしたばかりなので、新着メールはない。この週から産休に入った先輩からの挨拶《あいさつ》メールが、一番上に表示されているだけだ。

「はあ」

音のような声を漏らしながら、ベッドに寝転ぶ。ここから電車で約三十分、市街地に借りているマンションにあるものよりも、スプリングが硬くて少し小さいベッド。

地元の大学に進み、地元の企業に一度、就職をした。大学進学にあわせて地元を出た栄子よりも十年以上長く、この家で両親と暮らしてきた。転職をしたタイミングで実家を出てからも、東京にいる栄子よりは確実に、帰省している回数は自分の方が多いはずだ。

一階から、母の「えー!」という声が飛んでくる。「お母さん驚きすぎやってー」すっかり地元の言葉に戻った栄子の笑い声が、母の声に重なる。

私はベッドから立ち上がると、栄子専用のスペースに足を踏み入れた。子どものころも、栄子がいない間を見計らってよく忍び込んだな——懐《なつ》かしい記憶が脳をかすめる。

壁には、きれいには消えていない落書きや、コンパスの針などをぶすぶすと刺したような跡が多くある。これも昔のままだ。若かった栄子の心の葛藤《かっとう》が、目に見える形でそのまま残されている。

ベッドに戻り、目を閉じた。まだ化粧も落としていないし、コンタクトも外していない。この状態で眠ってはいけないことくらいわかっているけれど、ベッドに寝転んだ時点で、もうこのまま眠ってしまってもいいやと心の中の重要などこかが折れているような気もする。

最近、寝転ぶと、胸が横に流れる。このベッドを使っていたころは、ブラジャーをしないで眠ることなんて何も怖くなかった。

握ったワインボトルの冷たさが、まだてのひらに残っている。

この会場には、初めて来た。

私は、メールに書いてある控室の場所と、建物全体のフロアマップを見比べる。このあたりでも最大規模の企業合同説明会は、午前中からたくさんの学生で溢《あふ》れ返っている。

任されたセミナーを一人でやり通すことにも、もう慣れた。私は、緊張で体を強張《こわば》らせている就活生たちのシルエットに、どこかくすぐったいような気持ちを抱く。

大学を卒業し、地域密着を売りにしている人材コンサルで六年働いたあと、入社以来ずっとお世話になっていた先輩からの紹介もあって、マナー講師に転身した。フリーではなく、あらゆるフィールドにおいて「講師」と呼ばれる人が多く登録されている会社に所属したのだ。ちょうどその会社から人材関係の講師が立て続けに退社したということもあって、いち早く講師として活躍していた先輩が私に声をかけてくれた。

「前から、桑原《くわはら》さんには講師っていう立場が合うと思ってたの。物事を人に伝える能力、プレゼン能力が高いし、それでいて押し付けがましい感じはしないし。ちょっと考えてみてくれないかな？」

ずっとお世話になっていた人だからといってその言葉を丸ごと信じてしまうほど私も幼くはなかったが、組織から出て個人として仕事をしていくことへの不安と、新天地への期待では、後者の方が強かった。

クライアントが講師を個人指名してこない限り、仕事は、スケジュールや実績を鑑《かんが》みて割り振られる。産休に入る前、先輩は、「もし私への個人指名があったら、その仕事は桑原さんにまわしてもらうよう、上に言っておいたから」と言ってくれた。確かに最近は、これまではあまり縁がなかった企業研修などにも呼ばれる機会が増えたような気がする。

だが、転職したばかりのころに比べて、仕事の絶対数は、減った。

控室に行くには、まず地下に下りる必要があるみたいだ。私は控室へ向かう前に、腕時計を確認する。時間にはまだ余裕がある。昼食を食べたばかりだし、腹ごなしもかねて会場内を少し歩いてみるのもいいだろう。今日来場している学生の雰囲気を見ておくことは、セミナーをする上で大切かもしれない。

大学生が自由に動ける夏休みに入ったあたりから、就職活動生を対象とした企業合同説明会というものが各所で開かれる。広大なスペースを持つ展示場のような場所に、様々な企業がブースを構えるのだ。三十分から一時間単位で学生を入れ替え、映像やパワーポイントを用いて会社のアピールに勤《いそ》しむのだが、そういう説明会には大抵、講演スペースのようなものも設けられている。飾り気のないステージに向かって二百脚ほどのパイプ椅子が並べられているだけ、という簡素な作りだが、そういう講演の整理券はすぐになくなってしまうらしい。

一日に四回ほど行われる講演は、マナー講師や就活コンサルタント等と呼ばれる人が行う『今のうちに知っておきたい社会人マナー』といったものを始めとして、現役を引退したスポーツ選手が語る『周りと差をつける、あともう一歩の踏ん張り方』、ニュース番組のコメンテーターとして活躍している文化人などが話す『いま、世界が本当に欲している人物とは』など、内容は様々だ。

黒や濃紺のリクルートスーツを身に纏《まと》った学生たちは、ステージ上で繰り広げられる話を聞きながら真剣に頷いたり、メモを取ったりする。みんな、叩《たた》けば壊れてしまうようなステージの上で話されている内容はすべて、正しいと信じて疑わない。

そろそろ地下に行こうか、と思っていたときだった。

「あの」

突然、若い女の子に声をかけられた。

「本当に申し訳ございません、ちょっとお願いがあるんですけど」

「あ、はい」

二十代前半だが、学生ではない。私は直感的にそう思った。就活生と社会人一年目、その年齢差はたった一つか二つのはずなのに、なぜか見た目に明確な違いがある。

「本当にすみません、あの、携帯電話を貸していただけないでしょうか」

「携帯？」

そんなつもりはなかったが、少し怪訝《けげん》な表情をしてしまっていたらしい。その女の子は、「違うんです、あのですね」と、髪の毛を右耳にかきあげながら早口で話し始めた。

「上司と待ち合わせをしているんですけど、私、会社に携帯を忘れてきてしまったみたいで……連絡ができなくてですね、もう待ち合わせの時間も過ぎているので、もしかしたらどこかで迷っているのかもと思いまして、それで、あ、私人事部の者で、ブースを出している会社の人間なんですけれども」

「ああ、そういうことなら全然」

私はカバンから携帯を取り出し、パスコードを解除し、彼女に差し出す。「すみません、ありがとうございますっ」その女の子はすぐに電話の画面を立ち上げるが、焦《あせ》っているのか、「えーっと、何だっけ、えっと」となかなか番号を押し始めない。

「あなた、会社の電話番号は覚えてる？」

「はいっ？」

くるっとこちらに振り返った女の子は、すでに泣きそうな表情になっていた。誰かから電話を借りたところで、上司の携帯の番号なんて、暗記しているわけがないのだ。

「まずは会社に電話して、社内の誰かにその上司の携帯番号を聞いたら？」

「あっ、あ、そうですね」

その子は足元に置いていたカバンから名刺入れを取り出した。誰かからの就職祝いなのだろう、全身、身につけているものの中で名刺入れだけがブランドものだ。

「あ、もしもし、すみません遠藤《えんどう》です、お疲れ様です」

名刺を見ないと、自分の会社の番号が思い出せなかったみたいだ。新人さんで確定だな、と思いつつ、私はカバンの中からメモ帳と筆記用具を取り出しておく。

「そうなんです、私会社に携帯忘れてしまっていて……鳴ってました？　やっぱり、あの、それで、田名部《たなべ》さんの携帯番号がわかれば教えていただきたいんですけど」

私は、メモ帳と筆記用具をその女の子に差し出す。その子は頭をぺこぺこ下げながら、ありがとうございます、すみません、と小声で何度も繰り返した。

「……ロク、キュウ、ヨン、ナナ、はい、はい、ありがとうございます、すみませんでした、はい、失礼します」

電話を一度切ると、「本当に申し訳ございません……」と、その子はメモ帳に書き写した番号にまた電話をかける。

呼び出し音が二回ほど聞こえた、そのときだった。

「あー、いたいた！」

私の背後から、男の人の声がした。

「あっ！　すみません、ほんとすみません！」

女の子は、パッと耳から電話を離し、今度は私の背後に向かってぺこぺこと頭を下げる。

「こっちにいたのか、確か向こうの入り口で待ち合わせって聞いてた気がするんだけど」

「えっほんとですか?!」女の子の声が裏返る。「てことは、私が逆にいたんですね……うわーほんとにすみません、ほんとにすみません」

「よかったですね、会えて」

私が声をかけると、その女の子は「あっ！」と今度は私の方に顔を向けた。さっきから動きが忙しい子だ。

「本当に助かりました！　メモ帳もすみません、一枚使ってしまって」

「そんなの全然気にしないで」

携帯、筆記用具、メモ帳、それらをまとめてカバンに仕舞いながら、私はちらりと目の前の二人を観察する。

この女の子が企業ブース担当の人事部の新人ということは、このスーツのよく似合う男性はおそらく、社員代表として自分たちの仕事内容をより具体的に説明する役割の人間だ。そういう役割は、前線に立つ部署の者かつ、見た目の雰囲気も柔らかい人間にまわってくる。四十代に差しかかったくらいだろうか、この女の子からしたらかなり年次が上のはずなのに、「ほんとにすみませんでした」と謝り続ける女の子がどこかリラックスしているように見えるのは、きっと、この人がいい上司だからなのだろう。

人事部から社員代表に指名され、わざわざこのブースまで足を運び、新入社員ほどの後輩からも人当たりがいいと思われている男。

とても、とても正しい人間だ。彼が、私に向かい合う。

「うちの社員がご迷惑をおかけいたしました。ありがとうございました」

なんとなく事態を察したのか、その男性も新入社員らしき女性と一緒に頭を下げてくる。「ありがとうございましたっ」女の子の語尾が跳ねる。

「いえいえいえ、全くお気になさらず。それよりお時間大丈夫ですか？」

私はさりげなく時計を見る仕草をする。余裕をもって会場に来たはずだったが、なんだかんだ自分もそろそろ移動したほうがいい時間になっている。

「本当に助かりました、ありがとうございました」

「いえいえ、では」

私は踵《きびす》を返したあと、一瞬、後ろを振り返った。スーツ姿の二つの後ろ姿はまるで親子のようにも見え、あの男性社員の正しさがより一層際立《きわだ》った。

【完全予約制講座『十秒で伝える、あなたの魅力』～人気マナー講師が教える、面接で必ず役立つ表現方法～

講師紹介：桑原正美。大手コンサルティング企業にて多業種人事部門への提案営業、人材開発業務を担当。話し方・会話のマナー、言葉・表情の表現等の指導に力を入れ、実績多数。サービスマインド、ホスピタリティマインド、ビジネスマナーなどを中心とした研修、講演に定評がある。地方自治体、大企業での社員研修の経験も多数。】

「皆さん、こんにちは」

こんにちは、という声が、人の塊の中からまばらに返ってくる。

「少し声が小さいですね。緊張されていますか？　もう一度いきましょう。皆さん、こんにちは」

こんにちは。返ってくる声が、少し大きくなる。

「緊張すると体の筋肉が固まってしまいますが、滑舌よくハッキリ話すことは、顔の筋肉を動かすことにもなるので、緊張の緩和に繋《つな》がるんですよ。面接のときに挨拶をきちんとしたほうがいいというのは、もちろん面接官に活発な印象を与えるという意味もありますが、自分自身の緊張を和らげる効果もあるのです。ぜひ覚えておいてくださいね」

最前列に座っている女の子が、せっせとメモを取っている姿が見える。『筋肉が緊張、ハッキリ話す→緩和』、書き留めていたとして、おそらくそれくらいのことだろう。私は、そんなことをメモする前に前髪を留めているピンを外したほうがいいのに、と思う。就活生の女の子はよく前髪をピンで留めているけれど、社会人でそんなことをしている人はいない。

——でも、今の社会人にそういう人がいないからというだけで、本当にダメなのだろうか。

「本日は『十秒で伝える、あなたの魅力』ということで、皆さまに集まっていただいています。では、ここで一つ質問です。今、私がここに登場してもう十秒以上が経《た》ちました。皆さんの目に私はどう映っているでしょうか？　そして、いま、皆さんが抱いている私の印象は、これから十分後に全く違う風に覆《くつがえ》っていると思いますか？」

何人かの学生が、ハッとしたような表情をしている。すでについている印象が大きく変わることは、おそらくない——そう思っている自分に気付いたのだろう。

「今、いかにはじめの十秒間の印象が大切か、感じられたと思います。今回は、その十秒間でどう面接官の心を摑《つか》むのか、その技を皆さんに伝授したいと思います」

何人かが、ぐっと、背もたれに預けていた上半身を起こしたのがわかった。後ろの方で私を見定めるようにニヤニヤしていた男子二人組も、右側の方の顔つきが少し変わった。おそらくあの二人は、マナー講師のマナー講座とやらを笑ってやろう、という心意気でここに来ている。

私は唇に染《し》みついているような言葉を垂れ流しながら思う。

本当に大切なのは、はじめの十秒間なんかではない。一番大切なのは、「大切なのははじめの十秒間です」というふうに、何でもいいからとにかく言い切るということだ。

この情報過多の社会の中で、就活生ほどほんの少しの情報に揺さぶられる人たちはいないだろう。あそこは離職率をごまかしているから実はブラック企業らしい、面接の最後に「お疲れ様でした」と言われたらその面接は落ちている可能性が高い、エントリーシートを締切直前に出すとやる気がないと思われ内容を読まれもしないらしい、やけに優しい面接官ほど評価が厳しいから気を付けたほうがいい——本当か嘘《うそ》かもわからない情報の渦の中にいると、人間は、とにかく何でもいいから「○○は××だ」とはっきり言い切ってくれる人に惹《ひ》かれる。それは、就活生も面接官も同じだ。たとえば私が「はじめについた印象は表情一つで必ず覆せる」と言えば、さっきハッとした表情をしていた何人かは、同じように目を見開くだろう。内容はそこまで関係ない。とにかく言い切ることが大切なのだ。

「まず一つは、『相手の目を見る』。これは重要です。そんなの当然だ、と思っている人もいるかもしれませんが、意外とできていない人が多いんです。それに、この動作には、皆さんが思っている以上の効果があります」

　ここにいる大学生のほとんどは、十年後、私より高い給料をもらっているんだろうな——そんなことを考えながらも、私の講師としての表情は一切揺るがない。

　転職した会社は、私たち講師を企業やイベント運営者へ営業してくれる代わりに、講演料から一定の割合でお金を抜いている。とはいえ給料制なので、たとえ講演依頼がゼロだったとしても収入はあるのだが、固定給の額だけではもちろん生活は心もとない。

「規程の数以上の講演とか研修に呼ばれれば、ボーナスって形で追加でもらえるから。それ合わせたら、今いる会社より全然多いし、正美は絶対人気出るから大丈夫だよ。いっぱい営業かけてもらえるよう私から上に言っておくし、何より個人で働く人がどんどん強くなる時代だから。大企業の中にずっといると、時代に置いていかれるよ」

私を誘ってくれた先輩は、そう言って私の背中を押してくれた。転職してすぐのころは、経験を積むという意味も込めて、様々な場所に講師として出向いた。そのうち、個人の名前が知れ渡っていく実感も湧《わ》いてきた。たまに就活雑誌などに取り上げてもらう機会もあり、そんなときは発売日と雑誌のタイトルを親に教えた。

親が考えた「正美」という名前は、講師の名前としてこれ以上ないくらいぴったりだった。親は、私の活躍を喜んだ。私も嬉しかった。

「話している相手と目を合わせようとするということは、目の高さが同じ位置になる、ということです。つまり、そうすることで自然にあなたの背中はまっすぐ伸びるんですね。また、ぼんやりとした目で相手を見つめるわけにはいきません。表情には自然と覇気が漲《みなぎ》ります。つまり、目を合わせる、ということを意識するだけで、いもづる式に姿勢、表情までも模範的なものになる、ということです」

だが、そんな状態は長くは続かなかった。私から数か月遅れて入ってきた女性講師の人気が爆発したのだ。

元ヤン講師。東郷晴香《とうごうはるか》という新人講師は、自らのことをそう名乗った。

「続いて皆さんに伝えたい二つ目のポイントは、『話すときは、一文を短く』。これも実はとても大切です。友達同士で話しているときはだらだらと長話も楽しいですよね。

ですが面接は、あなたのことを、あなたの思いを伝える場です。伝えたいことから順番に、短い文章で伝えることを心がけてください。たとえば――」

　今日のこの講座も、もともとは、東郷晴香が指名されていたらしい。スケジュールの都合で私が代打を務めることになったのだが、私の名前でも、予約はすぐにいっぱいになったと聞いている。その事実は、私を慰めたようで、同時に落胆もさせた。

　とにかく皆、誰かに何かを言い切ってほしいのだ。こうすることが正しいのですと、誰かに判を押してほしいのだ。そしてきっと、その誰かとは、東郷晴香でも私でも、誰でもいいのだ。

「――いま、いくつかの文章を言い換えてみました。全《すべ》て、後者のほうが頭にすっと入ってきたと思います。皆さんも、面接中、長いあいだ話しているうちに文章がねじれてくることがあるかと思います。そのときは思い切って、言いたいことを言い終えていなくても、一度、文章を結んでしまいましょう。そうすることによって、話し手も聞き手も、いったん頭の中を整理することができます」

　熱心に頷いている学生に向かって私は、笑顔と、澱《よど》みのない語尾を振りまく。何百という目が、その中に正しさの光を宿して私のことを照らしている。

　ずっと、そうだった。中学校で吹奏楽部の部長をしたときも、高校で生徒会長をしたときも、家でずっと栄子よりも正しくいようとしていたときも。

正しいと言われていることをし続けるのは、実はとても楽だ。面接官と目を合わせろとか、姿勢をよくしろとか表情を明るくしろとか一文を短くとか、そんなことが正しいなんて、すでに全員が知っている。それらを、差し出し方を変えてもう一度提示するのが、私たち講師の仕事だ。世間において正しいと言われていることの差し出し方を変えているだけなのだから、攻撃のされようがない。

「相手の目を見ること、話すときは一文を短くすること。この二つを実践するだけでもあなたの印象はかなり違います。そんなのもうできてるよ、と思う方も多いかと思いますが、意識的にしているかどうか、というところで表れる変化の違いは意外と侮《あなど》れませんよ。そして三つめ、今から私が申しあげることを加えることによって、さらに良い印象を与えることができます――」

ステージの上からは、名前の知らない企業のブースがいくつも見渡せる。そのうちのひとつ、鮮やかに彩《いろど》られているブースの中で、あの男性社員がニコニコと愛想よく微笑《ほほえ》んでいるのが見えた。

子どものころ、妹の栄子は問題児だった。

まず、勉強が苦手だった。小学生のころは、授業中、自分の席で長時間落ち着いていることができず、声のボリュームを落とすことなく友達と話したり、立ち上がって勝手に席を移動してしまうこともあった。学年が違ったのでその全てを目撃したわけではないが、栄子の奔放な振る舞いは姉である私の耳にもよく入ってきていた。授業態度がそんなものなので、当然テストの点数も悪く、私は先生たちからも「問題児の姉」として認識されるようになった。

そんな栄子の生活態度は、歳《とし》を重ねるごとに、改善されるどころかどんどん悪くなっていった。学年としては三つ離れているので中学校に同時期に在学することはなかったのだが、中学に進学した栄子の素行がますます悪くなっているのは傍目《はため》に見ていても明らかだった。栄子は、学校がつまらない、つまらないと、毎日のようにぼやいていた。そりゃそうだろう、と私は思っていたが、口には出さなかった。学校なんて、授業を受けている時間が大半なのに、その授業の内容がわからないんじゃ、学校にいるほとんどの時間がつまらなくなるに決まっている。それなのに、その状況を改善しようとしない栄子が、私はずっと不思議だった。授業がわかるようになれば学校生活なんてラクなのに、どうして栄子はそうしないんだろう。私には、栄子は自分からわざと学校が退屈になるように仕向けているとしか思えなかった。

エンターキーを押すと、私は一度、メガネを外す。

一人暮らしの部屋の中では、パソコンのキーボードの音がよく響く。一度椅子から立ち上がると、カーテンを開いて、窓を少しだけ開けた。八月はもう終わるけれど、クーラーはまだまだやめられない。だけど時々こうして窓を開けて換気をしないと、気が滅入《めい》ってしまう。

県内とはいえ市街地に借りているマンションの周りの景色は、実家の周りのそれとは全く違う。この町には、私や妹のことを知っている人なんて、全くと言っていいほどいない。

中学に進学した栄子は、学校以外の場所に楽しみを見出《みいだ》すようになった。学校に行くと言って家を出たのに、学校から「無断欠席が続いている」と電話が来ることもしばしばだった。毎日どこで何をしているのかよくわからず、夜遅くに両親がどこかへ栄子を迎えに行かなくてはならないこともあった。私は二階で勉強をしながら、栄子と両親が大きな声で喧嘩《けんか》をしている音を聴いていた。

栄子はよく、「むしゃくしゃしてたから」と言った。

万引きをしたのは、むしゃくしゃしてたから。何日も家に帰ってこなかったのは、むしゃくしゃしてたから。学校の備品を壊したのも、親に暴言を吐くのも、全て、むしゃくしゃしてたから。

むしゃくしゃしてたから。

栄子に悪い友達が増えると、私は学校でボランティア活動を始めた。栄子が学校に行かないで遊び回るようになると、私は高校の生徒会長に立候補した。栄子がどこかで補導されるようなことがあれば、私は地元の国立大学の模試でA判定をとった。私は、長女である自分だけでもいい娘でいなければ、と思っていた。自分だけでも両親に寄り添ってあげなければ、両親の期待に応《こた》えることで両親の気持ちを理解してあげなければ、そう思っていた。

小さな町の中で、優等生の私と、劣等生の栄子という姉妹の存在は、ちょっとした名物となっていた。

栄子は夜な夜な、私が口にしたこともないような言葉を両親にぶつけていた。それは玄関先で行われることもあったため、そんなときは会話のやりとりがご近所に筒抜けだった。母は、私に見せたことのない視線で栄子を見つめ、父も、私には絶対に向けない感情で栄子を叱《しか》っていた。

私が生徒会長になったときや、模試でA判定を取ったとき、両親はいつも笑顔だった。私は、笑顔の両親しか見たことがなかった。栄子の前での両親は、たとえそれが辛《つら》く苦しいものであったとしても、私の知らない表情をいくつも見せていた。

窓を閉め、デスクチェアに腰を下ろす。発泡酒の一本でも飲もうかと思ったが、夜中にトイレに起きてしまいそうなのでやめておく。今日中にまとめておくべき企業研修用のレジュメは、まだ半分以上残っている。

私が地元の国立大学に現役合格したころ、栄子は偏差値でいうと地元でも最低レベルの高校に進学が決まった。そのときも、両親は私に対しては笑顔を見せたし、栄子に対しては私が引き出したことのない表情を向けていた。

高校に進学した栄子は、遊ぶことに飽きたのか、自分以上に遊びたがるクラスメイトたちについていけなくなったのか、徐々に素行が大人しくなっていった。そして、その高校のレベルならば授業の内容も理解することができたのか、やっと、勉強にも手を出すようになっていった。

結局栄子は、学内で推薦枠をもらえたこともあり、東京の短大に合格した。

私が合格したのは、実家から通える、つまり金銭的にも迷惑をかけない国立大学だった。ご近所の誰もが知る大学なので、合格した当時は「正美ちゃんは本当に優秀やねえ」とたくさん声をかけられた。栄子が合格したのは、名前を書けば入れると言われているような、東京の私立の女子短大だった。上京して一人暮らしをしなければならないため、両親の経済的負担は私よりずっと重い。その上、大学の偏差値だって私の通う大学よりも十以上低かった。

だけど、両親は、今まで私がどんなことをしたって引き出せないような笑顔で、妹の短大合格を喜んでいた。きっと、私が国立大学に現役合格したときよりも、喜んでいた。

私は、両親の表情が喜怒哀楽の四種類あるとして、「喜」と「楽」の枠組みにある表情を生み出すのは自分の役割だと思っていた。栄子がこれまで生み出してきた両親の表情は「怒」と「哀」ばかりで、姉妹二人そろってやっと、両親の喜怒哀楽の全てを引き出しているのだと思っていた。

上京した栄子は、一人暮らしの学生専用アパートからよく実家に電話をかけてきた。母も、女の一人暮らしなんだから本当に戸締りをしっかりしなさいとか、いろいろ送るから外食じゃなくてできるだけ自炊をしなさいとか、そういうことを電話越しによく言って聞かせていた。それらは、母が戸締りをする実家で眠り、母の手料理を毎日食べている私の耳がとらえたことのない言葉ばかりだった。

母は、栄子に対しては、日常の愚痴めいたことも電話越しに話していたようだった。

それを知ったのは、最近のことだ。

栄子がたまに帰省すると、両親はとても喜んだ。物理的に離れたことで心情に変化が生まれたのか、栄子は帰省のたびに東京から持ち帰るお土産は何がいいかと両親に尋ねているようだった。「なんか前テレビで見たんよ、バウムクーヘンやけどなんか形も違《ちご》うて、毎日ぎょうさん人が並んどるとこ。あれ一回食べてみたいわあ」私も、大学からの帰り道、たまに買い物を頼まれることはあったけれど、ネギとか卵とか牛乳とか、そういうものばかりだった。母が、テレビで見たバウムクーヘンを食べてみたいと思っていることなんて、私は知らなかった。

パワーポイントの文字入力スペース、その行の冒頭に中点《なかてん》を打ち込んでいく。とある企業の一年目研修用のレジュメは、あと、四分の一ほどで終わりそうだ。

1．クオリティの高い仕事をするために

・PDCAサイクルで仕事をすすめ、定期的にチェックする

・業務の優先順位を明確にする（自分しかできない仕事、他の人でもできる仕事等）

・複数の業務が重なった場合は、「緊急度」と「重要度」で考える

【実践】自分の仕事を洗い出し、「緊急度」と「重要度」で整理してみよう

2. 仕事に取り組む姿勢を振り返る
・入社から数か月経ち、環境に慣れてきた段階で陥りがちないくつかの罠《わな》
・トラブルを、成長できる「チャンス」と捉《とら》えるか、できなかったときの「言い訳」にするか
・仕事により得られるもの、失うものを常に思考する
・父は日本酒にハマっている、酒といってもワインなどは飲まない
・母は意外にも、海外ドラマが好き。妹が動画配信サービスへの入会を勧めていた

タン、と音が鳴る。

バックスペースキーを押し潰《つぶ》した中指が、じんと痛い。あっという間に、二行分の文章が消えていった。

パソコンの画面にずらりと並ぶ、圧倒的に正しい諸々《もろもろ》。その文字をぼんやり見つめているうち、なぜだかそこには、私の表情が浮かび上がってくるような気がした。

講座や研修のレジュメを作成していると、なぜだか、これまでの人生を振り返ってしまう。それはきっと、正しいことしか書かれていないレジュメが、私の人生に似て

いるからだ。

　もしかしたら、栄子のほうが、私よりも、両親のたくさんの表情を知っているのかもしれない。そのことにぼんやり気づきかけたとき、私はもう、私自身のことで両親を怒らせたり哀しませたりするほど子どもではなかった。

　今の栄子には、両親の「喜」「怒」「哀」「楽」の全てを引き出した経験がある。私には、そのうちのふたつしかない。

　私の知らない、両親のいろいろなこと。

　両親にあんなにも迷惑をかけていたのに、今は栄子のほうが、母や父の心の中身を理解している気がする。学生のころから、妹みたいに間違わないように、両親を悲しませないように、子どもとして正しくあるために頑張ってきた私は、子どもを育てるという役割を脱いだ、ひとりの人間としての両親が一体何を欲しているのか、正直、よくわからない。

　少しだけ開けていた窓を閉める。網戸があるとはいえ、長い時間開けたままにしていると、光に吸い寄せられるようにして小さな虫が入ってきてしまう。

　明日の企業研修も、もともとは東郷晴香に依頼が来ていたものだった。今、一番人気の東郷には別の依頼も殺到していたため、私に割り振られたのだ。

異色の元ヤン講師、ブレイク直前！　東郷晴香、これまでの人生を語る。『たくさん人に迷惑をかけてきた、あのひたすらむしゃくしゃしていた時間があったからこそ、伝えられることがある』――事務所の打ち合わせスペースに置き忘れてあった雑誌には、そんなタイトルの東郷の特集ページがあった。講師としては派手なデザインのスーツに身を包んだ東郷と、高校時代にレディースに所属していたときの写真が並べて掲載されていた。

こんなとき、煙草《たばこ》の一本でも吸えば、むしゃくしゃした気持ちを薄められるのだろうか。私は、閉めた窓に鍵《かぎ》をかける。

学校の先生も、教科書も、両親も、子どもに対して、いい子であれ、人に迷惑をかけるな、間違ったことをするなと教える。だけどその子が大人になった途端、一度くらい本気で喧嘩したほうが人と人は深く分かり合えるとか、人に迷惑をかけてきたからこそ伝えられる何かがあるだなんて言い始める。正しいだけではつまらないなんて、言い始める。

小さな虫が、白く光るパソコンの画面を横切っていく。

私は、圧倒的に正しいことばかり書き連ねられているレジュメを、はじめから見直す。これで、明日は大丈夫なはず。

「あっ」

二つの声が重なった。

「びっ……くりしました、先日はどうも」

ありがとうございました、と頭を下げる男性に、私もつられて頭を下げる。

「いえいえ、あのあと大丈夫でしたか？」

「ぎりぎり間に合いました。あなたが電話を貸してくれたおかげです」

顔をあげたシャツ姿の男性が、やわらかく微笑む。その笑顔は、あの企業合同説明会で見たものと全く同じだ。違うのは、今日はネクタイをしていないところくらいだろうか。

「……もしかして、今日、うち関連、ですか？」

男性は、たった今出てきた建物を指してそう言った。一階の入り口からは、首から社員証をぶら下げた人たちがぞろぞろと流れ出てきている。

「あ、はい、エーワン・ジャパンさんの研修に呼ばれまして」

「あ、じゃあ同じビルの違う会社だ」

はは、と男性が笑う。

「でもすごい偶然ですね。驚きました」

そうですね、と話を合わせていると、視線の先に、先ほどまで同じ研修室にいたエーワン・ジャパンの一年目の社員たちの集団が見えた。様々な部署に散らばった同期が久々に集合したのだ、ランチも全員で同じ店に行くのだろう。後ろ姿だけ見ても、心がはしゃいでいる様子が伝わってくる。まだ二十二、三歳の彼らはほとんど学生のようだが、ちゃっかり、一年目研修というものをなめている。もういっぱしの社会人のような顔をしているところが、むしろかわいらしい。

「今からランチですか？」

財布と文庫本だけを持っている男性に、私は問いかける。

「ええ。ちょうど昼飯に出たところです」

なんとなくだが、企業研修のときは、研修の参加者たちとは同じ店に入らないようにしている。一日限りの関係とはいえ、そもそも研修の講師とはなめられがちな存在なので、緊張感は大切にしなければならない。食事という、少し気を抜いている姿を見せるべきではないのだ。といってもほとんどが初めて訪問する企業、周辺の土地勘があるわけではないので、店選びがなかなか難しい。

「あの」私は思わず、人のいい笑顔の男性に話しかける。「この建物の反対側に、どこかおすすめのお店とかってありますか？」「反対側？」

一年目の社員たちが、どの店にしようかとうろうろしているのが見える。人数が多いので、複数の店に分かれるかもしれない。どちらにしろ、建物のこちら側にある店には入らないほうがいいだろう。

「ごめんなさい、いきなりこんなこと聞いて。ちょっと事情がありまして」

「いえ、全然そんなことは……」

そうですねえ、と、男性が一瞬思案するような表情を見せたとき、白いシャツの胸ポケットの中で、携帯電話が鳴った。

「あ、どうぞ、出てください」

私がそう促す前に、男性はポケットから携帯を取り出す。そして、

「大丈夫です」

と、何の表情の変化もなく、その電話を裏返した。

「……いいんですか？」

「ええ」

男性はそのまま、携帯の音量を小さくしていく。電話が切れたというよりも、手で

口を押さえこまれたみたいにして、呼び出し音が聞こえなくなった。

「お店、案内しますよ」

「え？」

一緒に食事をする、ということだろうか。私はなんとなく遠慮しそうになったけれど、それよりも男性の行動のほうが早かった。

「少しわかりにくいところにあるんです」

行きましょう、と、男性は一人で歩き始めてしまう。その手に握られている文庫本の栞《しおり》ひもが、ひらりと風に翻《ひるがえ》った。


グリーンカレーのオムライス、鶏肉のフォー、パクチーのサラダに杏仁豆腐《あんにんどうふ》。九百八十円のわりに、この店のランチプレートはなかなかのボリュームだ。

「最近できた店なんですけど、女性客が多いのでなかなか男ひとりでは行きにくくて。ちょうどよかったです」

男性は改めて、田名部、と名乗った。そういえば、前の企業合同説明会でも、同行していた若い女性社員にタナベさんと呼ばれていたような気がする。

内装のすっきりしたエスニック料理屋は、確かに女性客で混み合っていた。「このへんだとこういう店も少ないですしね」田名部さんの言うとおり、都会ならまだしも、このあたりに女性がランチを楽しめるような店は少ない。オフィスが立ち並ぶようなところにある店は大体、男性向けのボリューム重視の定食屋ばかりだ。

「このグリーンカレーのオムライスがうまいって評判で。一度食べてみたかったんです」

田名部さんは、パクチーのサラダをさり気なく遠ざけながら、銀のスプーンを手に取った。この店を選んだものの、パクチーは苦手なのかもしれない。

「そうなんですか。確かにおいしそう」

私も、パクチーのサラダを端に避けると、スプーンを手に取った。グリーンカレーのルーには茄子《なす》や筍《たけのこ》が入っており、匂《にお》いだけでもかなり食欲がそそられる。

「就活生だけじゃなく、企業の研修も受け持たれるんですね」

社会人同士になると、どうしても、会話の糸口は仕事か家庭に関することになってしまう。私は田名部さんの左手の薬指に光る指輪を目視しながら「ええ」と頷《うなず》いた。

「前みたいな就活セミナー的なものを除くと、多いのはやはり企業研修ですね。私は年次の若い方々への研修を任されることが多いです」

一口食べてみたグリーンカレーのオムライスは、店内の混雑具合を裏付けるには十分な味だった。ココナツの甘さが自然で、かなり日本人向けに味付けが調整されている。

「おいしいですね」

思っていたことを先に言われ、私は頷く。「はい、とても」

「うちにも前、若手社員の研修のために講師の方が来てましたよ。ちょっとそういう講師にしては珍しい雰囲気の」

名前なんだったかな、と呟《つぶや》きつつ、田名部さんが紙ナプキンで口を拭《ふ》く。

「名前は忘れちゃいましたけど、元ヤンとかで割と有名らしい人でした」

東郷晴香だ。

私は咀嚼《そしゃく》していた筍を飲み込むと、「へえ、元ヤン。それは確かに珍しいかも」と、何も知らないふうに続けた。

「昔は悪かったけど今は学校の先生です、みたいなの、ちょっと前に流行《はや》りましたよね。弁護士とかにもいましたっけ」

鶏肉のフォーも、ほんのりと塩気が効いていてとてもおいしい。あとからまぶされている小さなガーリックチップスが、いいアクセントになっている。

「ありましたね。懐《なつ》かしいな」

私はちらりと腕時計を見る。十二時半から昼休み、一時半から午後の研修が始まるので、一時二十分には研修室に戻っていたほうがいいだろう。ガーリックの風味を感じながら、口臭予防のタブレットも忘れないように、と自分に言い聞かせる。

「ああいうの、不思議ですよね」

ふと、田名部さんが呟いた。

「昔遊んでた人のほうが、人生分かったような気になってるのって」

ここ最近感じていたことが他人の口からこぼれ出ると、人間はあいまいな反応をしてしまうものらしい。「確かに、そうですよね」私は、共感に身を任せて余計なことまで言ってしまわないよう、気持ちを抑え込んだ。

たくさん人に迷惑をかけてきた、あのひたすらむしゃくしゃしていた時間があったからこそ、伝えられることがある——東郷晴香のハッキリとした顔立ちのそばにあった文字たちが、頭の中でバウンドする。

「——私も、最近」

口を開いたとき、視界の隅で何かが光った。

電話だ。

「……出たほうがいいんじゃないですか？」

テーブルの端、文庫本の上で仰向《あおむ》けになっている携帯が震えながら光っている。呼び出し音は消されているが、さっきの着信からたった数分しか経っていないことから、小さな体で必死に叫んでいる子どものようにも見える。

「そうですね」

田名部さんが携帯に手を伸ばしたそのとき、テーブルが大きく動いた。

「わっ、すみません！」

隣のテーブルから立ち上がり、伝票を持ってレジへ向かおうとしていた女性客が、私たちのテーブルの脚に自分の足を引っかけたのだ。田名部さんの携帯、文庫本、そして銀スプーンや水の入っていたグラスが床に落ちる。

「あー、すみません、すみません！」

女性客が騒いでいると、店員さんがすぐに駆け寄ってきてくれた。田名部さんは、スーツのズボンが水に濡《ぬ》れてしまったらしい。「あー、水でよかった」と笑いながら、おしぼりで自分の体を拭いている。自分にできることはそんなにないということを悟ったのか、伝票を持った女性客は申し訳なさそうにそろそろとレジへと向かった。

私は、床に落ちたものたちを拾う。カバーがかけられた文庫本、プラスチック製のため割れなかったグラス、さっきまで着信があった携帯電話。

私は、光る画面に視線を落とす。

着信はもう、途絶えている。だが、拾ったときに電話のアイコンに指が触れてしまったのか、画面には着信履歴がずらりと表示されている。

返さなければ。

もちろん、そう思った。だけど、私はどうしても、その画面からすぐに目を離すことができなかった。

返さなければ。

「すみません、拾ってもらっちゃって」

頭上から、田名部さんの声が降ってきた。私は慌《あわ》てて携帯のホームボタンを押し、画面を待ち受けの状態に戻す。

「娘さんですか？」

待ち受け画像、と、携帯を返しながら私は尋ねる。あくまで、携帯を拾った際に見たものは待ち受け画面だと印象付けるように。

「美人さんですね。振袖《ふりそで》もよく似合ってて」

「ああ、ありがとうございます」

待ち受け画面には、成人式か何かだろう、振袖を着た若い女の子と、スーツを着た田名部さん、そして綺麗《きれい》に化粧をしている女の人が映っていた。

みんな、笑顔だった。

「瑞月《みずき》、といいます」

田名部さんが、携帯を確認しながら呟く。テーブルから落ちたことによる破損などはなさそうだ。

「もう、何年か前の写真ですけどね。成人式のときですから。今、留学してるんですよ」

「へえ、それはすごいですね」

「別にすごくはないですよ。大学のカリキュラムなので」

お互いに笑ってみるけれど、なぜだか空気は弾まない。さっきまであんなにもおいしかったフォーも冷めてしまったようで、ちょうどよかった塩気が今では少し強すぎる。

午後も研修がある。満腹になりすぎるのはよくない。私はれんげをフォーの器の外に置くと、自然に、こう言っていた。

「奥様、おきれいですね」

普通の会話に聞こえるように、続ける。

「娘さんと姉妹みたいでした、さっきの写真」

「他の家庭と比べて、少し若いだけですよ」

田名部さんも、れんげを置く。

「うちは学生結婚だったので。娘は、私と妻が二十一のときの子なんです」

「それはお若いですね」

ということは、田名部さんは今、四十二、三くらいだろうか。私は目の前に座っている男を、改めて見つめる。

夏の日焼けがまだ残っている顔は、今でも十分、逞《たくま》しい。

それこそ結婚したという二十一くらいのときは、今よりもずっと格好良かったのだろう。浅黒い肌と少し出た額、目と眉《まゆ》の距離が近いところも、見る者に男らしい印象を与えている。定期的に体を動かしているのか、代謝が落ちていないのか、お腹《なか》も出ていない。先程ちらっと見ただけだが、奥さんも決して四十代には見えなかった。学生のころ、こんな二人が隣同士並んでいたら、注目を集めたはずだ。

「素敵なご家族、羨《うらや》ましいです。私は独身なので」

聞かれる前から独身だと言ってしまうようになったのは、いつごろからだろう。寝るときもブラジャーを着けることを意識し始めたころからだろうか。

「あなたもきっと、すぐですよ」

田名部さんが微笑む。ドラマだったら、ここで、薬指の指輪がきらりと光るはずだ。

田名部さんの奥さんは、きっと、今年三十五になった私よりも、外見が若い。だけど私はなんとなく、自分が四十二、三になったころには、それ相応の外見の老いをきちんと受け止められるような人になっていたいと思った。

プレートの上に残っているのは、杏仁豆腐と、はじめに手をつけなかったパクチーのサラダ。私はお箸《はし》を手に取ると、サラダが入っている器を持ち上げた。

「あ」

田名部さんが、少し明るい声を漏らした。

「お好きだったんですね、パクチー」

よかった、と、ほっとした表情で胸をなでおろしている。

「はじめに召し上がらなかったんで、てっきりお嫌いなのかと。好き嫌いも聞かずにこういうジャンルのお店に連れてきてしまって、ちょっと責任感じてたんです」

田名部さんはそう言うと、私と同じように、サラダの入った器と箸を手に取った。

「え、私も田名部さんパクチー嫌いなのかなって思ってました。なのにエスニック系行くんだって」

まるで鏡に映ったみたいに同じポーズをしている田名部さんが、言った。

「僕、好きなものは最後に取っておく主義なんです」

「私もです」

くすくす笑い合いながら、私たちはパクチーのサラダを咀嚼する。「苦手な人多いですけど、不思議ですよねえ」「本当に。このくせになる感じがいいのに」独特な香りが鼻を抜けていくたび、私は、さっき見てしまった着信履歴の画面の記憶が薄まっていくような気がしていた。

「パクチーのサラダが一番おいしかったかもしれないですね」

「それってどうなんでしょうね……」

最後に残った杏仁豆腐を、もうあとほんの少しで食べ終えるというときだった。

また、光った。

テーブルの端の文庫本の上の、携帯だ。

あ、と思ったが、私はもう、その携帯の画面を見なかった。

携帯の振動に合わせて、ページの間から垂れているひも状の栞が、かすかに揺れている。

田名部さんは、細かく震える小さな生きもののようなそれを、静かな目でじっと見つめている。私も、なぜか、咀嚼する口の動きを止めてしまった。

「驚きましたよね、着信履歴」

小さな生きものが動かなくなると、田名部さんが呟いた。

「会社の携帯にはかけてくるなって、そう言ってるんですけどね」

田名部さんは、テーブルから落ちた携帯を拾う私を、私の頭上から見ていた。私があの画面を見てしまったことにも、当然、気づいていた。

家。たった一つの文字が、着信履歴にはずらりと並んでいた。十分おき、二十分おき、とにかく履歴がすべて埋まってしまうほど頻繁に、おそらく家にいる奥さんから、電話がかかってきているようだった。

「妻は、少し弱いんです」

田名部さんが、伝票を手に取って立ち上がる。

「心が」

行きましょうか、と、田名部さんがレジへ向かって歩き出す。もちろん自分の分は自分で払うつもりだったのに、その手に握りしめた伝票を、田名部さんは見せてもくれなかった。

テーブルの端に、文庫本が置き忘れられている。

この人は、良い人だ。私は、最後まであと十ページほどの部分に挟み込まれている栞ひもを見て、そう思った。

この昼休みの間に読み終えてしまおうと思っていただろう物語の結末を捨ててまで、私をこの店に連れてきてくれるような人。

私は、レジに向かう田名部さんの背中を見つめる。

良い人、というよりも、きっと、誰にとっても良い人でいなければならなかった人だ。


「キャンセル？」

不機嫌さを含んだ声は、部屋の壁にぶつかって、そのまま自分に跳ね返ってきた。

「キャンセルって……明日のセミナーをですか？　そうだったら、あまりにも連絡が急すぎませんか？　私、いろいろ準備してたんですけど」

【そうだよね、それは本当に申し訳ないと思ってる】

電話の向こうからは、スケジュールの管理をしてくれているチーフマネージャーの声が聞こえてくる。

【先方には、指名通り講師を用意できないこともあるっていうことは前もって伝えてあったんだけどさ……ちょっと状況が変わっちゃって】

ほんとに申し訳ない、と、電話越しに頭を下げんばかりのマネージャーだが、その声のさらに向こうからはパソコンのキーボードを叩《たた》く音が聞こえてくる。この話をさっさと終わらせて業務に戻りたいと思っていることが丸わかりだ。

「でも、今さら東郷さんだってスケジュール空けられないですよね？　私がキャンセルになったところでどうするんですか」

【それが、依頼してきた大学の職員と東郷が昔からの知り合いだったみたいなんだよね。元ヤンの更生組同士っていうの？】

明日の仕事はもともと、県内のとある私立大学の就活準備用セミナーとして、東郷晴香に講師の依頼が来ていたものだった。きちんと就活をバックアップする大学だという印象を与えるためにも、早いうちから一年生や二年生に向けて就活準備用と謳《うた》ったセミナーを開催している大学は多い。

【その人、俺の知らないところで東郷と直接連絡取り合ってて……東郷も、まあ昔からの知り合いだからってことで、先に決まってたクライアントに時間ずらしてもらえないかーって掛け合って、スケジュール調整しちゃったみたいなんだわ】

「そんな……」

　私は頭の中で、九月以降どれだけの講演を受け持ってきたか計算する。東郷の登場により、確実に個人指名での依頼は減ってきていた。今回の東郷キャンセル分を、あてにしていた部分がないとはいえない。

「でも、いきなりそんなこと言われても困ります」

　私は、座っていたデスクチェアの背もたれに体を預けた。最後の見直しを進めていたパワーポイントの中で、カーソルが点滅している。

「東郷さんだって、いくら人気がある人だからってそんなイレギュラーなこと許していいんですか？　ここで許してたら、これからもこういうことが」

【あのね、桑原さん】

　電話の向こう側から、キーボードを叩く音が消えた。

【先方さんには東郷さんの代打としてあなたの名前を伝えてたんだけど、そしたら、桑原正美ってもしかしてあの夏の説明会でセミナーをやってた人ですかって言われたんだよ】

　チーフマネージャーの姿は、もちろん目には見えない。だけど、オフィスにある見慣れた椅子《いす》の上で足を組んだのが、なぜだかはっきりとわかった。

【先方さん、就活課の職員として、夏にあった合同説明会にも顔を出してたんだって。ほら、産休入った田所《たどころ》さんの代わりに、桑原さんに行ってもらったやつ。先方さん、あのときあなたの講座を聞いてたらしいよ。それでさ】

この続きの言葉を聞くべきではない。自分の体が本能的にそう訴えているのはわかったが、電話を切ることはできない。

【いまいち印象に残らなかったらしいんだよね。なんか、まじめな生徒会長にひたすらずっと「校則は守りましょう!」って言われてるみたいだったってさ。学生のころ、ああいう先生にいろいろ言われるのが嫌だったなーって感覚を思い出しましたって笑ってたよ。やっぱうちの生徒には国立大卒のエリートより東郷さんみたいな下剋上《げこくじょう》系の人のほうが合うと思うんですよねって】

「下剋上?」

絞り出したその言葉は、相手の電話口に辿《たど》り着く前に息絶えたかもしれない。それくらい、小さな声だった。

東郷晴香が下剋上? マネージャーの声がただの音として、私の耳のうずまき管の中をぐるぐる転がっていく。

違う。あんなの下剋上なんかではない。ただ、昔ちょっと悪かったってだけだ。今は私と同じ仕事をしているのに、かつて間違いを犯した数が多い東郷晴香のほうが深い話ができるなんて、そんなことあるはずがない。東郷晴香は今になってやっと、私と同じラインに並んだだけだ。もともと彼女の先を歩いていた私のほうが優れているに決まっている。

【そういうことだから、明日は休んでもらって大丈夫。ほんっとうに申し訳ない。また何かあったら連絡す】

失礼します、と自分が言ったかどうかもわからなかったが、気づいたら電話は切れていた。事切れた直後、まだ生暖かい死体のような携帯電話を、私はそっとデスクの上に置く。

――まじめな生徒会長にひたすらずっと「校則は守りましょう！」って言われてるみたいだったってさ。

私は窓を開けようとして、手を止めた。

――東郷さんみたいな下剋上系の人のほうが合うと思うんですよねって。

雨音が聞こえる。

雨が降っているらしい。

ぼんやりとそう思ったとき、栄子、という文字が携帯の画面に光った。

私は、携帯電話を手に取る。さっきよりも、重い。

【あ、やっほー、ちょっとだけ久しぶりー】

さっきのマネージャーとの電話の余韻が残っているからか、掌《てのひら》に収まる機械はまだ少しだけ熱かった。

【お姉ちゃんさ、お母さんに何あげる？】

「え？　何？」

私は、右耳にあてている携帯を両手で持った。そうでもしないと、重くて重くて、妹の声を生む塊を落としてしまいそうだった。

【何って……明日お母さんの誕生日じゃん】

誕生日。お母さんの。

雨音の隙間《すきま》から、栄子の声が聞こえてくる。

【いまアマゾン見ながら電話してんだけどさー、もしかして同じようなもの選んでたらまずいなーと思って。お姉ちゃん何あげる？　もう決めた？】

やっぱこれかなー、と、栄子が私の返事も待たずに話し続ける。

【お母さん、最近急に油絵やるとか言い始めたでしょ？　だから、初心者用の画材セットとか買ってあげようかなって思ってて。まあ趣味見つけるのはいいことだけど、

絵のセンスとか絶対ないよねあの人】

「知らない」

【え?】

雨音が聞こえる。

雨が降っているらしい。

「知らない、そんなの」

誕生日も、お母さんが海外ドラマの次にハマっているものも、私は何も知らない。親としてではなく、ひとりの人間としてあの人たちにぶつかったことがない私は、誕生日に何が欲しいかなんてわからないし、何も知らない。

重い塊が、掌から離れる。

誰かと話したい。私は唐突にそう思った。だって、いろんなセミナーで、講師の私はいっつも言っているのだ。ストレスを感じたときは、友人や家族、誰とでもいいので話をすることが大切です。問題が解決しなくたって、ストレスが軽減されることはあります——講師の私は、いつもそう言っているのだ。

だけど、ストレスに押し潰されそうになったとき、私は、一体誰に電話をかけていいのかもわからない。生徒会、ボランティア活動、正しいことばかりを共にしてきた友人は、正しい姿しか見せたことがないから、こういうときに寄りかかることができない。

雨音が聞こえる。

雨が降っているらしい。

気が付いたら、携帯はまたデスクの上に置かれ、パソコンの画面はスリープ機能になっていた。

栄子から、何度か電話がかけ直されている。ごめん、と思いながら携帯の画面を眺めていると、アドレス帳に登録されていない番号からの着信があることに気が付いた。着信した時間から考えると、チーフマネージャーと話していたときにちょうど、かかってきていたらしい。

十一桁《けた》の数字の羅列。登録はされていないけれど、不思議と、見覚えがあるような気がする。

仕事関係者かもしれない。そうだったら、かけ直しておくべきだろう。私は、いつもの数倍も重く感じられる携帯を持ち上げると、その番号に電話をかけ直した。

【は、はい】

雨音が聞こえる。

電話の向こう側から、聞こえる。

「あ、えっと、桑原です」

【もしもし】

「……桑原正美です。少し前にお電話いただいていたようなんですが」

【あ、はい、申し――ざいません。あの、――】

電話の主は、外にいるようだ。きちんと声を聞きとることができない。

「もしもし、聞こえますか？」

この番号は、誰だろう。相手の声をなんとか聞き取ろうと努めながら、記憶を辿る。

【申し訳ござい――ん、ちょっ――たトラブ――電話がかかってしまっ――ですので、気に――ないでくだ――】

雨音が聞こえる。

雨音の隙間から、男の人の声が聞こえる。

「田名部さん？」

私の背中は、いつしか、椅子の背もたれから浮いていた。

「田名部さんですよね？　どうしたんですか？　私です、桑原です、前にランチごちそうになった」

【ああ――んですか】

電話口の向こうの声に、少し、安堵感《あんどかん》が宿ったのがわかった。

「どうされたんですか？　今外にいらっしゃるんですか？　どうして私の番号」

そこまで言って、思い出すことがあった。企業合同説明会の日、田名部さんの部下の女性社員が、私の携帯から田名部さんの社用携帯へ電話をかけている。あのとき、私の携帯の番号が、田名部さんの携帯電話に残ったのだ。

でも、どうして。私は携帯の受話音量を最大にする。

「田名部さん、聞こえますか？　どうされたんですか？」

雨音が聞こえる。

雨音の隙間から、今にも泣きだしそうな、男の人の声が聞こえる。

【妻が――】

私は、電話口をぐっと口元に引き寄せた。

「今どこにいるんですか？」

「すみません、服まで借りてしまって」

バスタオルを丁寧に折りたたむと、田名部さんはこちらに向かって頭を下げた。貸したTシャツはどうしたって小さかったけれど、この部屋に男物の服なんてものはない。

「いえ、全然」

私は、温かいお茶の入ったマグカップをダイニングテーブルに置くと、なんとなく椅子に腰かけた。「飲んでください」私がそう促すと、田名部さんは私の向かいに座った。

テーブルの上に、田名部さんの両腕が投げ出されている。私は、シャツやスーツに包まれていない田名部さんの腕を初めて見たな、と思った。

「奥さんから連絡、ありましたか？」

私の問いかけに、田名部さんはかぶりを振る。

「どっちにもまだないです。すみません、夜分遅くにこんなことに巻き込んでしまって」

田名部さんは、テーブルの上に携帯電話を二つ、並べた。ひとつは会社用、もうひとつはプライベート用、らしい。

今どこにいるんですか――電話越しに私がそう問いかけたとき、田名部さんはやっぱり、外にいた。傘がほとんど傘としての役割を果たせないような雨の中、家を飛び出してしまった奥さんを探していた。

どこにいるんですかという問いかけに、田名部さんは「わかりません」と答えた。長く住んでいる町の中で、そんなことはあるはずがないのに、田名部さんは確かに「わかりません」と答えた。とりあえず落ち着いてください、家はどこですか、家からどれくらい離れましたか。私がいくつか質問するうちに、田名部さんは落ち着きを取り戻していった。そして偶然にも、私の暮らすマンションの近くにいるらしいことがわかった。私は、そこにいてください、と伝えて、家を出た。

「いつもはすぐ戻ってくるんですけど、今日は夜中になっても戻ってこなくて」

田名部さんはそう言うと、一口、お茶を飲んだ。誰かのためにお茶を淹《い》れたのは、とても久しぶりだった。

田名部さんは傘を差していたけれど、全身びしょ濡れだった。とりあえずうちで体を拭いて、落ち着いて、奥さんからの連絡を待ちましょう——気づいたら私は田名部さんに向かってそう言っていた。やがて帰ってくるだろう誰かを待つならば家にいたほうがいいはずなのに、田名部さんも、私の誘いに静かに頷いた。

私たちは、隣同士、雨の中を並んで歩いた。九月の夜は、寒くもなく、暑くもなく、ただ町のすべてが水浸しだった。

「大変、ですね」

すみません、と、田名部さんが頷く。

田名部さんの奥さんは、田名部さんが浮気をしていると疑っているらしい。「それもいつも大体妄想とか、根拠のないカンとかなんですよ」奥さんは、田名部さんの持っている二つの携帯の着信履歴に残っている番号すべてに電話をかけ直し、家を飛び出してしまったという。

「朝まで戻ってこなかったら、警察に相談してみたほうがいいんじゃないですか」

「いや、警察はさすがに……」

田名部さんが、少し頭を下げた。拭ききられていない頭から、水滴が一粒、落ちる。もう少し広い家に引っ越したい。いつもそう思っていたはずなのに、田名部さんと二人きりならば、この狭いくらいの空間がちょうどよく感じられた。

「今日も会社から帰ったらいきなり怒り出して……俺が他の女と浮気してる、町で噂《うわさ》になってるって喚《わめ》きだして」

俺、という一人称を、女、という少し粗雑な言葉遣いを、私の耳が器用につかみ取る。

「俺だって仕事関係で女性と食事に行くことくらいはありますよ。あなたともランチ行きましたし。小さな町だし、誰かに見られることだってあるかもしれない。それをいちいち傷ついた傷ついたって」

「はい」

私は、記憶しようとする。

今まで見たことのない田名部さんの表情を、私は、すべて記憶しようとする。

正しいことばかりしてきた私には引き出すことのできない、人間の様々な表情。

「そうやって騒ぐのはいつものことなんですよ。なので特に気にせず風呂《ふろ》に入っていたら……この中に浮気相手がいるはずだって、着信履歴にある人たち全員に電話をかけてて」

頭おかしいですよね、と、田名部さんがフッと息を吐く。

「もうこんな町にはいられないって言うんですよ、あいつ。夫に浮気されてるなんて町の人たちから笑われるって。もう誰もあいつのことなんて注目してないのに。昔から美少女美少女って言われて町のみんなからちやほやされてて、それが原因でいじめられたりもしてて、かわいそうはかわいそうだったんですけど……そのままなんですよ、心が。あのときと同じように、良くも悪くも、みんなが自分のことを見てるって思ってるんですよ」

ふっと、空気の抜けるような音がする。また息を吐いたのかと思ったけれど、田名部さんはもう完全に、笑っていた。

「娘を留学先から呼び戻して、東京で一緒に暮らすとか言い出したんですよ。笑っちゃいますよね」

笑っている、という動作は同じなのに、今の表情は、これまで見たことのある田名部さんの笑顔のどれとも違っていた。企業合同説明会のとき、一回り以上も年下の部下の女性に見せていた笑顔。パクチーの匂いに包まれながらフォーを食べていたときの笑顔。早くに生まれた娘さんについて話していたときの笑顔。

この人はずっと、いい人でいなければならなかった。学生時代に地元でも有名な美人を嫁にもらって、遊び盛りのときに父となり、若いのに立派だと言われながら一人娘を育てて、誰にとっても人畜無害な、理想の夫という存在でいなければいけなかった。

「……何でこんな話桑原さんにしてるんですかね。すみません、ほんとに」

「多分」

私は、顔を上げた。

「むしゃくしゃしてるからですよ」

田名部さんと、目が合う。

田名部さんは、今、むしゃくしゃしている。

そう思った一瞬、私は自分の体のどこかに小さな火が灯《とも》ったような気がした。

「むしゃくしゃしているから、こんな、普段ならしないようなこと、してるんですよ」

小さく灯った火の直径が、少しずつ、拡《ひろ》がっていく。

「私も、今日、むしゃくしゃしていたんです」

言葉にした途端、水のように常に形を変えていた感情に、熱い輪郭線が引かれたような気がした。

「だから、こんな風に、田名部さんを家に招き入れられたんです」

私も、むしゃくしゃしていた。人に迷惑をかけてきたことを誇りにしている東郷晴香に、迷惑をかけてきたからこそ自分以外の誰かのことを理解できるし大切にもできると言いたげな栄子に、むしゃくしゃしていた。これが「むしゃくしゃ」という気持ちか、と、その気持ちを掌の上に乗せてじっくり眺めるような気持ちで、むしゃくしゃを存分に味わっていた。

「私たち、きっと、今まで上手にむしゃくしゃできなかったんですよ」

――たくさん人に迷惑をかけてきた、あのひたすらむしゃくしゃしていた時間があったからこそ、伝えられることがある。

そんなの嘘だ。嘘に決まっている。だけど、それが本当に嘘なのかどうか、今のままの私ではわからない。

私は、田名部さんと私の間にあるマグカップを端に避けた。

「今なら、私たち、ちゃんとむしゃくしゃして、ちゃんと間違ったことをできそうじゃないですか」

違う。できそう、じゃない。私は体の真ん中に力を入れる。

「今なら、できます」

私がそう言い切ったとき、田名部さんの目の奥にも、小さな光が灯ったのが見えた。言い切る。人の心を動かすためには言い切ることが大切だって、かつての私がどこかで言っていた。

正しいことしか言わない、研修のレジュメみたいな人生を送ってきた、今でもまじめな生徒会長みたいに見えてしまう私が。

「あの人は、自分が弱い者でいられる理由がほしいんですよ」

あの人、という田名部さんの言葉が、狭いマンションに冷たく響く。

「学生時代、クラスメイトから嫌がらせをされていたときもそうでした。それで心を弱めて、みんなから心配されて……毎日健康に過ごせる期間が長くあると、どこかでかわいそうな自分になれるタイミングを探していたときすらあったかもしれない」

テーブルに投げ出されていた私の掌は、いつのまにか、私のそれより一回りも大きい田名部さんの掌に包まれている。

「今だって、きっと本当は、自分が被害者になれる決定的な何かを欲しがっているんだと思います」

決定的な何かを。

田名部さんが立ち上がった。まだ少し濡れた髪の毛が、私の体より大きな体に繊維のひとつひとつを引き伸ばされているTシャツが、私に近づいてくる。

私たちは、きっと、一度でいいから、誰かを傷つけてみたかった。思いっきり。自分の拳《こぶし》から血が出るまで。

誰にとっても正しい、誰にとってもいい人な自分が、どれだけ人を傷つけられるのか、そのあとに少しでも変われるのか、きっと、試してみたかった。ずっと。

「シャワーを」

「いいよ、そんなの」

田名部さんが、私を抱きしめる。だけど、私の腕にこもった力は、私の体が受け止めた力よりも、きっと強い。

この人はきっと、一度でいいから、こんなふうに奥さん以外の誰かを好き勝手に抱いてみたかったはずだ。

そして、この人の奥さんもきっと、弱い自分が弱いままでいられるように、思いっきり自分が傷つく権利のある出来事が欲しいはずだ。

そして私も、こういうふうに正しくないことを、してみたかったはずだ。栄子や東郷晴香のように、衝動のままにしてしまった正しくないことの上に立ったときにだけ見える景色を、見てみたかったはずだ。そんな場所にだけ眠っている何かがあるならば、掘り出して、きれいに洗って、つぶさに観察して、そのうえでそうかこんなものなのかと投げ捨ててやりたかったはずだ。

目の前にいる、名前くらいしか知らない男に、唇を押し付ける。

だから大丈夫。

だから大丈夫。

だから大丈夫。

頭の中で、言い切り続ける。

むしゃくしゃしてやってても大丈夫な理由を探しているなんて、それはもう違う。栄子や東郷晴香がきちんと通ってきた、純度の高いむしゃくしゃとは、きっともう種類も質も何もかも違う。

そんなことは分かっていた。だけどもう、止まらなかった。

まだかすかに濡れている男の体に触れる。雨と汗が混ざって、誰でもない匂いがする。

男の筋肉の感触を久しぶりに味わいながら思い出していたのは、振袖を着てこちらに向かって微笑《ほほえ》んでいる、若い女の顔だった。私たちの幼いむしゃくしゃによって、本当に、心の底から傷ついてしまうであろう人の笑顔だった。

あの子の名前は何だっただろう。私はそう思いながら、目の前の男の舌を吸った。

何様

『キミの先輩たちが踏み出した、第一歩（仮）　ドゥ・バイ・ベスト（株）新入社員
松居《まつい》克弘《かつひろ》さん』

テーブルの上に無造作に置かれた紙には、指の腹で擦れば消えてしまいそうな薄さの文字で、そう書かれている。走り書きのようなその文字は、急いで書いたために形が崩れてしまったというよりも、〝絵コンテらしさ〟を演出するための小道具のように見えた。

「あ、紙入っちゃいますよね？」

訳知り顔の浩介《こうすけ》が、克弘のいるテーブルに向かって手を伸ばしてくる。浩介はそのまま、克弘の肘《ひじ》近くに置かれていた紙をさっと手に取った。入っちゃうというのは、カメラのフレームに入っちゃうという意味だったらしい。

「かしこまってる克弘とかなんかウケんな」

「うるせえ」

「つーか相変わらずでけえなあ。でもちょっと太った？」

「うるせえって」

克弘は口答えしつつも、小柄な女性カメラマンに言われたとおり、テーブルに肘をつき、窓の外を見つめ続ける。根詰めているときよりも、ふと気を抜いたときに仕事に関する悩みが晴れることが多い——そんな、らしくない発言をインタビュー中にしてしまったせいか、窓から遠いデスクでせっせと仕事をしているときには絶対にしないポーズで写真を撮《と》られることになってしまった。

「太い眉《まゆ》が凛々《りり》しくていいねえ～」

「お前さっきからうるせえっつの」

意地悪くニヤニヤしているであろう浩介の表情を確認したいが、視線は動かせない。こうして格好つけて写真を撮られているところを大学の同級生に見られるのは、想像していた何倍も恥ずかしかった。

「いいですね、そのまま外見ててください」

カメラマンはそれ以上具体的な指示を出してくれないので、なんだか、今の自分がどんな姿なのかいまいちしっくりこない。全身の筋肉が外側から順番に固まっていく感覚がする。テーブルに肘をついて窓の外を見る、なんて、これまでおそらく何十回とやったことがあるはずなのに、カメラを向けられた途端、そのやり方がわからなくなる。

　中学生・高校生向けの教材を取り扱う企業に浩介が就職したということは、少し前にフェイスブックを通じて知った。浩介は、就活が始まったころからずっと「絶対にマンガの編集者になる」と豪語していたが、克弘も知っているような出版社の試験にはことごとく落ちてしまったらしい。結局、国内企業をざっくりとカテゴリ分けすればぎりぎり「出版業界」に入るような教育系の会社から内定をもらい、今は高校三年生向けの通信教材を制作する部署に配属されたみたいだ。

「秋に出る号だからさ、一応ジャケット羽織ったバージョンも撮らせてもらってい い?」

　克弘は、浩介に言われるがままジャケットを羽織る。そのたび、脂肪に変わりつつある筋肉が袖《そで》を圧迫する感覚を覚え、もうワンサイズ大きいものを買えばよかったと後悔する。

　大学で同じゼミだった浩介と、やたらと大荷物でやってきた若い女性のカメラマンと、自分。全員、一見して二十代前半だとわかるほどに若い。ふと気を抜くと、全員で社会人ごっこをしているような気分になる。

浩介によると、中高生向けの通信教材にはたいてい、勉強とは関係のない、読み物だけで構成された冊子が同封されているらしい。

【就職したてでインタビューさせてもらえる人探しててさ、ギャラとか出なくてごめんなんだけど、どう？】

浩介から届いたメッセージの文面からは、ギャラ、という聞き慣れない単語だけが浮き出て見えた。

「ハイ、じゃあ最後にカメラ目線ください」

言われるがままに、克弘はカメラマンのほうを向く。小さな体で大きなカメラを抱えているその女性は、夏なのに薄いグリーンのニット帽をかぶっている。

就職して数か月、学生のころとどう変わったか。実際に社会人になってみてどう感じるか。想像とのギャップはあるか。『キミの先輩たちが踏み出した、第一歩（仮）』のインタビューでは、そのようなことを中心に聞かれた。高校三年生となると、進学、就職、それぞれの道を歩むことになる。未来へ一歩踏み出すことに不安を感じている学生たちに勇気を出してもらえれば——浩介はそんな言葉を使ってこのコーナーを説明していたけれど、自分がかつて高校生だったころ、自分たちのことを『キミ』と呼んでくるページを自分事として読んでいなかったよな、と克弘は思った。

「じゃあ、原稿は一応確認してもらうから。さっきもらった名刺のアドレスに送ればいい？」

「あー」

一瞬、会社用のアドレスにメールを送られることにためらいが生じたが、まあいいか、と克弘は思い直す。原稿といっても、さっき受けたインタビューの内容と、口頭で伝えた一日のスケジュールくらいだ。空き時間にでもささっと確認できるだろう。

「大丈夫、そこに送って」

「いやーでもマジ助かった、インタビューする予定だった人が急にキャンセルになっちゃってさーマジ初めて原稿落とすかと思ったよね、あ、落とすってのは間に合わないってことなんだけどさ」

ギャラ、原稿、落とす。ほんの数か月前は一度も使っていなかったはずの言葉が、浩介の体からぼろぼろと振り落とされていく。克弘はあえてそれを拾い集めることをせず、ごつごつとしたそれらにつまずかないように立ち回る。

取材の場として指定されたこのブックカフェ（というらしい）は、よく利用しているのだろう、撮影が始まったとたん、浩介は机や椅子《いす》を慣れた手つきで動かし始めた。テーブル、椅子、本棚、それらすべてが木目調の素材ばかりでできているやたらと陽当たりのいい空間の中、克弘は、いつまで経《た》っても自分だけがこの濃度に馴染《なじ》むことができていないような気がしている。

「どうなの、最近」

カメラマンの女性が機材を片付けている横で、浩介が呟《つぶや》く。てっきりこちらを見ているものだと思ったが、浩介はせっせとスマホの画面をいじっていた。

「最近って、さっき散々答えただろ」

「ん？　まあそれはそうなんだけどさ」

聞かれるままにたっぷり話した新社会人としての近況が、それはそう、という曖昧《あいまい》な言葉にひとくくりにされてしまう。

「結唯《ゆい》ちゃんと順調なの？　まだ付き合ってんだっけ？」

「あー……」

語尾を伸ばしている間、様々な言葉が舌の上を行ったり来たりする。

「まだ続いてるよ。まーぼちぼちっすわ」

結局唾液《だえき》まみれになってしまった言葉で答えを濁しながら、克弘はふと思った。もしかして浩介は、結唯の友達から何か聞いているのかもしれない。そのうえで、こんなふうに質問してきたのかもしれない。

「そういうお前はどうなんだよ」

女性カメラマンが慣れた手つきで、小さなトランクケースの中に撮影道具をしまっていく。自分たちと同じくらいの年齢に見えるが、社会人経験はこの人が一番長そうだ。

「俺は萌絵《もえ》と別れてからなーんもないよ。最近は全然出会いの場もないしさ～」

大学三年生のとき、ゼミが同じだった浩介に彼女ができた。萌絵、というその彼女は、垂れた瞳《ひとみ》に大きな胸が愛らしく、周囲の男たちのどろっとした欲を掻《か》き立てるような何かがあった。大学の構内でいちゃついている二人を見ていると、克弘は、ラクロスばかりの日々で忘れがちだった恋愛欲や性欲の手触りを生々しく思い出した。その勢いもあって、ラクロス部のマネージャーをしていた結唯に告白をしたのだ。付き合い始めたのは秋の直前だったから、結唯との交際期間はもう二年になる。

「萌絵ちゃんと別れてたんだ?」

「就職してすぐな。二か月くらい前かな。お互い全っ然時間作れなくってさ」はーあ、と、浩介はわかりやすくあくびをする。「つーか社会人ってマジ出会いなくね? 合コン以外で彼女できる気しねーんだけど」

お待たせしました、とカメラマンの女性が立ち上がったとき、浩介が胸ポケットから名刺と煙草《たばこ》を取り出した。インタビューを始める前、「今日はよろしくお願い致します」とニヤニヤしながら自分の名刺を差し出してきた浩介に、克弘も応戦したのだ。

「まさか克弘と名刺交換する日が来るなんてなー」

ココロ、ウゴカス。渡した名刺の右端に印刷されている、赤文字の社訓。就活中は、様々な会社の社訓をあれほど口に出していたのに、入社してからは一度だって口にしていない気がする。ネットショッピングなどのインターネットサービスを運営している会社の社訓がどうして【ココロ、ウゴカス】なのか、その理由を知る者に出会ったこともない。

「ちょっと吸ってかね？」

浩介が、取り出した煙草の箱をとんとんと差しながら言う。

「ごめん、俺ちょっとやめとく」

だって、心は、簡単には動かない。

煙草の箱に重ねられている名刺、その右端にある赤文字を見ながら、克弘は結唯のことを思い出していた。

思い出しただけで、何かを考えることはやめた。

「マジか、え、何、もしかして禁煙中？」

「んー、まあ、そんなとこ」

浩介の衣服からは、ぷんと、煙草の匂《にお》いがする。克弘は、自分の鼻の穴に見えない蓋《ふた》をする。

「ウッソ、お前けっこうヘビースモーカーじゃなかったっけ」

「まあ、金もかかるし、やめてみてるとこ」

克弘がとろとろと水をこぼすみたいに答えると、浩介は「まあな、てかうち社内に喫煙所ないんだぜ、クッソ不便」とぼやき、持っていた煙草をあっさりと胸ポケットにしまった。

「つーかほんと休みなのにありがと、助かった、今度なんか奢《おご》る」

今度、なんか、と、確定していない要素ばかりで事態を片付けようとする浩介にどこか安心感のようなものを覚えつつ、三人連れだって店を出る。七時過ぎまで暮れてくれない太陽は、正午だろうと午後四時だろうと全く同じ凶暴さで街のあらゆる部分を明るみに引きずり出してしまう。

店の入り口には、道路に面するようにやっぱり木目調の本棚が置かれている。そこには、この夏にいちおしの本や雑誌、写真集などが、通行人にもよく表紙が見えるように並べられている。

夏のおうちあそび特集。せんそうをかんがえる、夏。祭りの屋台では買えないかき氷たち。ヒロシマ、ナガサキ、ニッポン、戦後七十年。あらゆる表紙の上で夏らしい主張が並ぶ中、サイズの大きなとある雑誌に大きく書かれている文字が、克弘の両目を埋めた。

――『八月、就活解禁』

八月。経団連が定めた、企業の採用選考活動の開始時期だ。

「外、クソ暑！　人死ぬってこれ」浩介の大きな独り言を無視しながら、克弘は、丁寧に、文字を読み取る。

――『ES、筆記試験、面接……結局は〝コミュニケーション能力〟〝人間性〟？　人が人を選ぶ不毛な就活その全貌《ぜんぼう》』

世の中の人々は、就活という制度をボロクソにけなしてもいいと思っている。

連絡するから原稿チェックお願いね～、と呑気《のんき》に手を振る浩介に別れを告げ、克弘はひとり、地下鉄の階段を下る。

そもそも選考の仕方がおかしい、数回の面接なんかで人の何がわかるのか。人事部の人間だってただの会社員のくせに、学生の良し悪《あ》しを見分けることができるのか。人それぞれ心の成長の速度は違うのに社会人になるための就活は同時期一斉スタートだなんておかしいのではないか——現代社会にマッチしておらず、その結果多くの若者を苦しめる諸悪の根源である「就活」は、個人ひとりひとりがどれだけ暴力を振るっても、きれいな球体のままであり続けると思われている。自分も就活生だったころは、就活という制度を批判しているニュースや雑誌を見て、確かに慰められてもいた。だけど社会人になってわかったのは、就活を運営しているのも、ひとりひとりの人間だということだ。就活は、台風のような、中心が空洞の巨大な現象ではない。

夏のおうちあそび特集。せんそうをかんがえる、夏。祭りの屋台では買えないかき氷たち。ヒロシマ、ナガサキ、ニッポン、戦後七十年。八月、就活解禁。

自分が人事部として面接をする側になるなんて、くだらないと言われ続けている就活を運営する側になるなんて、人は意外と、想像しない。

◎、○、△、×。

同じ形がいくつか並ぶ人もいれば、すべて違う形が並ぶ人もいる。たまに、ハテナマークなんてものが付いているときもある。

「あれ、武田《たけだ》さんその子△にしたんですか?」

君島《きみじま》が意外そうな声を出す。「私マルで、経理の森田《もりた》さんなんて二重マルつけてますよ」君島はいつもどおりペットボトルのミネラルウォーターに口をつけながら、ぺらぺらと手元の資料をめくっている。

「この子、物事を見る視点とかけっこう独特で面白いと思ったんですけどね。ちょっと空気読めないとこあるかもしれないですけど」

入社六年目の君島は、人事部の中では新人の克弘に年次が最も近いということで、克弘の教育係に任命されている。かつては広告宣伝部にいたが、数年前に人事部に異動してきたらしい。二十代の女性社員としては珍しく煙草を吸うので、いわゆる喫煙所人脈があり、部を超えて仲のいい社員も多いみたいだ。ただ、喫煙所のような狭い空間の中でもハキハキと大きな声で話すからか、彼女のことをよく思っていない男性社員もちらほらいるらしい。

「俺ちょっとトイレ行ってくるから、戻ってきたら始めよう」

武田が席を外すと、採用グループのメンバーが、はい、と、声をそろえた。グループリーダーである武田の言動を見ていると、人望は細部に宿るということがよくわかる。

体育会系の自分はてっきり営業関連の部署へ行くものだと思っていたので、克弘が人事部配属だと発表されたときは、自分自身を含め同期も皆驚いていた。だが、皆すぐに「でもあの武田さんの部下ってことか。それは羨《うらや》ましいな」と口をそろえた。

武田は、克弘の代の採用活動を担当していた。そのため、同期のうちのほとんどは、武田に一度は面接されたことがある。内定者が集まるイベントや新人研修を仕切っていたのも武田を含む採用グループの面々だったため、克弘を含む同期は皆、武田に対して、ただの先輩社員に対する感情以上のものを抱いている。

克弘が入社した、ドゥ・バイ・ベスト株式会社、通称ＤＢＢは、十七年前に設立されたまだまだ新しいＩＴ企業だ。社員の平均年齢も31・7歳とかなり若く、つまり離職率が高いこともあって毎年大量の新卒採用を行う。そのため、就活生の間では、数ある企業の中でも相当早い時期から面接を開始するという意味で有名だ。本命の企業の試験へ臨む前の腕試しとして受験する学生も多いが、そのことを企業側も理解しているため、どうしても大量に内定を出すことになる。

大量採用、大量離職、それでいいのかＤＢＢ——そんなネットの記事を、就活生のころに読んだことがある。克弘は当時、たくさん採用してくれるならこっちとしてはありがたいけどな、くらいにしか考えていなかった。

経団連が定めた企業の採用選考活動の開始時期は、一応、八月一日ということになっている。だが、DBBも含めた多くの企業はそれ以前に選考を開始している。中でもDBBが他の会社と違うのは、第一タームから第六タームまで、毎年、採用活動のフローを六度、実施することだ。腕試しとしてDBBを受験した学生は、早目に内定を得たとしても、最終的には他の企業へ流れてしまうことが多い。結果、採用活動を長期化し、同じフローを何周も行うことで学生の採り逃しを防ぐ、という今のスタイルが定着した。

そのため、採用フローは他の企業に比べてシンプルだ。WEBでのエントリーシート提出である程度受験者を絞り、通称WEBテストと呼ばれる学力・知力テストでさらに人数を絞る。その後、一次面接（面接官二人対就活生二人の十分ほどの面接を一日の間に二回行う）、二次面接（三対三の三十分ほどの面接を一日に二回行う）、役員面接（一対一、役員による三十分ほどの面接を一回）を経て内定、となる。エントリーシートの提出はWEB上、学力・知力テストは外注作業のため、採用グループによる実務作業はそこまで多くない。だが、一次面接の時点でかなりの数の学生が残っているということもあり、人事部以外の社員にも面接官を担当してもらうよう、他部署の人たちにも頼まなければならない。「いろんな部の人への顔見せになる」ということで、他部署へ面接官業務を頼んだり、日程を調整したりする役割は、新人の克弘が担当することになっている。

「これ結構大変だったでしょ、まとめるの。こういうのって意外と時間かかんだよね」

君島に声をかけられ、「いえ、そんなこともないっすよ」と克弘は謙遜《けんそん》する。今、採用グループのメンバーの手元にある資料は、克弘が作成したものだ。実際、作業は大変だった。特に他部署の面接官による手書きのメモ部分は文字が崩れていることが多く、すべて正しく解読できたかどうか、正直、自信はない。慣れないエクセルでの作業ということもあって、残業もかなりしてしまった。

克弘は自分で作成した資料に視線を落とす。一次面接は、二対二の面接を二回、つまり、一人の学生を計四人の面接官が評価することになる。その評価をわかりやすくまとめた一覧表だ。

表の行には学生の名前、列には面接を担当した四人の社員の名前。学生の名前の横には、◎、○、△、×、それぞれの記号が並んでいる。さらにその横のマスには備考欄を設け、面接官がそれぞれの評価シートに書いた一言コメントを入力した。備考欄の隣、表の一番右端には、赤い文字で数字――◎が四点、○が三点、△が二点、×が零点として、それらを合計した総合得点――が書かれている。学生の名前は、総合得点順に掲載されている。

人事部に配属されて三か月あまりの克弘は、まだ、面接をしたことがない。面接官のスケジュール調整や今回のような資料の作成など、武田や君島をはじめとした採用グループのサポート業務に徹している。

「第五タームの一次面接、皆さんお疲れ様でした。松居も面接官とか部屋取りとかいろいろ調整ありがとう」

トイレから戻ってきた武田が早速、会議の口火を切る。議事録作成の担当でもある克弘は、キーボードに指を置いたままぺこりと頭を下げた。

「第五タームの一次面接の通過者を選別する前に、第六タームについての話を少ししておこうと思う。そろそろ準備を始めないといけないしな」

武田がそう言うと、WEB関連を担当しているメンバーが、握っていたペン先をノートの上にそっと置いた。

「上とも相談した結果、第六タームのエントリーシートの締切は例年よりも少し遅めに設定することになった。中小企業の採用活動が長引いてるってこともあって、現時点でうちが採り逃している学生も多いだろうしな。もしかしたら第七タームを実施するかもしれないが、それはまだわからない」

第七タームという言葉を聞き、会議室内の空気は一瞬、重くなる。だが、採用活動とはつまり未来のDBBを創《つく》る仕事なのだから、という誰の耳の中にも一度はねじ込まれたことのある美しい論理の余韻が、沈みかけた雰囲気をなんとか元の位置まで引き上げた。

今年採用した新入社員が、五年後十年後、誰も想像しなかったような成果をドカンと打ち上げるかもしれない。結果の見えにくい、長期的な投資ともいえる採用活動は、営業や宣伝など結果がすぐわかる短期的な投資に比べて軽んじられがちだが、人事部はサービスひとつではなく会社そのものを向上させる役割を担《にな》っている。だから誇りを持って業務に打ち込んでほしい。たとえ休日であっても、人を見る目を養っていってほしい――人事部に配属されてすぐの歓送迎会で、部長は酒を片手に懇々と語った。部長の隣に座らされていた克弘は、そうですよね、ですよね、と体育会系よろしく調子よく相槌《あいづち》を打っていたのだが、途中からは、腹の真ん中、その奥の奥の方に宿った重みに、気分が引きずり下ろされていった。

人を選ぶ側になるんだ。この自分が、ついこの間まで選ばれる側にいた自分が――部長に日本酒を注ぎながら、克弘はそのとき初めて、明確に、そう思った。

「質問いいですか？」

君島がハイッと手を挙げ、克弘は我に返る。

「中小の採用が長引いてるってことは、やっぱ小さいところは九月いっぱいどころか秋冬まで採用活動を続けるってことですか？」

君島の発言に、武田が頷《うなず》く。広告宣伝部のころは特に取引先に対してＤＢＢの媒体価値をアピールする立場にいたからか、君島は、小さいところ、というような、自分たちが勝っているという意識が前提にある言葉を常用する。克弘は当初、なかなかそれに慣れなかった。

「ああ。銀行や商社に賭《か》けてたけどダメだったって学生をほかの中小に採られないためにも、今年からもうひとつタームが増えるかもしれない」

ＤＢＢのように早くから採用活動を始める企業は多くあるが、一方、特に経団連に加盟している企業では、律儀《りちぎ》に八月から面接を開始するところもそれなりに存在する。その中には銀行や商社など学生に人気の企業も含まれるため、最終的にそちらに流れてしまう学生のことを考えると、中堅・中小企業は大手企業の採用活動が終了した十月以降も採用活動を続けなければならなくなる。優秀な人材を採るためには、他が採る前に採ってしまえばいいというわけではないのだ。今は昔のように、企業が強気になって学生を囲い込むなんてことはできない。克弘が就活生だったころも、強引な囲い込みをしてきた企業をＳＮＳで告発し、その企業に大きなマイナスイメージをもたらした学生がちらほらといた。

「まあ、そのあたりは決まり次第すぐに共有するから、そのときは皆で力を合わせて対応してほしい。長期戦になるけど、それは学生たちも同じだ。まず俺たちががんばろう」

はい、と、グループの返事が揃《そろ》う。

克弘は、こうして会議に出ていると、武田に面接をしてもらった日のことをふと思い出すことがある。

武田は他の企業の面接官にありがちな「僕は君たちと同じなんだよ」「ほかの面接官とは違ってユーモアがあるよ」なんて顔をしなかった。それなのに、学生を緊張させない不思議な雰囲気があり、克弘は、この人にならば今までよりももっと本音で話してもいいのかも、と思わせられたことをよく覚えている。毎日一緒に仕事をするようになって思うが、あれはきっと、武田が学生のことを侮《あなど》っていなかったからなのだと思う。武田は、相手が克弘のような経験のない若造でも、きちんと信頼してくれる。相手を軽んじる、ということがないのだ。

こういう人が、人を選ぶ立場にあるべきなんだろうな——克弘がぼんやりそう思っ

ていると、

「だから、松居」

　武田の顔が突然、こちらに向いた。

「他部署にまた面接官の協力をお願いしてもらうことになるかもしれない。面接用の会議室の確保とか、一応早めに動き出しておいてもらえるか」

「わかりま」

「あ、大丈夫です」

　克弘が言い終わる前に、君島にバトンを受け取られてしまう。

「採用が長引くかもしれないということは前もってうかがっていましたので、会議室は私の方で仮押さえしてあります。各部署の業務担当者にもスケジュールが動くかもしれないことは伝えてありますので、面接官の協力要請も融通が効くかと」

　君島は、声がよく通るだけでなく、滑舌もいい。学生時代、一年間アメリカへ留学しており、そのときにとにかくはっきり話さないと何も通じないということを痛いほど思い知ったという。

「さすがだな君島は」と、武田。

「すみません、ありがとうございます」

克弘が頭を下げると、君島は満足そうに頷き、水を一口飲んだ。ビジネスシーンにおいて〝いい人〟はいらない、思ったことははっきりと声に出す、交渉事ではまずこちらが上の立場であることを示す――留学中に行ったインターンで学んだことはとても大きいと、君島は口癖のように語る。

君島は、国際戦略部に異動希望を出し続けているそうだ。いつだったか、なかなか念願叶《かな》わないんだよね～と喫煙所で笑う君島のことを、彼女が去ったあとすぐ、同じく喫煙所にいた男性社員が「叶わないんだよねェ～」とマネしていた。

「それじゃあ、まず、第五タームの一次面接の結果から絞り込んでいこう」

武田の一声で、グループ全員の視線が資料へと向く。何度も確認したのに、今更、何か重大なミスがあるのではないかと不安になる。

「まず、自分が担当した十二点以上と三点以下の受験者に関して、特別に議論したい人がいる場合は教えてください」

「私が見た学生では、特にないです」

君島のはきはきした返答に、「私もありません」「今回は特にありません」とグループのメンバーが倣《なら》う。

合計得点順に学生の名前が掲載されている資料は、大きく三つに分かれている。

四人の面接官による合計得点が十二点以上、三点以下の学生はそれぞれ、ほぼ無条件に前者は通過、後者は落選となることが多い。点数には表れない致命的な欠陥や、特筆すべきアピールポイントがあるときは議論がなされるが、基本的にこの二つのグループに関しては野菜のヘタを切り落とすようにあっさりと進退が決まる。時間がかかるのは、そのどちらでもない中間層だ。資料にまとめられている面接の評価と、提出済のエントリーシートを見比べつつ、中間層の選別をひとりひとり、その受験者の面接を担当したメンバーを中心に行っていくことになる。

受験者それぞれに明確に点数がつけられていること。会議も後半になると、メンバーそれぞれの体中から分泌《ぶんぴつ》された疲労の粒子が会議室の底に沈殿し、合格にしても不合格にしてもジャッジが甘くなること——配属当初は面食らっていたいくつかの事実にも、さすがにもう慣れた。

「すみません、いいですか」

君島が、ハイと手を挙げる。

「このNo.34の子、私以外の面接担当者の点数は高いんですけど、ちょっと気になるんです」

No.34を求めて、メンバーの資料をめくる音が折り重なる。

「備考に書かれているとおり、確かにパッと見の印象は明るいですし、声も大きいですし、留学経験者のようなので語学力にも期待できるんですけど」

今言ったすべての要素に当てはまる君島自身が、「でも、なんていうんですかね」と言葉を選び始める。

「なんか、誠実さがなかったんですよね」

誠実さ。

五文字から成る音の先端が、克弘の鼓膜にぴんと突き立った。

「誠実さ？」武田が訊《き》き返す。

「はい。現時点でコミュニケーション能力の評価はかなり高いかもしれませんけど、そこがなんか気になっちゃって。点数だけを信じるなら次呼んでみてもいいかもしれませんけど、私は正直どうかなって思ってます」

誠実であれば、それでいい。

プレーとして間違っていても、セオリーに則《のっと》っていなくても、それが本気であれば、誠実であればいい。

学生時代、何度も聞いた言葉だ。スティックがぶつかり合うように集合をしたのち、結唯たちマネージャーが差し出してくれるドリンクを飲みながら、何度も聞いた言葉だ。合言葉のように、自分自身、胸の中で唱えてきた言葉でもある。

「まあまだ一次だからな。次も呼んでみて、他の人が面接したときに同じような感想を持つのであればそこで落とすことにしようか」

武田の提案に、君島が、はあ、と気の抜けた返事をする。君島的には、この時点で不合格にしてしまいたかったのだろう。

「こういうことができるのもこの段階までだから、他のメンバーもどんどん意見を出してくれ」

武田の呼びかけに、別のメンバーも手を挙げ始める。

「あ、じゃあ私、いいですか？」

だが、克弘は鼓膜にぴんと突き立った音を、引き抜くことができなかった。

「No.36、この子面接したの私なんですけど」

誠実さ。

「明るい印象でよどみなく話すので点数自体は悪くないんですが、ちょっと自分に不利な流れになったら嘘《うそ》をついてでも空気を変えようとするっていうか……」

夏のおうちあそび特集。せんそうをかんがえる、夏。祭りの屋台では買えないかき氷たち。ヒロシマ、ナガサキ、ニッポン、戦後七十年。

「なんていうか、さっきの話に似ているかもしれませんが、ちょっと不誠実に感じられるところがあって。私は少し疑問を感じています」

誠実。

不誠実。

そんな言葉を含んだ議論が克弘の耳に入り込んでくるたび、その分外側へと押し出されるのは、陽当たりのいいブックカフェで見たあの棚、そして浩介の薄い唇からごろごろと転がり出てきたあらゆる単語たちだった。

「No.38は物事をとらえる観点が独創的でした。面白い人材だと思います」

ギャラ。

「No.46はぜひ一緒に仕事したいって感じでしたね。対応にも柔軟性があって、度胸が据わっている印象を受けました」

ギャラ。原稿。

「No.52は高い評価をつけている人もいますが、正直、元気よく話せていただけかなーみたいなところもありますね。次呼んでみてもいいかもしれませんけど、また同じ感じだったら落としちゃってもいいのかも」

ギャラ。原稿。落とす。

「No.59は自分の本音というよりもテクニックで話している感じがしましたね、その分ソツはなかったですけど実際のところ何を考えているのかいまいち伝わらなくて」

——本当はなんて思ってるのか、聴かせて。どんな言葉でもいいから、誠実な言葉ならそれでいいから。

「No.64は俺が面接したんだけど」

武田の声は、不思議だ。克弘の中の何かを押し出すことなく、耳の中にするりと入ってきてくれる。

「正直、全然わかんなかったんだよなぁ、どんな人なのか。四人の評価もバラバラだし」

頭をかく武田に、「確かにバラバラですねえ」と君島が応《こた》える。No.64と数字が振られた学生の欄には、◎、○、△、×のマークがそれぞれひとつずつ。もともとの評価シートには確か、武田はNo.64のことを○と評価しつつも、同時にハテナマークも書いていたはずだ。

「私は」君島が小さく手を挙げる。「一人でも×をつけているなら、正直、次も呼ぶ必要ないのかなって思うんですけど。×ってかなり大きくないですか？　絶対ダメ、って思ったたってことだと思いますし」

「いや」

武田が、あくまでやわらかい声で、君島の発言を制止する。制止というよりも、君島の発言をまるごと包み込んで、そのまま静かに蓋をするような。

「どんな人なのかわからなかったから、また呼んでみようと思う」

克弘は、キーボードから手を離し、一覧表上のNo.64をマルで囲んだ。ボールペンの先端が紙の表面を削るような音が、会議室に響く。

その音は、思ったよりも大きかった。そして、その分、君島の手元が動かなかったことが、よく分かってしまった。

先週、残業をしていたときだった。

気分転換がてらコンビニに飲み物でも買いに行こうと会社を出ると、オフィスが入っているビルの外で、君島と、彼女と仲が良いらしき他部署の誰かとが会話をしている声が漏れ聞こえてきた。正式に喫煙所として認められているわけではないが、暗黙の了解として、外で吸うならここ、と決まっているような場所だ。

武田さんって、やさしいっつうか、良い人すぎるんだよね。ただでさえ就活が八月スタートになっていろいろ大変なのにいちいち学生合格させすぎ。一次なんてバッサリ落とすべきところなのにさ。やさしいから人望はあるみたいだけど、正直私は仕事しづらいかも。だってさ、ビジネスで〝いい人〟って一番いらなくない？　嘘でも強気でハッタリかませる力のほうが必要だと思うんだけど。つーか今までの経験上、そっちのほうが明らかに大事だったし。

「とりあえずこれで全員終わりましたね」

第五タームの一次選考を受験した全学生の合否が決定したのは、十六時五分前、会議を始めて約二時間が経過したころだった。克弘は、すべてのナンバーにマル、バツがつけられている一覧表を見直す。合否の情報を入れ込んだ最新の表をグループのメンバーが共有できるようにするのも、克弘の仕事だ。

お疲れ様でした、と君島がいち早く席を立とうとしたとき、武田がまた、克弘を見た。

「第五タームの二次面接からは、お前にも面接官をしてもらおうと思ってる」

「えっ」

変に高い声が出てしまい、「なんだいまの」と武田が笑う。

「あの」君島が手を挙げる。「第五タームの二次面接から、ですか？　第六タームの一次面接から、ではないんですか？」

　君島の声には、多少の苛立《いらだ》ちが含まれている。おそらく、役員面接に進む学生を決める二次面接の面接官を務めるには、克弘はまだ早いと思っているのだろう。

「二対二の一次面接は、人事部と他部署の人間が一人ずつ面接官を担当することが多いだろう。そうすると、自然に、人事部の人間がその面接の舵《かじ》を執ることになる。その役目は松居にはまだ早い」

　だけど、と、武田が続ける。

「三対三、三十分間の二次面接なら、面接官は全員人事部だし、松居が面接を仕切るようなことをしなくてもいい。そのあとの会議でも、松居以外の二人が学生の評価についてフォローできる」

だろ？　と武田が視線を送ると、君島は「それはそうかもしれませんけど」と呟いたきり、口を閉ざしてしまう。決して納得したというわけではなさそうだが、武田は君島の様子など気にしていないようだ。

「これまでずっとサポート業務だったけど、お前なりに採用についていろいろ見えてきたと思う。期待してるぞ」

　武田が言い終わるより早く、ドアがノックされた。少しだけ開かれたドアの向こう側から、「もう入れますかあ？」と女の人の声がする。一日中、絶えず様々な決定が下されているこの空間は、克弘の個人的な戸惑いや逡巡《しゅんじゅん》を許してくれない。

ドアノブをまわす。ドアを開く。家を出たときからずっとそこで停滞していた空気の塊を、廊下を進みゆく自らの体でがっさりと裂いていく。

「ただいまー」

一応そう呟いてみたけれど、電気も点《つ》いていなければ、もちろん返事もない。まだ、結唯は帰ってきていないようだ。

結唯とは、お互いに勤め先の社員寮に入居するかどうかを決めるタイミングで、同《どう》棲《せい》を始めた。二人で一緒に住みたいという気持ちが強かったというよりも、二人とも、会社の人たちと同じ建物で暮らし続けることに抵抗があった。どちらの就職先も歴史が浅く、地方転勤の可能性が極めて低いという幸運も、二人の決断に拍車をかけた。

シャツとズボンを脱ぎ、それぞれをハンガーにかける。首回りの汗染《あせじ》みを見る限り、このシャツもそろそろクリーニングに出したほうがいいかもしれない。

時計の針が力を合わせて、二十時を少し回っていることを教えてくれている。採用活動中は特に、定時で帰れることなんてない。

結唯はスマートフォン用のアプリを企画・製作し、販売する会社に勤めている。研修を終えてすぐ、希望していた開発部に配属が決まった。克弘の勤務先もなかなか新しいが、結唯の話を聞いていると何もかもが最先端だと感じる。最近もまだ三十代半ばの男の社長が二度目の育休を取得したとかで、ウェブのインタビューに応えていた。

部屋着に着替え、二人掛けのソファに座ってやっと、体のどこかにあるスイッチがオフになり、体中の皮膚がぐりんと裏返るような気がする。惣菜《そうざい》は帰りのスーパーで買ってきたので、冷凍してある白飯を解凍すれば夕食はほぼ完成するが、仕事モードではなくなるとそんな動作ですらなかなか面倒くさい。

二人で一緒に手作りの夕食を食べる、なんていうドラマや映画で観《み》たことのある恋人同士の生活が到底成立しないことがわかったのは、働き始めてすぐのころだった。今は、朝食も夕食も各自で用意している。

二人で暮らしているというよりも、同じ空間の中、巧みに動線が重ならないようにしながら一人暮らしをしている人間が二人いるみたいだ。そんな生活をしていると、セミダブルのベッドの上で体の一部のみが結合しているまさにそのとき、この生活をそのまま体で表現しているようだなと感じてしまう。

生活を構成するあらゆる空間のうち、ベッドを共用していれば、恋人。全身にあるあらゆる部位のうち、性器が結合していれば、セックス。人間同士の関係性とは、その人間を取り囲む全体ではなく、全体のうちのとある一部がどう繋《つな》がっているかで決まる。

克弘は携帯を取り出すと、会社用のメールアドレスにアクセスした。特に緊急で確認すべきことがあるわけではないが、この動作はもうほとんど癖のように身についてしまっている。会社にいない間でも、深夜や早朝でない限り、ほんの一時間ほどチェックしていないだけで多くの連絡が届いているのではないかと不安になってしまうのだ。

——差出人：荒木《あらき》浩介　件名：原稿チェックよろ～

どうせメールなんて届いていないだろうと思っていたので、更新されたメール画面を見て克弘は少し驚いた。だが、差出人と件名を把握した途端、ソファの背もたれから起き上がりかけた上半身から、力がごっそりと抜けていく。

添付されているＰＤＦファイルを開く。すると、見慣れた自分が見慣れない顔をしてテーブルに肘《ひじ》をついていた。

【★キミの先輩たちが踏み出した、第一歩　ドゥ・バイ・ベスト（株）新入社員　松居克弘さん

正直、学生と社会人ってあんまり変わらないような気がしています。確かにボクも高校生のころは周りの社会人をやけに大人だと思っていたけれど、実際なってみると心の中は全然変わっていないっていうか（笑）。だから、高校を卒業して就職する予定の人たちも、あんまりいろいろ考えすぎなくてもいいと思いますね。自分は社会人になれるのか、とか、大人になれるのか、とか。なったら、なるしかないんですから（笑）。

僕はなかなか内定が出なかったクチで、今の会社にも最後の最後に滑り込みました。ぎりぎりでしたね（笑）。今は人事部に配属されています。人材が会社を創っていく、つまり人事部は会社の未来を創る部署なので、毎日身が引き締まる思いです。

学生時代はラクロスをしていました。特別強いチームではなかったんですけど、ミディーといういわゆるゲームメイカー的ポジションにいたので、そのときに身についた協調性が今の社会人生活にも活《い》かされていると感じています。

大切にしている言葉は、ラクロス部の監督がよく言っていた『誠実であればいい』ですね。プレーとして間違っていても、セオリーに則っていなくても、それが本気で

あれば、誠実であればいい。監督は、ミスばかりする僕にいつもそう言ってくれていました。今でもこの言葉を胸に毎日の仕事に取り組んでいます。

★次のページでは、松居さんの一日のスケジュールを大公開！

七時、起床。朝ごはん、出社準備。八時、家を出る。九時、出社。メールチェック。優先順位を考え返信をしていく。十時、週に一度の定例会議。同じグループのメンバーからの進捗《しんちょく》報告に刺激を受ける。十一時、会議の議事録を作成。十二時、上司や同僚とランチへ。就活の現状について情報交換。十三時、午後からの大学向け説明会のために資料作成。十五時、××大学へ。就活生を対象とした説明会で自社についてプレゼン。十六時半、帰社。上司と説明会の反省点を振り返る。十八時、今日中にしておくべき事務作業を片付ける。疲れが出てくる時間帯、コーヒー飲んで集中力アップ！　二十一時、退勤。同僚と飲み会へ！】

がちゃ、と、ドアが開く音がした。

「ただいまー」

克弘は携帯から手を離す。

廊下から、結唯の声と、結唯の癖である擦り足で歩く音が聞こえてくる。克弘は一瞬、今の自分の姿が、結唯を迎えるにあたって問題ない状態かどうか、考える。

「おかえり」

「ただいま、お疲れー」

結唯は、肩にかけていたカバンをどさりと下ろす。「スーパー寄れなかった、なんかおかず買ってる？」そう言いながら洗面所へと急ぐ後ろ姿からは、明日も明後日《あさって》も平日が続くとは思えない疲労感が伝わってくる。アプリ開発の仕事をするようになって、資料でも多く抱えているのか、結唯の荷物はぐっと大きくなった。

「そうかなーと思ってちょっと多めに買っといた」

「おーさすが。でも私そんなにいらないかも」

手洗いとうがいを終えた結唯がリビングに戻ってくる。学生のころから毛先の軽いショートカットは変わらないが、就職して変えたらしい美容院がどこにあるのか、勝手に使わないでねと言われているトリートメントがどこで買えるものなのか、克弘は知らない。

「いいよ、休んでなよ」

自分の声が、わざとらしく、鼓膜を揺らす。

結唯と入れ替わるように立ち上ると、克弘は、冷凍庫から白飯の塊を二つ取り出した。料理をしない代わりに家事も完全に分担ね、という話だったのに、こうして炊《た》いた米を小分けにして冷凍してくれるのはいつも結唯だ。

学生時代、特に就活を終えてから会社に入るまでの時間のほとんどを、克弘は結唯と過ごした。正式にそうとは呼んでいないだけで、ほぼ同棲も同然の状態だった。

「ちゃんと一緒に住むってなったら、お父さんに報告しなきゃいけないから」そう言う結唯の手前、結局就職する直前の三月にきちんと挨拶《あいさつ》に行ったのだが、一緒に住む、と報告することは、夜二回して、朝起きてすぐにもう一回することもあるということも含めてバカ真面目《まじめ》に伝えているようで、克弘は緊張以前に気恥ずかしくてたまらなかった。

チン、とレンジが鳴く。

いつの間にか結唯もキッチンに立っており、お互い、背中がぶつからないようにして移動する。

「休んでていいのに」

克弘がそう言っても、「今、そんなに体つらくないから」結唯はそのまま動き回る。

運転が上手なこと、観ているわけではないのにテレビを点けておくことがあまり好きではないこと、どんなに疲れていてもお風呂《ふろ》に入ってから眠ること、これまでの相手は反応しなかった性感帯。毎日二人で過ごしていると、日常のあらゆるところに発見があった。上京する前はなんでもあると思っていた東京には特になにもないこと、一人で行ったほうが楽しいと感じられる場所も多いこと、いくら長い時間を共に過ごしたところで、理想形として語られることの多い「空気みたいな関係」には決してならないこと。毎日あらゆる発見をし続けていると、「発見」とは、その言葉の音が持つ何かが破裂するようなイメージのとおり、視界を拡《ひろ》げるようなものばかりではないことを知った。

二人とも社員寮には入りたくない、二人とも都内勤務の可能性が高い、もう付き合いも長い。同棲を決意する要因はいくつかあったが、克弘の本心はそのどれでもなかった。ましてや、結唯の父親の前で思わず言ってしまった、結婚を前提にお付き合いさせていただいています、なんていうものでも、当然なかった。

温め直した味噌汁《みそしる》を二人分よそってくれた結唯は、ラグに直接腰を下ろす。テーブルにはいつのまにか、お茶、コップ、箸《はし》、スーパーで買ってきた惣菜などがそれぞれ並べられていた。克弘は、丸く固まっている飯をごろんと流し込んだ茶碗《ちゃわん》を二つ、テーブルへと運ぶ。

「ていうかさ、ちゃんと自炊したほうが絶対いいよね、栄養的にも」

結唯が、箸で飯の玉を割る。ずっと我慢していた呼吸を解禁したかのように、どっと湯気があふれ出る。克弘はソファに座ると、正しい持ち方で箸を操る結唯の背中を見下ろした。

「そうだな、確かに」

「でも共働きだとなかなかねえ」

結唯が腕を動かすと、それに連なって、結唯の肩甲骨が動く。ピンクベージュのブラウス、その薄い布一枚越しに波打つ結唯の背中が、さらに肩甲骨に連なって、小さく動く。

「仕事、どう？」

こちらを見ないまま、結唯が言う。

「なんか、そろそろついに面接官やるっぽい」

「マジ」

「今日言われた」

「それはついにだね」

結唯がテレビのリモコンを握る。二人でお金を出し合って買った四十インチの薄型テレビは、電源を点けてから画面が光るまでの反応が早い。

美しい音楽が、テレビ画面から流れてくる。八月に入ってちらほら見るようになった終戦記念特別ドラマのCMが、鮮やかな画質で映し出されている。

「終戦記念日」

結唯が、筆から一滴の墨を落とすように、言った。

最近様々なCMやドラマに出演している二十代半ばの若手俳優が、頭を丸めた姿で小型飛行機を操縦している。特攻隊だ。次は、その男の妻役を演じているらしき女優が、海を背景にひっそりと涙を流しているカット。『絶対に忘れてはならない、あの日々を――』そんな文字が美しい映像にオーバーラップする。かと思えば、「あさって夜九時、戦後七十年ドラマスペシャル『あの日のカミカゼ』ぜひご覧ください」美しく化粧を施され、正装をした二人の男女が、最大限に神妙な表情でこちらに向かってそう言った。

「もうすぐ八月も真ん中か」

CM明けのバラエティ番組では、終戦記念特別ドラマで特攻隊に行く男の役を演じている俳優が、クイズに答えている。

「早いね」

結唯が、ぽつりと呟《つぶや》く。

「早いな」

克弘も、小さな声で、そう答える。

「もうすぐ二か月か」

そう言う結唯の操る箸の先が、克弘が買ってきた惣菜を掴《つか》む。鶏レバーの生姜煮《しょうがに》。鉄分やカルシウム、ビタミンを多く摂《と》るべきだ、という話を聞いてからは、それらの栄養素を多く含んだ食材を選ぶよう心掛けている。

心掛けているという克弘の宣言を吟味するように、結唯の箸はゆっくりと動く。

テレビ画面の中では、クイズを間違えてしまった俳優が手を叩《たた》いて笑っている。役作りのために一度は短く刈ったのだろうか、坊主頭《ぼうずあたま》から少し伸びた髪の毛は、おしゃれなシルエットに整えられている。

「毎日遅いけど、大丈夫？」

克弘がそう聞くと、ラグの上に座っている結唯が尻《しり》の位置を動かした。ソファから投げ出されている克弘のむきだしの脚に、結唯の腰から尻にかけての曲線、そのカーブをやわらかにふくらませている贅肉《ぜいにく》が、触れる。

「うん、まあ、まだ平気。仕事もいっぱいあるしね」

「そっか」

結唯の腰回りに付いている、男にはないやわらかい肉の存在を、克弘の足がしっかりと認識する。その途端、これまで全身に均等に分布されていたはずの血液に、斑《むら》が生まれ始めるのがわかる。

部屋着で、密室。

ただその二つの条件が揃えば、こんなときでも簡単に、そういう気分にはなる。

終戦記念特別ドラマの主演を務めた俳優の髪の毛が、すぐに伸びるように。あのやたらと陽当たりのいいブックカフェ、その本棚に並んでいたあらゆる雑誌の表紙たちが、九月になれば秋に合わせた特集を掲載する号に取って代わるように。ギャラ、原稿、落とす、ほんの少し前までそんな言い回しをしたこともなかったくせに、就職した途端ずっと前からそうしていたかのごとくそれらの言葉を両手で振り回すように。業務内容や企業理念に共感したわけでもなく、適当に受けた結果合格してしまった会社で、その会社の未来を創る人材を選別する仕事をするように。

ソファから降りると、結唯の体がぐっとそばに近づいた。

「もっと早く帰れるようになるといいよな……やっぱ、体、心配だし」

いびつな形の積み木を丁寧に積み重ねるように、言葉を口にする。自分の声の中にわざとらしさが漂っていないか、細心の注意を払う。

そんなこと考えてる時点で、ダメか——頭をよぎった考えには、無視を決め込む。

「うーん、まあそうだけど、なかなかそういうわけにもいかないよね」

結唯は咀嚼《そしゃく》しながら唸《うな》る。あんなにも熱そうに見えた飯は、もう冷めてしまったみたいだ。

「とにかくなんかずっと眠くて、今はそれが大変かな。もう寝てもおかしくないくらい眠い、すでに」

結唯はそう言うと、まだ半分以上食べ物が残っている皿たちを残して立ち上がった。そのタイミングを見計らったように、風呂が入ったことを知らせるタイマー音がリビングに鳴り響く。帰るなり洗面所に行ったタイミングで、すでに湯をためていたようだ。

「それ、もういらないから食べていいよ。おかずおいしかった、ありがと」

テレビ画面では、さっき大きな口を開けて笑っていた俳優が、真剣な顔つきで番宣をはじめた。特攻隊を演じて、いま自分が幸せに暮らしていること自体へのありがたみをより感じられるようになった、という発言に、出演者全員がしきりに頷いている。

「俺もこんなに食えないって」

「食べれる食べれる」

観てもいないのにテレビを点けているのが嫌いなの。なんか、結果意識持ってかれてもったいなくない？

お互いの家を行き来するようになったころ、そう言っていた結唯が自分からテレビを点けるようになったのは、いつごろからだろうか。克弘はほぼ二人分残された夕食を見つめながら、ある一か所に集まりかけた血液があるべきところにおさまり始めるのを感じた。

「お風呂入れたけど、眠すぎてダメだ、もう寝る」

明日の朝シャワー浴びる、と、あくびをしながら結唯が寝室へと向かう。とりあえずメイクは落としたのか、顔がさっぱりとしている。

克弘は立ち上がる。

「大丈夫か？」

寝室のドアを開けると、Ｔシャツと短パンに着替えている結唯の姿がある。

二か月前と比べて、そんなに変化があるようには見えない体。

この体に成り代わる以外に、どうやって当事者に近づけるのだろうか。

「大丈夫。明日朝シャワー浴びるからちょっと早めに起きるね」

結唯がこちらに振り向く。克弘は、結唯の体に近づく。その当事者の体にできることは何かないかと、近づく。

結唯は、克弘の目を真っすぐに見つめて、言った。

「大丈夫」

克弘には、てのひらの形をした結唯の声が、自分の体を制しているように思えた。

「お風呂入ったあと、お湯、抜いちゃわないでね」

おやすみ、と、結唯がベッドに横になる。あまり大きくない胸が、着古したTシャツに影を作る。

「おやすみ」

克弘は、寝室のドアを閉める。リビングに戻ると、テレビの画面が発している色が変わった。

違う番組が始まったのだ。時刻は、二十一時。

克弘は、ソファに投げ出したままだった携帯を摑む。ボタンを押すと、そこだけ世界から切り取られたように、長方形の光が生まれた。さっきまで目を通していた浩介からのメールが、まったく同じ表情で、そこにある。

【十八時、今日中にしておくべき事務作業を片付ける。疲れが出てくる時間帯、コーヒー飲んで集中力アップ！　二十一時、退勤。同僚と飲み会へ！】

克弘の語った、克弘の知らない自分は、今頃どこか飲みに行っているらしい。克弘の語らなかった、克弘の知っている自分は、どう接することが正しいのかわからなくなった恋人が点けたテレビの光に、ひとり、照らされている。

自分の眠気を散らす一番いい方法は、自分より眠そうにしている人を見つけること——高校生のころクラスメイトから教わった鉄則が、克弘の頭の中でとても久しぶりに点滅した。面接が始まる前までは、武田や君島からの煽《あお》りもあって（「いよいよだなぁ」「面接官のほうがガチガチとかカッコ悪いからやめてよね」）克弘もかなり緊張していたが、いざ自分よりも数倍緊張しているだろう学生たちを目の前にすると、何をせずとも気持ちは凪《な》いだ。

「それでは左から、横山《よこやま》さん、早川《はやかわ》さん、乾《いぬい》さんの順番で座ってください」

武田の言葉に、「はい」と返事が揃う。学生たちは皆、腰かけた椅子《いす》のすぐ右側にカバンを置いた。

会議室の中には、長机がひとつと、椅子が六つ、用意されている。会議室の奥側に置かれている机、その外側の辺には、面接官の武田、君島、そして克弘が、会議室の入り口側に置かれている三つの椅子には、二次面接まで駒を進めた学生が三人、座っている。

「外、暑かったですよね。汗とか大丈夫ですか？　上着脱いでもいいんですよ」

武田がにこやかに話しかけると、三人は困ったような笑みを浮かべながらお互いを見やった。「じゃあ……すみません」真ん中に座った男の子が上着を脱いだとき、開かれた脇《わき》に汗染みが見えた。左隣の女の子は、やはり緊張しているのだろう、足の爪《つま》先《さき》をしきりに重ねたり離したりを繰り返している。

これから選別すべきは「普段接するようになる人たち」なのに、普段、人と接しているときは気にならないところばかり、視界に飛び込んでくる。

「それでは二次面接を始めます、どうぞよろしくお願い致します」

武田の声を合図に、六人が頭を下げる。

「まず、じゃあ横山さんから、自己紹介と志望動機をお願いします。合わせて二分くらいでお願いできますか」

面接を進行するのは武田だ。基本的な質問が一通り行われている間に、君島や克弘はそれぞれの学生の特性を見抜くべく努める。

「はい」

横山と呼ばれた学生が、椅子から立ち上がった。その拍子に椅子のそばに置いてあったカバンが倒れたが、そのことには気づいていない。

「××大〇〇学部四年の、横山里奈《りな》と申します。私は、外国の学生たちと絵を通して交流したり、実際に現地でアートにまつわるイベントを開いたりと、芸術にまつわる国際的な活動に力を入れてきました」

話しているうちに、落ち着いてきたらしい。いざ始まってしまえば、それまでの緊張が消えてしまうタイプのようだ。克弘は、横山の話を聞きながら、手元にある資料にも時折視線を落とす。

「異国の地で交流した人たちとは、イベントが終わったあとも、インターネットショッピングを通じてお互いにプレゼントをし合ったりと、交流を続けてきました」

横山里奈、早川竜也《たつや》、乾麻巳子《まみこ》。三人分の履歴書、エントリーシート、一次審査の評価がまとめられている用紙。それらに書かれているあらゆる単語は、一見しただけでも意味を理解できるほどに、わかりやすい。

「そうしていると、御社のサービスは、自分のためにする買い物だけでなく、あらゆる人を繋ぐ役割も担《にな》っていることに気が付きました」

１９９×年生まれ、２×歳、秘書検定二級、ＴＯＥＩＣ７２０点、ＴＯＥＦＬ90点――就活生は皆、国際線の手荷物検査のように、企業に提出する資料の上に自分の持ちうるものすべてをずらりと並べてくれる。それは当然だ、もちろん自分だってそうだった。あらゆる白い紙に、全日本ラクロス大学選手権三位入賞、普通自動車免許、と全く同じ形の文字で書き続けた。

なぜなら、学生のころは、仕事ができる能力とは、文字や数値で表すことのできる、視界に入った瞬間にそれがどんなものなのか判断できる能力のことだと思っていたからだ。

外国語を話すことができたり、大人数の前で堂々とプレゼンができたり、ノルマを超える売り上げを達成できたりと、たとえばその状況を映し出した写真一枚で内容が伝わるものが、優秀な社会人としての能力だと思っていた。

だけど、今になって、やっとわかることがある。よく考えれば、手荷物検査だって、最終的に機械の中を通るのは、持ち物をすべて手放した自分自身だ。

「人と人とを繋ぐ――それは、私が芸術を通してやりたかったことと同じことです。

御社は近頃、グローバルな人材を求めているともうかがっております。私はぜひ、御社で、国を超えて人と人を繋げるような仕事をしたいと思っています」

克弘は、いかにも学級委員然としている横山の滑舌のいい演説を浴びながら、思った。

仕事ができる能力、は、目に見えない。

就活生のころは自分も、例えば語学力やプレゼン能力のような、たった一言で伝わるわかりやすい能力を駆使しているのが社会人だと思っていた。だが、目に見えるわかりやすい能力を発揮する場なんて、社会人生活の中では、ほんの一瞬しかない。そのほんの一瞬が器用に摘み取られ、企業の採用サイトや、雑誌の社会人特集などのど真ん中にぽとんと落とされてしまう。そこに掲載されている一日のスケジュールは、一年のうち最も忙しかった日のスケジュールかもしれないのに、さもランダムに選び取った、偶然摘み上げた一日であるかのような顔をして、そこにいる。

「ひとつ確認させていただいてもよろしいですか」

君島が、小さく手を挙げる。この段階で質問されることは予想外だったのか、横山は「あ、はい」と声のボリュームをぐっと下げた。

「芸術を通して人と人とを繋ぐ活動をしていたというお話でしたが、そのような方面の企業を受験しよう、とは思わなかったのでしょうか。たとえば美術系の出版社だったり、美術館の学芸員だったり」

「あ、はい、えっと」

横山が一度、髪の毛を耳にかきあげる。

「……受けています。ひとつ内定をいただいている企業もありますが、より多くの企業を見たいという気持ちで、心が惹《ひ》かれている企業に関しましてはこのように選考を受け続けている状態です」

君島は、前の部署にいたときから「仕事ができる」と評判だった。だがそれは、英語が話せるからでも、留学経験があるからでも、声が大きいからでも滑舌がいいからでもない。

克弘は、すぐ隣にいる君島の表情をちらりと見る。「正直にお伝えいただきありがとうございます。他に内定が出ていることは選考には影響しないので、安心してくださいね」優しく微笑《ほほえ》むその横顔が、横山に対してどんな評価を下したのかはわからない。

人事部に異動してからも、君島の「仕事ができる」という評判は覆《くつがえ》らなかった。仕事内容ががらりと変わっても、相変わらず語学力を活用する場面がなくても、エクセルやワードの資格を持っているわけでなくても、ましてや面接官としての人を見る能力が優れているわけではなくても。

「自己PRは以上です。ありがとうございました」

横山が、すとんと腰を下ろした。そこでやっとカバンが倒れていたことに気が付いたようで、慌《あわ》ててその取っ手を掴んでいる。

無理やり立ち上がらされたカバンが、会議室の床に、濃い影を落としている。

会議室。昼休みのすぐあと、使用予約が重なることが予想される時間帯。それなのに、こうしてどの部署とも揉《も》めることなく会議室を使用できているのは、君島のサポートによるところが大きい。

君島には、誰かと誰かの間に入って物事を調整する能力がある。他部署から面接官を調達し、面接のために会議室を多く使用することを許してもらう力。しかも、ほんの一ミリの優勢を保ったまま、その調整を行う力。

組織の一番上か、一番下でない限り、仕事とは、立場の違う人と人の間に存在する。その中で、あらゆることを、どちらの気分も害さないように調整できる能力——それこそが仕事ができる能力なのではないだろうか。

「横山さん、ありがとうございました」

武田が微笑む。採用グループのリーダーとして、面接官として、あらゆる場面や空気を調整し続けてくれている人。

仕事ができる能力は、決して、わかりやすくない。だけど、採用ホームページやあらゆる雑誌などでわかりやすく表現されている社会人になるために、就活生は皆、わかりやすい言葉を纏《まと》うようになる。

わかりやすい言葉を。それまで使ったことのないような、自分に全く根差していないような、だけどとてもわかりやすい言葉を。

「それでは続いて」武田がちらりと手元の資料に視線を落とす。「早川さん、お願いします」

「ハイ、よろしくお願いいたします！」

早川の大きな声に、君島が小さく笑う。女性面接官が破顔したことに気をよくしたのか、よせばいいのに、早川はもう一言、付け加える。

「採用ホームページで見た方々を前にして、少し緊張しています。今日はお会いできてとても嬉しいです」

早川の汗ばんだ額が、天井にはめ込まれている蛍光灯に明るく照らされている。いかにも体育会系、笑いを取りに行こうとしているその姿を見ていると、克弘は、かつてこの部屋で武田に面接された自分の姿を思い出した。

「××大学○○学部四年の早川竜也です。高校のころからずっと軟式野球をしていて、去年の今頃はまさに全日本大学軟式野球選手権大会に出場していました。軟式ですが、筋肉は硬いですし、体力には自信があります」

君島がまた、くすりと笑う。克弘は、この学生が、君島は決しておもしろいから笑っているわけではないことに早く気づくよう祈る。

「私は軟式野球部時代、高校生のときは副部長、大学のときは練習長という役割を担っていました。昔から大人数をまとめるようなポジションに就くことが多かったのですが、だからといって力ずくでまとめようとはせず、部員皆の目線に立って、意見を擦り合わせるということに気を付けていました」

ペンを握り、頷《うなず》くそぶりをしながら、克弘は、かつてあの椅子に座っていた自分の姿の残像が、目の前の早川に少しずつ少しずつ近づいていくのを感じた。

「集団を率いることで身に付いたリーダーシップ、個人からの意見を吸い上げつつ集団をまとめることで身に付いた協調性、トレーニングや練習方法を試行錯誤しながら編み出していった独創性、スポーツを通して手に入れた集中力と体力。それらを御社で思う存分発揮したいと思っています」

リーダーシップ。協調性。独創性、集中力、体力。社会人とは、そのような言葉で名付けられる何かしらの能力だと思っていた自分。

採用ホームページに登場している、人事部をはじめとした様々な部署の人たちが明かす一日のスケジュールには、どれも一時間ごとに「会議」「打ち合わせ」「プレゼン」「外回り」「資料作成」など、何かしら名前が付いている。時間帯に与えられている名前ごとに合わせた能力を発揮しなければ、ここにあるような「一日のスケジュール」を乗り切ることなんてできない――採用ページを見ながら、そんなふうに思っていた自分。社会人の一日というものは、毎日毎日、はっきり名付けることができるような時間が隙間《すきま》なく並べられており、その上を器用に歩ききらなければならないと信じていた自分。

「志望動機もうかがえますか？」

武田がそっと助け船を出す。「あ、すみません、自分のことばっかり話してしまって」照れたように笑う早川は、体の大きな若い男のおっちょこちょいは大人の心をくすぐる、ということをよく理解している。

「志望動機は、ＯＢ訪問をさせていただいた先輩の人柄に惹かれたからです。正直私は、ずっと野球ばかりしてきたこともあって、社会人としての自分に合った業界、というものがいまいちよくわかりませんでした。なので、業界ではなくそこで働いている人で選ぼう、と思い立ち、数多くの方々にＯＢ訪問をさせていただきました」

かつての自分の姿の輪郭が、早川のよく日に焼けた頬のカーブに、ついに、寸分違《たが》わず重なる。

「そして御社の採用ホームページに掲載されている先輩たちを見たとき、なんて生き生きと働いているんだろう、会って話を聞きたいと思いました。実際ＯＢ訪問をさせていただくと、本当に想像以上にパワフルな方々ばかりで、単純に、この人たちと一緒に働きたい、そう思いました」

克弘は、手元の資料を見る。実際に早川からＯＢ訪問を受けたという社員の評価シートには、『元気な印象だが、物事をあまり深くは考えていないかも？』と書かれている。ＯＢ訪問を受けた社員は、期限内に評価シートと領収書を併せて人事部へ提出すれば、払った食事代などが経費として処理される仕組みになっている。

本当に想像以上にパワフルな方々ばかりで――そうは言っているが、シートは一枚しか提出されていない。

「正直、もともとこの業界で働きたいと考えていたわけではないので、ＩＴに関する知識はまだまだ未熟ですが、これから精一杯勉強して必死に追いつきたいと思っています！　よろしくお願い致します」

　さっき、学生時代の経験とこの会社の業務内容を無理やり繋げて話した学生が、彼の隣でどこか座りが悪そうにしている。就活が始まったから動き出した、学生時代から続く興味というよりも就職をしなくてはならないからこの企業のことを調べたという、浅はかに見えるが真実そのものに近い彼の姿は、実は彼女にも身に覚えがあるものだったのだろう。

　あらゆる行動において、これといった動機なんて、ないのだ。もともと当事者でない限り、行動に見合った動機なんて、ない。

　こちら側に座っている誰だって、きっとそうだった。だけど、面接を受けに来る学生には、誠実な、切実な動機を求める。

　当事者としての、切実な、誠実な動機を。胸の奥の、奥の奥の、源泉から湧《わ》き上がってきたような理由を、その理由を表現する濃厚な言葉を。

　頭の中に一瞬、結唯の姿が思い浮かぶ。寝巻用のTシャツと短パンを身につける直前の、下着姿。

　当事者の体。

「ありがとうございました。早川さん、ハンカチとか持ってたら汗ふいてもらってもいいですからね」

武田の言葉に、場の空気が和む。あ、すみません、と、早川は飼い主によく懐《なつ》いている大型犬のように頭をぺこぺこと上下させた。

「それでは最後に、乾さん、お願いします」

「はい」

乾が、椅子から立ち上がる。

「××大学〇〇学部四年の、乾麻巳子と申します」

ふう、と小さく息を吐くと、乾は背筋を伸ばした。今から話します、という声にはならない主張を、全身で鳴らしている。

「私は子どものころ、兵庫に住んでいました。ものすごく小さなころだったので、あまり覚えていないのですが、阪神淡路大震災を経験しました」

誰だって、どんな行動にだって、当事者でない限り、切実な、誠実な動機があるわけではない。

「私の親は洋食屋を営んでいたのですが、家が倒壊してしまい、これまでのように営業を続けることはできなくなってしまいました。店を再建するお金もなかったので、結局、両親ともにこれまでとは別の仕事をして何とか家計を支えてくれていました」

自分だってそうだった。あまりにも多くの企業に落ち続け、まだ面接をしている企業を探していたら、この会社が見つかっただけだった。なのに、会社の未来を創《つく》る大切な仕事だなんて言われる人事部に配属されてしまった。会社の中で最も大切ということもできる部署に、配属されてしまった。

「私は、そんな両親の姿がずっと忘れられませんでした。そして、高校生のとき……私がまだ兵庫にいたときですが、東日本大震災が起きました」

そして今、人を選ぶ立場にいる。切実な、誠実な動機を抱えているかもしれない学生たちを選別する立場にいる。

そんな、不誠実なことがあるだろうか。

「当時高校生だった私は、関西の大学を志望していましたが、それをやめ、東北の大学へ進学することに決めました。かつての私の両親のように、それまで誇りを持ってしていた仕事を奪われた人がきっとたくさんいる、そんな人たちを支える活動を日常的にできる場所に行きたい、そう思ったからです」

――№38は物事をとらえる観点が独創的でした。面白い人材だと思います。

「大学時代、私は、被災地で生まれたあらゆるものをネットで通販することを手助けする学生団体に所属していました。お米、野菜、海産物、手芸品、手作りのアクセサリー……震災によって売り場を奪われてしまった方々はたくさんいました。だけど、インターネットサービスを利用すれば、新たな売り場が多くあることに気が付きました」

――No.46はぜひ一緒に仕事したいって感じでしたね。対応にも柔軟性があって、度胸が据わっている印象を受けました。

――No.52は高い評価をつけている人もいますが、正直、元気よく話せていただけかなーみたいなところもありますね。次呼んでみてもいいかもしれませんけど、また同じ感じだったら落としちゃってもいいのかも。

――No.59は自分の本音というよりもテクニックで話している感じがしましたね、その分ソツはなかったですけど実際のところ何を考えているのかいまいち伝わらなくて。

――No.64は俺が面接したんだけど、正直、全然わかんなかったんだよなぁ。

「私が子どものころにもこのようなサービスがあれば、私の両親だってもっと多くの人に手作りの料理を食べてもらうことができたんだろうな、と思います。あんな悔しい思いはもう私自身したくないですし、誰にもしてほしくありません」

物事をとらえる観点が独創的。対応に柔軟性がある。そんな言葉、今まで使ったことがあるのか、そんな言葉を使って人のことを判断したことがあるのか、本当にそんなことを見ぬけるほどの人間なのか。本当に、人間のことが、わかっているのか。

人事部だけが、哲学的な問いを、常にぶつけられている。

『ES、筆記試験、面接……結局は〝コミュニケーション能力〟〝人間性〟？　人が人を選ぶ不毛な就活その全貌《ぜんぼう》』――あなたは、人を選別できるだけの人間ですか？

「就活中は、ずっと、インターネットサービスを扱っている企業を受けてきました。中でも御社に的を絞ったのは、社内の風通しが特にいいと聞いたからです」

営業部には、そんな問いは向かない。広告宣伝部にも、経理部にも総務部にも、その仕事をする資格のある人間かどうかなんて、誰も問わない。だけど人事部は問われる。人の心の成長速度は違うのに新卒一括採用なんておかしいのではないか、ろくに仕事もできない高齢者に高い給料を払い続ける終身雇用制度は間違っているのではないか、あらゆることを社会的に問われる。

問われると、問いたくなる。誰かに向かって、触れるものすべてに向かって。

「学生団体の関係者に、実際に御社に勤めた経験がある人がいるのですが、若手の意見も尊重してもらえる風潮だとうかがっています。その人はこの業界内でいくつか転職を経験されているのですが、御社が群を抜いて、若手を即戦力として見てくれたと話していました」

ギャラ。原稿。落とす。それまでそんな言葉を全く使っていなかった浩介に向かって。それまで面接なんてしたことなかったくせに、学生たちにあらゆる判を押していく君島や採用グループのメンバーに向かって。次の月にはどうせ秋のグルメ特集をするのに、せんそうをかんがえる、とこれ見よがしに主張する雑誌に向かって。番宣のために出演したクイズ番組で馬鹿《ばか》笑いをしていた、終戦記念特別ドラマで主演を務めたあの坊主頭の俳優に向かって。

あなたはもともと、そういう人間ですか？

ついさっきまで思ってもいなかったことを手に取って、それを振りかざしているだけではないですか？

「御社でインターネットサービスのノウハウを学び、いずれは、自分自身で新たなサービスを開発していきたいと思っています。そしていずれは、私の両親のように、適したサービスがないというだけで何かを諦《あきら》めなければならなくなる人を減らしたいです」

切実で、誠実な、その人の心の奥底に根差した言葉。その人の心の中にずっと流れていた、誰かに訴える資格のある、当事者としての言葉。

克弘は、乾を見つめたまま、唾《つば》を飲み込む。

相手が振りかざしているものが、ついさっき手に取った武器ではなく、その人の拳《こぶし》そのものだと分かったとき、こんな自分は、一体どうすればいいのだろう。

これまで、誰かへ、誰かへと向けてきた刃《やいば》が、一斉に自分に向かってその切っ先を光らせる。

——本当はなんて思ってるのか、聴かせて。どんな言葉でもいいから、誠実な言葉ならそれでいいから。

「ありがとうございます」

隣の席から、君島の声がした。どうやら、自己紹介を終えた乾に何か質問をしていたらしい、流暢《りゅうちょう》に答えることができたのか、乾も満足そうな表情で長い脚を斜めに揃《そろ》えている。

「何か他に質問はありますか？」

武田は、君島ではなく、自分のことを見ている。克弘はそう思った。

「大丈夫です」

君島の凛《りん》とした声に、武田が頷く。

「それでは、次の質問に移ります。特に乾さんはさきほどの志望動機の中に含まれていたかもしれませんが、弊社に入社したらどんなことを実現してみたいか、具体的に教えていただけますか」

面接官として、優秀な学生を見出《みいだ》すべく丁寧に質問をする――来年、採用ホームページで自分の一日のスケジュールを明かすとしたら、今この時間にはこんな名前を付けるのだろうか。克弘は太腿《ふともも》を抓《つね》り、これ以上意識を分散させないように努める。


定時を過ぎて二時間以上経《た》ったオフィスには、社員はたくさん残っていても、集中力はかけらほどしか残っていない。

「これ、吸ったことある？」

浩介から届いていたメールの添付ファイルを眺めていたときだった。そういえばあいつこの返信今日までって言ってたな――会社の仕事とは関係のない思考を見抜いたかのように、君島がこちらに向かって何かを差し出している。

「ない……と思います」

「じゃあ、一本あげる」

これ高いんだからね、と、君島は克弘の手に、一本の煙草《たばこ》をむりやり握らせてくる。思わず、「はあ、ありがとうございます」と受け取ってしまうが、克弘は今、禁煙中だ。

「よし、行こう」

君島が立ち上がる。喫煙所に、という意味で言っているのだろう。克弘は不格好な形になった右手をどうしようかと思ったが、「ここじゃなんか話しにくいから」と勝手に歩き始めた君島のあとを追わないわけにはいかなかった。

だけど、煙草は吸えない。克弘は、右手にあるものを煙草だと認識しないよう、意識の一部分を遮断するよう努める。

面接官として臨んだ初回の面接が終わったあと、克弘はまず、武田に呼ばれた。さっきまで使っていた会議室に呼び戻され、「お前どうした？　何かあったのか？」と聞かれたが、何をどう話そうか考えているうちに、次に会議室を使う人たちが現れてしまった。武田はすぐに外出をしなければならないらしく、去り際《ぎわ》、「そういえば、第七ターム、今年はやらないことに決まったから。会議室とか面接官とか色々準備してくれてたのに悪いな」と申し訳なさそうに眉を下げたけれど、あらゆることがスムーズに進むよう方々に根回しをしてくれていたのは君島だ。

克弘は、武田に、訊きたかった。どうすれば、武田のような面接官になれるのか。どうすれば、もともとそんな立場にない自分が、まるでもとからそうであったかのように振る舞えるのか。

「ずーっと何してたの、面接のあと。パソコン睨《にら》んでたけど」

二十時半をまわると、さすがに喫煙所も空《す》いている。克弘と君島の他には、他部署の男の人がひとりいるくらいだった。君島は慣れた手つきで自分の煙草に火を点《つ》けると、ライターを克弘へ渡した。

「何って言われても……」

克弘はライターを握ったまま、さっきまで見ていたPDFファイルを思い浮かべる。業務に関係のないことをしていたとは言いづらい。

「……今日中に、二次面接の評価シートをまとめておいたほうがいいかなって。それやってました。終わったらデータ送るので、明日確認お願いできればと」

「あー」

ふう、と、君島が息を吐く。

「そういう、ただ入力してればいい作業って頭働かせなくて済むもんね」

高価なものだと言っていたが、君島の口からあふれでた煙の臭《にお》いは、普通の煙草と変わらないように感じられた。

「第七ターム、やんないってね」

「そうみたいっすね」

克弘はライターを握り締めたまま、「正直なくなってくれてよかったかも、第六タームまででこっちはへとへとだもん」と事もなげに煙を吐き出す君島を見る。

身に纏っている白いシャツが、二か月ぶりに触れる煙草の匂《にお》いに、じゃぶじゃぶと染め上げられていくような気がする。

「ひどかったね、今日、面接」

君島は夜になっても化粧が全く崩れない。かつて、なぜか日本人の男にはモテないんだよね、と笑いながら話していたその目じりには、筆で描いたような黒い線が引かれている。

「松居、全っ然話聞いてなかったでしょ。一個も質問しないし。面接官のあんたが落ちててもおかしくないよアレ」

君島は「面接官だってネットでディスられたりもするんだから、気をつけないと」

と続けながら、慣れた手つきで灰を落とす。

克弘は、声のボリュームを絞り、訊いた。

「今日の学生、君島さんだったら合格にしますか？　落としますか？」

「えー？」

そうだなあ、と、君島は楽しそうに目線を泳がせる。

「んーまあ、はじめの二人はまず落とすよね。特にアート系の女の子は絶対すぐ辞めると思う。私はもっと自分を表現したいんですー、とか言って。男も、なんか言ってること薄っぺらかったし。雰囲気は入社したばっかのころのあんたにちょっと似てたけど」

ガタイだけいい感じ、と君島が笑う。

克弘は、煙を挟んでもはっきりと見える目じりの黒い尾を見ながら、ぐっと、ライターを握る掌《てのひら》に力を込めた。

「三人目の子はどうですか」

三人目の子。

「あの子はー……志望動機も話し方もしっかりしてて良かったけど、あれはあれで早くに辞めそうだね」

喫煙所の奥でスマホを見ていた男性社員が、ちらりとこちらに視線を向ける。克弘がわかりやすいほどに声のボリュームを落としても、君島はそれに倣《なら》わない。

「全然希望と違う部署に配属になったとき、意外とすぐ心折れそう。たとえば総務とかに配属になって、私はこんなことするためにこの会社に入ったわけではありません、みたいなさ」

男性社員が、灰皿に煙草を捨て、喫煙所を出て行く。小さく舌打ちをされたような気もするが、君島は気にしていない。

この狭い空間に、克弘と君島、二人きりになる。

「まー武田さんの意見は違うかもだけどね。あの人すぐわからないって言うし」

君島はそう言うと、あれ、と、克弘の手元を見やった。

「吸わないの？」

克弘の手には、新品のチョークのように長い煙草と、ライターがそれぞれ握られている。

「誰が合格で誰が不合格かって、わからなくないですか？」

二人きりになった途端、迫ってくる煙の臭いがより濃厚になったように感じられた。克弘は、吸いたい、という気持ちが芽生えないよう、意識のあらゆる箇所に蓋《ふた》をする。

「もともと面接をするような人間でもないのに、学生を合格、不合格って判断していくことに、何も感じないんですか？」

もともと面接をするような人間でもないのに。もともとそんな人間ではないのに。

「三人目なんて、うちの会社にはもったいないくらい、なんていうか、問題の当事者としてずっとずっと生きてきたような人だったじゃないですか。そんな人に対して、なんていうか、わかったふうにするのって……」

もともとそんな人間ではないのに。そこにあったものを、さっき手に取ったものを振りかざしているだけなのに。

「どうしたの、松居」

君島が一度、咳《せき》をする。

「そんな繊細なこと気にする感じだったっけ？　なんかびっくりなんだけど」

あんたもうちょっと雑じゃなかったっけ、と、君島が新しい煙草に火を点ける。

「ていうか、当事者しかその問題について語っちゃダメなんてことになったら、もっとダメじゃない？　もともとその問題聞いたことも考えたこともなーい、みたいな人たちが輪の中に入ってこないと、問題意識って拡《ひろ》がらないじゃん」

真剣な、神妙な表情でせんそうをかんがえた次の月には、軽やかに別の島へ飛び移り、全く別のことをかんがえる。頭を丸め、涙を流しながら特攻隊を演じた次の現場では、全く別の役を演じながらも、同じ成分でできている涙を流す。

「でも、そうやっていろんなことの当事者になった振りをするのって」

そしてまたきっと、どこでも同じ言葉で話す。心から観《み》てほしいと思う作品です。みんなで考えていかなくてはいけない問題だと思います。

聞いたことがある言葉を手に取って、その場その場の空気に合わせて、放つ。

結婚を前提にお付き合いさせていただいています。

「誠実じゃないですよね」

誠実。

「ねえ、さっきから何の話してんの？　実は面接の話じゃない、よね？」

克弘は、拳に力を入れる。指と指の間で、君島からもらった煙草が折れそうになる。

「そういえば」

君島が、声のトーンを一つ上げる。

「最近、喫煙所にいないよね」

それも吸わないし、と、君島は克弘の手元を見やると、まだたっぷり長い煙草を灰皿へ捨てた。

「喫煙所で見なくなったくらいから、あんたちょっと大人しくなった気がするんだけど。配属されてきたころとは別人っていうか」

べつじん、という、まるで外来語のような響きを持つ言葉が、灰皿の上に降りかかる。

この会社の面接を受けていた自分。暇さえあれば喫煙所へ行っていた自分。結唯と同棲《どうせい》を始めたころの自分。そのころの自分とは、別人にならなければいけないのではないかと、あの日からずっと、思っている。

だって、結唯だけがこれから、体の形からして別人のようになっていくのだから。

「やめてみたんです、煙草」

まず、煙草をやめてみた。そして、検索結果のままに、鉄分やカルシウム、ビタミンが多く摂《と》れる惣菜《そうざい》を選ぶようにしてみた。帰りが遅かったり、体調が万全ではない様子の結唯を、いつも以上に気遣うようにしてみた。

「そんなので、自分も当事者になれるなんて思ってるわけじゃないんですけど」

そんな、自分の拳そのものでないものを振りかざしたところで、何かを取り返せるとは思っていない。でも、なんとか必死に振りかざしているうちに、それらがまるで自分の体の一部なのではないかという感覚が生まれてくれるような気もする。

大丈夫——着替えながらそう言って、克弘のことを見た結唯の顔。あのとき自分は、結唯のことを心配していた。あの日まで、お風呂《ふろ》に入らずに眠ることを絶対によしとしていなかった彼女のことを、あのときの自分は本気で心配していたはずだ。

「でも、自分が何をしたところで、自分が父親になるってどうしても思えなくて」

「はっ？」

君島の吐く息で、灰が少量、舞い上がった。

「子どもできたの？　マジ？　早くない？」

君島が矢継ぎ早に質問を飛ばしてくる。

「……早いっすよね」

「彼女ともう長いの？　てか彼女の子だよね？　同棲とかしてんの？」

「はい」

「へー、はー、あ、そうだったんだー、だから禁煙かー」

語尾を伸ばす君島が、そのあいだに、言葉を選んでいるのがわかる。

きっと、君島の頭の中にも、あらゆる言葉が浮かんでは消えてを繰り返しているはずだ。早すぎるのではないか、手放しで祝えることなのか、これから大丈夫なのか——妊娠を告げられたときの克弘のように、自分の知っている膨大な言葉の中から、必死に、誠実に見える正解を手に取ろうとしているはずだ。

「彼女の妊娠がわかったとき、俺、なんて言えばいいかわからなかったんです」

克弘は、ライターと煙草をテーブルの上に置く。

「同棲も、仲が良いから始めたんじゃなくて、関係がマンネリ化してきて、そのタイミングでお互いに就職だったから始めただけで……いつか結婚するとか、そういうことを覚悟してってわけじゃなくて」

四週目だって――結唯からそう告げられたとき、彼女は決して、笑顔ではなかった。その表情には、もう惰性で付き合い続けているのはわかっているし、何より仕事を始めたばかりだし、と、お互いに共有している感情のいくつかが滲《にじ》み出ており、克弘はそれらをかろうじて読み取ることしかできなかった。

ただ、結唯は、圧倒的に当事者だった。

私は、産みたい。

そう言う結唯のお腹《なか》には、もちろんまだ、何の変化もなかった。だけど、結唯の発する言葉は、妊娠してからの四週間で生成されたものではないように克弘には聞こえた。

まだふくらんでもいないお腹に手を当てる結唯は、もともとそんな人間だったかのような、ずっとずっと前から、そこに生まれた小さな命の母親だったかのような、今日この日までの道のりを歩いてきたかのような、そんな表情をしていた。

そして、自分は、そんな表情をしていないだろうと、克弘は思った。子どもが生まれるという出来事の中心点にただひとり立っている結唯に、覚悟もないくせに、自分のことを当事者とも思っていないくせに、まるでもともと「父になる人物」であったかのような顔で近寄ることが、克弘にはできなかった。

あらゆる言葉が、頭の中で浮かんでは消えた。その海の中でいくら手を伸ばしたって、何にも触れることができなかった。どんな言葉を手に取ったとしても、それを振りかざす前に、何もかも見抜かれてしまうような気がした。

「彼女に言われたんです」

テーブルの上に置いたライターと煙草が、小さいけれど、真っ黒い影を二つ、作っている。

克弘はあのとき、リビングのライトを遮る二人の頭の形がテーブルに黒く焼き付いているのを、ただ、見ていた。

「本当はなんて思ってるのか、聴かせて。どんな言葉でもいいから、誠実な言葉ならそれでいいからって」

リビングに敷いたラグの上、隣に座ってそう呟《つぶや》く結唯に、克弘は結局、何も伝えることができなかった。もちろん、うれしいとか、よかったとか、びっくりしたとか、そういうことは言ったはずだ。だけどその言葉たちは、口から放たれた、というだけで、何かを伝えられたわけではない。

誠実ならそれでいい。克弘がラクロス部にいた間、結唯がラクロス部のマネージャーをしていた間、監督は何度となくそう言った。あれは、感情や衝動に任せたプレーをしてしまう選手を慰める言葉だった。ミスをしたとしても、それが本気ならばそれでいいと、監督なりにチームを励ましてくれていた言葉だった。

だけどもう、間違うことなんてできない。克弘は、克弘の言葉を待つ結唯の表情を見て、そう思った。

その日から、これまでは川に浮かぶ水草のように視界を流れていったあらゆるものが、克弘の全身のどこかをいちいち抓りながら通り過ぎるようになった。浩介の使う編集者用語。戦争について特集している雑誌。好き勝手に学生たちを選別していく人事部の人たち。終戦記念特別ドラマで涙を流す俳優。もともとそうではないのに、もともとそうだったというような顔をしているあらゆるもの、人。

それらに全身のどこかを抓られるたび、忘れるなよ、と、痕《あと》をつけられているような気がした。お前もそうだということを忘れるな、という痕。もともとそんな人間じゃなかったくせに、御立派に、人の親になろうとしている自分を忘れないための痕。

「そっか」

　君島が、テーブルに肘《ひじ》をつく。

「だから、あんた、私より武田さんのほうが好きなんだ」

「えっ？　何、何ですか？」

　想像していなかった君島の反応に、克弘は思わず口ごもる。「いいのいいの、私そういうのわかるんだから。こんな性格だからいろんなとこで嫌われてきたし」君島はそう言うと、克弘がテーブルに置いた煙草を手に取った。

「いや、武田さんも同じようなことで悩んでたから。去年、人事部に異動してきたとき」

「え？」

　克弘は思わず、君島の両目を見た。

「……去年、って言いました？　今」

「そうだよ。武田さん、ずっと営業にいたからね。去年人事部に来たばっかりなんだよ」

　いきなり採用グループリーダーとかどんだけデキんだよって感じ、と、君島がライターに親指を引っ掛ける。

「武田さんって、面接してるとき、すごく落ち着いて見えるでしょ。私はずっと面接官なんですよ、みたいな感じで」

　はい、と克弘が頷くと、君島は煙草に火を点けた。

「武田さん、あんたの面接が、面接官デビューだったんだよ」

　火を灯《とも》した煙草の先が、ほのかに、赤く光る。

「だから武田さんはあんたのことすっごくよく覚えてるみたい。眉毛カッターがどうのこうの話して得意げに笑い取ってたんでしょ？」

　マジ今とは別人、と、君島が笑う。

「武田さん、ずーっと、わからないって言ってたんだよ。ちょうど今のあんたみたいな状態？　自分がこんなことしていいのかわからないって、悩んでたっぽくて。こっちからしたらグループリーダーなんだから弱気なとこ見せないでほしいんだけどさ」

　でも、と、君島が声のトーンを低くする。

「いくら面接したって他人のことなんて全然わからないんだけど、話してるうち、ほんの一秒でも、あ、この人は採用したいって思う瞬間があるんだって、武田さんは」

君島はそう言うと、一度、煙を吐いた。

「私、その感覚すっごくわかるんだよね」

そして君島は、克弘ではなく、その向こうにある壁を見つめた。

「面接してる自分嘘《うそ》っぽいなーとか何様だよーとか私も思うけどさ、そんな中でも、あ、この学生のこともっとちゃんと見抜かなきゃやばいとか、この学生採用すべきとか、そういうことを本気で思う瞬間みたいなのもちゃんとあるんだよね。その一秒からちょっとずつ拡張していくっていうか」

そう言う君島は、克弘の向こうの壁ではなく、さらにその向こうに広がっている空間や時間を見つめるような目をしている。

「だから、あんたを面接したときの武田さんは、必死に面接官やってたんだよ。あんたがこれから必死に父親をやるみたいに。その中で、あんたを採用したいって、ほんの一秒でも、本気で思ったんだよ」

君島は、火を点けたばかりの煙草を、灰皿に押し込む。

「その一秒間が、もともと面接官でもなんでもなかった武田さんが、今みたいな姿になるはじめの一歩だったんじゃないの」

これでもう、克弘の吸う煙草はなくなった。

「あんたもさ、子どもができたって言われてから今まで、うれしいって本気で思った一秒くらい、あったでしょ？　すぐ別の気持ちに呑《の》み込まれたのかもしれないけどさ、でも、その一秒だって誠実のうちだと思うよ」

本気の一秒。

このままでは原稿を落とすかもしれなかったと克弘に感謝していた浩介。戦争の特集をしたいという企画書を書いたどこかの雑誌編集者。わからない、と正直に話す武田とは違うやり方で、どうにか学生たちを選別しようとしていた採用グループの人々。坊主頭《ぼうずあたま》の俳優が、終戦記念特別ドラマの中で涙を流した、あの瞬間。

「あった、とは思います」

不誠実な顔をして通り過ぎていったあらゆる出来事の中にも、本気の一秒は、あったのかもしれない。

「でも、百パーセントじゃないのになんか、って思っちゃって」

君島が、「あんた真面目《まじめ》すぎんじゃないの⁉　意外なんだけどマジで」と、両手を思いっきり上に伸ばす。

「ていうか、いきなり百パーなんて無理じゃん！　誠実への一歩目も、誠実のうちに入れてあげてよ～」

伸びをする君島がうううと唸《うな》る声に、ぽき、と、関節が鳴る音が重なる。

「実際、その一歩目で採用されたあんたが、こうやってちゃんと働いてるわけだし？　それによって武田さんは面接官として間違ってなかったみたいになってるとこもあるんだからさ、とろとろ仕事すんのもうやめてよねほんと」

伸びをしつつ、腰をひねりつつ、君島が喫煙所を出ていく。「私も留学したてのころ笑われたなー、リアクションだけ外人ぶってたら」英語わかんないんだからしかたないじゃんねえ、と独り言《ご》つ君島の後ろ姿が、デスクのほうへと遠ざかっていく。

克弘はひとり、時計を見る。

もうすぐ二十一時だ。

できるだけ早く仕事を片付けて、家に帰ろう。

克弘は、今この瞬間、本気でそう思うことができた事実を、この先何度も大切なお守りのように握り締める予感がした。その途端、今までは見えていなかっただけで、誰の掌にもその人だけの透明のお守りが隠されているような気がした。

「ぶはっ、なにこれっ」

喫煙所から出ると、克弘のデスクの前、パソコンを覗《のぞ》き込んだ君島が笑っているのが見えた。

解　説――社会と会社の回転の中で

若林正《まさ》恭《やす》

二回目の『何様』を読み終わった時、三年前に読んだ時とは全く違う感想を持った自分に戸惑った。

そして、これはまずいことになったなと頭を抱えた。

若い頃の自意識過剰と再び向き合わなければ解説が書けそうにないことが、わたしの腰を重くした。

三年前はどちらかというと登場人物たちに近い立場で読んだ。

だけど今は遥か年下の世代のことで、中年の自分がノコノコと顔を出すのはなんか違う気がした。

登場人物たちが物語の中でどれだけ苦悩しようが、キラキラしているようにしか今のぼくには読み取れなかった。

登場人物たちの葛藤《かっとう》やもがきを否定しているわけではない。

もし否定したら、それは過去の自分に対する否定にも繋《つな》がりかねないのでそれは絶対にしたくない。

しかし、若い頃の自意識過剰や葛藤やもがきを思い出すぐらいなら、ジムに行って筋トレをするか、ゴルフの打ちっぱなしに行って心地よい肉体の疲れと共に眠りにつきたいというのが正直な気持ちだ。

それぐらい、若い時のあれらは厄介なのだ。

もう一つ頭を悩ませていることがある。

それは、普段の実生活で駆使している世渡り術を明かさなければ、上辺をなぞったような文章になってしまう恐れがあることだ。

でも、書く。

それはなぜかというと、この解説の〝仕事〟を頂いたからだ。

頂いた〝仕事〟を全うするのは最高だ。

なぜなら、所属欲求が満たされて気持ち良いからだ。

「何者」でもなかった人は、社会の、会社の、利潤追求の激しい回転の中で自我の尖《とが》った部分や出っ張った部分を削られていく。

全く削られずに済む人は、天才かバカだ。

つまり、〝まともじゃない人〟である。

まともじゃない人に憧《あこが》れる気持ちはとうの昔に捨て去った。

それは、まともな癖にまともじゃない振りをしていると、効率が悪くて疲れることを知ったからである。

特に自分を悟ったとかそんな大層な話ではない。

ただ単に、高効率でないからやめたのだ。

社会に出る前の人は、まさか自分が〝仕事のできない人間〟であったり〝取るに足らない凡庸な人〟だとは思わない。

心の中で、そういった人を否定してきたり見下してきたからまさか自分がそんな人間だとは思わないのだ。

だから、背伸びをしたり、ダメ出しをされたら反発もする。

だけど、そういったものは〝社会の、会社の、利潤追求の激しい回転〟の中で削られていく。

そういうことを繰り返して、程よい挨拶《あいさつ》や敬語や服装や会議での発言量や企画を出す時の謙虚な振りとか、飲み会での自我の出し加減や上司に若い頃のことを質問すると喜ばれたりすることを知っていく。

それは、成長だろうか？　違う。適応だと思う。

適応して、社会や会社での自分の立場を確保していく。

社会に出た人は「いつか会社を辞めて起業したいな」とか「留学するなら今しかないな」とか言いながらそれをせず〝今ここ〟の足場を固めていくのである。


ここまで読んでどうだろう。

本屋に平積みされる自己啓発本を出す起業家のようになれない自分はうら寂しいだろうか？

家と会社の往復の自分に納得いかないだろうか？

わたしの場合は、夢想している崇高な自分との距離に悩んでいた若い自分より、今の自分の方が楽で好きだ。

だけど、理想の自分は完全に捨てたわけではない。

適度に刺激になる、適度に労働意欲が湧《わ》く、だけれども自分の心と体は壊されない程度の位置に〝理想の自分〟をしっかりと置いている。

若い頃、高すぎる位置において苦しんだことによって、ちょうど良い位置を知った。

高すぎる位置においた方ががんばれる人もいるだろう。

大事なのは、自分にとって効率の良い位置に置くことなのかもしれない。

少々自分語りが過ぎた。だから、若い頃を思い出すのは嫌なのだ。あぁ、思い出すだけで疲れる。

〝社会の、会社の、利潤追求の激しい回転〟に削られながら学ぶのは外の世界だけではない。〝自分〟というものの真の性質も、削られてその様相が見えてくる。

「むしゃくしゃしてやった、と言ってみたかった」の正美は、まさに自分の性質を摑《つか》む途中の人だ。

　例えば、脳の中にその人の行動に作用するブレーキとアクセルがあるとする。

アクセルが強い人もいて、ブレーキが強い人もいる。

稀《まれ》に、両方弱い人もいて、両方強い人もいる。

正美はブレーキが強い人という印象を受けた。

かくいうわたしもそうだから、この物語の中の正美には特に共感した。

仕事、恋愛、学生時代の悪さ、それに対して何かとブレーキの強い自分。若さに任せて街でナンパすることができないし、酔って暴れることもできない地味な自分。

学生時代、悪さをしていた不良が大人になって急にボランティアに前のめりになったりするパターンをよく見かけるが、行いの善し悪しからすると矛盾した印象を受けるかもしれない。

でも、あの人たちは元々アクセルの踏み込みが深くて、ブレーキが緩い人なのだ。だから一旦《いったん》アクセルを踏み込めば、物凄《ものすご》いスピードで突っ走っていく。

そういった人は、人生で経験したことの幅が広く言葉に説得力がある。ような気にさせる。

スタジオでの収録でも、元不良の人物はなぜか発言に重みを感じさせやすい。

作品中の正美が、コンプレックスを感じているのは元ヤンのマナー講師だ。

確かに、マナー講師が元ヤンというのはフックとして強い。

そんな正美が自分のブレーキを一度解放してみようとする姿。

その姿は、滑稽《こっけい》でみっともなくて、だけど、わたしにはとても輝いて見えた。

ブレーキとアクセルのバランスが良い人は、その姿をきっと笑うだろう。

わたしは絶対笑わない。

自分にも、同じような経験があったから。

正美は、そんな自分のブレーキを一度壊して己を未知の領域に飛ばしてみようと試みる。

それが、彼女にとって〃むしゃくしゃして抱かれる〃ということなのだが、きっとそれをしたからって彼女は元ヤン講師を凌駕《りょうが》できる訳ではないだろう。

それは作品中にも明記されている。

わたしが勝手に正美に期待してしまうのは、ブレーキを外して突っ走ってみることなど「そうかこんなものなのかと投げ捨て」（p.315 11行目）ることなのである。

そして、高性能のブレーキを搭載することの素晴らしさと真実を「マナー」というものの中に含ませて伝えて欲しいのだ。

その後で、願わくば芯《しん》の食い方で元ヤンのマナー講師を超えてほしい。

そして、例えば正美が「まじめな生徒会長」（p.300 6行目）と言われても、〃それがわたしのスタイル〃だ、と胸を張る日を絶対に迎えてほしいのである。

そうじゃないと、正美と同じく「いまいち印象に残らなかった」（p.300 6行目）とよく言われる地味なわたしが浮かばれないではないか。

地味には地味の戦い方がある。

時に自分に不釣り合いなことをして失敗したり恥をかいたりしながら、人は自分というものの性能を知り操縦法を覚えていく。

それは、欠点と表裏一体の長所であったりするから（正美のように）、大人は欠点をあげつらわれても打たれ強い。

受け身の時に（それは、わたしの長所でもあるんだけどね）と力を逃がすことができるからだ。

わたしは、近頃自分をここまで連れてきてくれた理由の一つでもある欠点に感謝することがある。

名刺に書かれた「ココロ、ウゴカス」（p.326 7行目）という会社の社訓についての克弘の感想が、なぜか心に深く引っかかった。

克弘はこの社訓に対して、なぜインターネットサービスを運営している会社の社訓が「ココロ、ウゴカス」なのかと首を傾げる。

この部分を読みながら「分かるなぁ～」と思いつつも、自分はもう「ココロ、ウゴカス」の揚げ足を取る側ではなく、これを打ち出す側の人間なのではないだろうかとハッとした。

社訓やスローガンなどは克弘の言う通り特に意味がない。

それは、雇う側の人たちが、会社を統制しやすいように掲げたシンボルのようなものに過ぎない。

こういった〝無いよりはあった方が良い〟ものは、社会によくある。

本当のところは「オカネ、ウゴカス」の方も重要かもしれないのだが、不特定多数の人間が集まる場合には象徴があった方がその集団は統制されやすい。

だから、さほど意味はなくて良いのである。

これを読んだ時に「あぁ、ちゃんと若い人につっこまれよう。揚げ足を取られよう」と観念した気持ちになった。

最近、何かの揚げ足をとってチームを揺らす役割ではなく（それはそれでブラッシュアップの効能はある）、あまり意味のないシンボルを掲げてチームを統制しなければいけない立場になることがある。

そして、わたしはその立場に全然慣れていない。

こんな自分が、と克弘のように思うことがある。

それは、職場に年下が増えたことや、現場にいる期間が長くなってきたからかもしれない。

そんな場所で、いつまでも照れてばかりいてはいけないような気がしているのだ。

それこそ、正美のように好かれるだけなら簡単だ。

何も意見を言わず、物分かりの良いふりをして、言われたことだけを遂行していれば良い。

だが、それだけでは信頼を得られなくなるステージがあるのだ。

つっこまれたり、揚げ足を取られたりする、打ち出す側の人は、責任を背負っている。

で、これは何もわたしが責任を背負うという気構えを持ったというような大仰な話ではない。

適者生存の法則に沿って、責任を負う立場になった方が生き残れそうだからやるだけだ（こんなことを書きたくないから腰が重かったのだ）。

そう〝社会の、会社の、利潤追求の激しい回転〟で削られた末に、成長ではなく適者生存の法則に沿って擬態を変えただけなのである。

なぜ、成長とは呼びたくないのかというと、適応して擬態を変えていく中で「青いもの」を失った痛みと恨みが今もまだ心の中に沈殿しているからなのだ。

近頃いろいろなことを「そういうもんだ」という言葉で済ますことが増えた。

誤解や陰口、不条理や裏切り。

そういったものを「そういうもんだ」という言葉で済ます。

もちろん省エネのためでもあるが、もうひとつ理由がある。

それは、「本気の一秒」を守るためである。

この「何様」という物語の最後に出てくる「本気の一秒」のようなものを守るためなのだ。

それだけは〝社会の、会社の、利潤追求の激しい回転〟に絶対に削らせてはいけない。

だけど、本気の一秒を守る為《ため》だったら（もう言っちゃおう）本気じゃない仕事も本気でやる。

不誠実を自覚しながら、本気の一秒を守ろうとする時。それも「誠実のうちに入れてあげてよ～」（p.398 1行目）と、わたしの心の中の君島が叫ぶのである。

（令和元年五月、芸人）

この作品は平成二十八年八月新潮社より刊行された。
なお、以下の三編についてはアンソロジーにも収録されている
(いずれも新潮文庫)。

「水曜日の南階段はきれい」　『最後の恋　MEN'S』所収
「それでは二人組を作ってください」　『この部屋で君と』所収
「逆算」　『X'mas Stories』所収

朝井リョウ著

何　者

直木賞受賞

就活対策のため、拓人は同居人の光太郎や留学帰りの瑞月らと集まるようになるが――。戦後最年少の直木賞受賞作、遂に文庫化！

朝井リョウ・伊坂幸太郎
石田衣良・荻原浩
越谷オサム・白石一文
橋本紡 著

最後の恋 MEN'S
—つまり、自分史上最高の恋。—

ベストセラー『最後の恋』に男性作家だけのスペシャル版が登場！　女には解らない、ゆえに愛すべき男心を描く、究極のアンソロジー。

朝井リョウ・飛鳥井千砂
越谷オサム・坂木司
徳永圭・似鳥鶏
三上延・吉川トリコ 著

この部屋で君と

腐れ縁の恋人同士、傷心の青年と幼い少女、妖怪と僕!?　さまざまなシチュエーションで何かが起きるひとつ屋根《ふたりぐらし》の下アンソロジー。

朝井リョウ・あさのあつこ
伊坂幸太郎・恩田陸
白河三兎・三浦しをん 著

X'mas Stories
—一年でいちばん奇跡が起きる日—

これぞ、自分史上最高の12月24日。大人気作家6名が腕を競って描いた奇跡とは。真冬の新定番、煌めくクリスマス・アンソロジー！

三浦しをん著

格闘する者に○《まる》

漫画編集者になりたい――就職戦線で知る、世間の荒波と仰天の実態。妄想力全開で描く格闘の日々。才気あふれる小説デビュー作。

万城目学著

悟《ご》浄《じょう》出《しゅっ》立《たつ》

おまえを主人公にしてやろうか！　西遊記の悟浄、三国志の趙雲、史記の虞姫。歴史の脇役たちの最も強烈な〝一瞬〟を照らす五編。

伊坂幸太郎著　オー！ファーザー

一人息子に四人の父親!?　軽快な会話、悪魔的な箴言、鮮やかな伏線。伊坂ワールド第一期を締め括る、面白さ四〇〇％の長篇小説。

窪　美　澄　著　よるのふくらみ

幼なじみの兄弟に愛される一人の女、もどかしい三角関係の行方は。熱を孕んだ身体と断ち切れない想いが溶け合う究極の恋愛小説。

佐藤多佳子著　明るい夜に出かけて　山本周五郎賞受賞

深夜ラジオ、コンビニバイト、人に言えないトラブル……夜の中で彷徨う若者たちの孤独と繋がりを暖かく描いた、青春小説の傑作！

つんく♂著　「だから、生きる。」

音楽の天才は人生の天才でもあった。芸能界での大成功から突然の癌宣告、声帯摘出――。生きることの素晴らしさに涙する希望の歌。

西　加奈子著　白　い　し　る　し

好きすぎて、怖いくらいの恋に落ちた。でも彼は私だけのものにはならなくて……ひりつく記憶を引きずり出す、超全身恋愛小説。

柚木麻子著　私にふさわしいホテル

元アイドルと同時に受賞したばっかりに……。文学史上もっとも不遇な新人作家・加代子が、ついに逆襲を決意する！　実録(!?)文壇小説。

綿矢りさ著
手のひらの京《みやこ》
京都に生まれ育った奥沢家の三姉妹が経験する、恋と旅立ち。祇園祭、大文字焼き、嵐山の雪——古都を舞台に描かれる愛おしい物語。

連城三紀彦著
恋文・私の叔父さん
直木賞受賞
妻から夫への桁外れのラヴレター、5枚の写真に遺された姪から叔父へのメッセージ。男と女の様々な〈愛のかたち〉を描いた5篇。

米澤穂信著
満願
山本周五郎賞受賞
磨かれた文体と冴えわたる技巧。この短篇集は、もはや完璧としか言いようがない——。驚異のミステリー3冠を制覇した名作。

吉田修一著
東京湾景
岸辺の向こうから愛おしさと淋しさが押し寄せる。品川埠頭とお台場を舞台に、恋の行方をみつめる最高にリアルでせつない恋愛小説。

湯本香樹実著
夜の木の下で
病弱な双子の弟と分かち合った唯一の秘密。燃える炎を眺めながら聞いた女友だちの夢。過ぎ去った時間を瑞々しく描く珠玉の作品集。

山田詠美著
学問
高度成長期の海辺の街で、4人の子供が放つ生と性の輝き。かけがえのない時間をこの上なく官能的な言葉で紡ぐ、渾身の長編小説。

本谷有希子著
ぬるい毒
野間文芸新人賞受賞
魅力に溢れ、嘘つきで、人を侮辱することを何よりも愉しむ男。彼に絡めとられたある少女の、アイデンティティを賭けた闘い。

森見登美彦著
太陽の塔
日本ファンタジーノベル大賞受賞
巨大な妄想力以外、何も持たぬフラレ大学生が京都の街を無闇に駆け巡る。失恋に枕を濡らした全ての男たちに捧ぐ、爆笑青春巨篇！

村田沙耶香著
ギンイロノウタ
野間文芸新人賞受賞
秘密の銀のステッキを失った少女は、憎しみの怪物と化す。追い詰められた心に制御不能の性と殺意が暴走する最恐の少女小説。

三崎亜記著
ニセモノの妻
〝妻〟の一言で始まったホンモノの妻捜し。坂へのスタンスですれ違う夫婦……。非日常に巻き込まれた夫婦の不思議で温かな短編集。

宮下奈都著
遠くの声に耳を澄ませて
恋人との別れ、故郷への想い。瑞々しい感性と細やかな心理描写で注目される著者が描く、ポジティブな気持ちになれる12の物語。

水村美苗著
本格小説
読売文学賞受賞（上・下）
優雅な階級社会がまだ残っていた昭和の軽井沢。孤児から身を立てた謎の男。四十年にわたる至高の恋愛と恩讐を描く大ロマン小説。

何《なに》　様《さま》

新潮文庫　　あ-78-2

令和元年七月一日発行

著者　朝《あさ》井《い》リョウ

発行者　佐藤隆信

発行所　株式会社 新潮社

郵便番号　一六二―八七一一
東京都新宿区矢来町七一
電話 編集部(〇三)三二六六―五四四〇
読者係(〇三)三二六六―五一一一
https://www.shinchosha.co.jp

価格はカバーに表示してあります。

乱丁・落丁本は、ご面倒ですが小社読者係宛ご送付ください。送料小社負担にてお取替えいたします。

印刷・錦明印刷株式会社　製本・錦明印刷株式会社
© Ryo Asai 2016 Printed in Japan

ISBN978-4-10-126932-0 C0193